吉林大学基本科研业务费哲学社会科学研究项目（2009ZZ010）成果

高校社科文库
University Social Science Series

教育部高等学校
社会科学发展研究中心

汇集高校哲学社会科学优秀原创学术成果
搭建高校哲学社会科学学术著作出版平台
探索高校哲学社会科学专著出版的新模式
扩大高校哲学社会科学科研成果的影响力

苏克军／著

于无地彷徨

——鲁迅作品中的"家"

Hovering In Nowhere

—— The Home In Lu Xun's Works

光明日报出版社

图书在版编目（CIP）数据

于无地彷徨：鲁迅作品中的"家" / 苏克军著.
--北京：光明日报出版社，2011.4（2024.6重印）
（高校社科文库）
ISBN 978-7-5112-1052-4

Ⅰ.①于… Ⅱ.①苏… Ⅲ.①鲁迅著作—文学研究
Ⅳ.①I210.97

中国版本图书馆 CIP 数据核字（2011）第 051255 号

于无地彷徨：鲁迅作品中的"家"
YU WUDI PANGHUANG：LUXUN ZUOPIN ZHONG DE "JIA"

著　者：苏克军

责任编辑：田　苗　曹美娜　　　　　　责任校对：魏学宝　郎蓉倩
封面设计：小宝工作室　　　　　　　　责任印制：曹　净

出版发行：光明日报出版社
地　址：北京市西城区永安路 106 号，100050
电　话：010-63169890（咨询），010-63131930（邮购）
传　真：010-63131930
网　址：http：//book. gmw. cn
E - mail：gmrbcbs@ gmw. cn
法律顾问：北京市兰台律师事务所龚柳方律师

印　刷：三河市华东印刷有限公司
装　订：三河市华东印刷有限公司
本书如有破损、缺页、装订错误，请与本社联系调换，电话：010-63131930

开　本：165mm×230mm
字　数：207 千字　　　　　　　　　　印　张：12. 25
版　次：2011 年 6 月第 1 版　　　　　印　次：2024 年 6 月第 2 次印刷
书　号：ISBN 978-7-5112-1052-4-01

定　价：65. 00 元

CONTENTS 目　录

绪论：存在的"家"与"家"的存在

家国荒矣，而赋最末哀歌，以诉天下贻后人之耶利米，且未之有也。

——鲁迅《坟·摩罗诗力说》

文学是人学，人类世世代代的文学活动也充分证明了这一点。离开了人这一主体，离开了表现人、塑造人、探索人这一艺术目标，文学将不成其为文学。从这个意义上说，文学演变的历史其实也可以看作是人类用形象化的手段和方式探索、解剖、认识人自身的历史。马克思说，人的本质是社会关系的总和①，因此文学作品不可避免要涉及到人的社会关系、文学作品中的人是在一定的社会关系中行动着的，人物的命运、性格都是通过他在社会关系中的遭遇与行动表现出来的，人物的形象也是通过他如何处理这些复杂的社会关系，通过他的社会行动塑造出来的。而在所有这些社会关系中家庭和家族又是最重要的部分，美国著名的社会学家查尔斯·库利曾提出"首属群体"的概念，② 认为对一个人的社会行为影响最大的是其所在的首属群体，如家庭、邻里和儿童游戏群伙等，在人的早期社会化过程中发挥着重要作用。其中家庭又是首属群体中的最重要部分，对于个人的社会性及其思想的形成是至关重要的，家庭可以说是人性的养育所。所以，"家"是历代文学作品几乎都要涉及的问题。从作品中"家"形象的分析，可以看到作家的心路历程，探究出作家对社会、对人生的态度。"家"是一面镜子，映照出作家的心理世界，通过对作品中的

---

① 马克思，恩格斯. 马克思恩格斯选集［M］. 北京：人民出版社，1972：18
② Charles Horton Cooley. *Social Organization：A Study of the Larger Mind*［M］. New York：Charles Scribner's Sons，1909：23～24

1

"家"的观照，亦可发现作家的一些无意识的心理层面，那正是作家潜意识的折射。

鲁迅认为，"家是我们的生处，也是我们的死所"，"家庭为中国之基本"。① 家庭确实是社会的细胞，尤其是在传统的中国社会，整个社会更是以家庭单位为核心的，家庭和家族意识代替了西方人的社会意识和国家意识。因此，在文学发展的过程中，从"家"或"家族"这样的视角观察人生、社会，剖析历史，借助于"家"的隐喻来表达人的生存和发展状况，传达作者对历史和现实的独特感受，表现作者的复杂情感，就成了一个文学母题，中国现代小说也不例外。

"家"的状况历来是社会发展变化的晴雨表和指示器。"五四"伊始，新文化的先驱们就把"家"的问题看作头等大事提上了议事日程。因为中国的传统文化是以家族制度为核心的，这种家族制度中的伦理道德等意识形态又是政治化了的，所以，"五四"先驱们欲"救亡"欲"启蒙"，则必从家族伦理出发，抓住了家族伦理问题，也就等于抓住了问题的要害。"五四"新文化运动的先驱者们不约而同地对封建伦理进行了空前激烈的抨击。陈独秀称"伦理之觉悟，为最后觉悟之觉悟"②，革命家李大钊视家族制度为万恶之源，认为家族制度是"中国二千年来社会的基础构造"，"一切政治、法度、伦理、道德、学术、思想、风俗、习惯都建筑在大家族制度上作他的表层构造"③，正是这种封建的伦理精神在支配着中国人的物质和精神的方方面面，因此打倒这种以家族制度为基础的封建伦理秩序，是新文化的重要任务。而鲁迅先生为现代文学创作的第一篇小说《狂人日记》就"意在暴露家族制度和礼教的弊害"④，这篇小说隐含的一个主题就是要深刻地揭露和表现处在家族制度社会中的旧中国悲剧性的生存状态。可以说，鲁迅一开始就站在了"五四"新文化运动的前列，激烈地冲击着封建伦理的敏感地带。

---

① 鲁迅. 南腔北调集·家庭为中国之基本. 鲁迅全集（第四卷）[M]. 北京：人民文学出版社，1981：619

② 陈独秀. 吾人最后之觉悟 [A]. 陈独秀文章选编（上）[C]. 上海：上海三联书店，1984：109

③ 李大钊. 由经济上解释中国近代思想变动的原因 [A]. 李大钊文集（下册）[C]. 北京：人民出版社，1984：178~183

④ 鲁迅. 且介亭杂文二集·《中国新文学大系》小说二集序. 鲁迅全集（第六卷）[M]. 北京：人民文学出版社，1981：239

　　中国现代文学史上描写"家"的衰败、"家"的罪恶、"家"的不幸与堕落的作家作品很多，然而与其他作家不同，鲁迅对于"家"表现出了彻底的绝望与深入骨髓的痛苦，而且这种绝望与痛苦又是非常隐晦的，如幻影一般若明若现地浮动游离于其作品之中，表现出无法言说的焦虑和痛苦。

　　鲁迅曾言："当我沉默着的时候，我觉得充实；我将开口，同时感到空虚。"① 语言是有限的，而现实是无限的，更重要的是对语言使用能力的训练和学习也是无限的。当我们处于沉默的潜意识状态时，我们隐约感受到了这个世界的复杂深邃，感受到了我们个人与这个世界所遭遇的无限的微妙与神秘，然而当我们欲把这种感受表达时，却立即沮丧、失望于语言的贫乏或我们个人运用语言表达深邃而微妙的思想的能力的落后。我们欲开口欲下笔时，现有的语言以贫乏而苍白且浅薄的面目吓走了我们内心丰富的感受，于是我们便"同时感到空虚"，一种强烈的无奈和挫折感便油然而生。英伽登（Roman ln-garden）说过："一部文学作品在描写某个对象或对象的环境时，无法全面地说明，有时也并未说明这个对象具有或不具有某种性质。每一件事物，每一个人物，尤其是事物的发展和人物的命运，都永远不能通过语言的描述获得全面的确定性。我们不能通过有限的词句把某个对象无限丰富的性质表现出来"。②

　　但是，作为天地万物之灵的人，尤其是语言阅历丰富的智者，会努力与空虚对抗，他会对尽管显得贫乏无力的语言文字仔细端详，苦思冥想，将智慧之魔法施于语言，使语言如凤凰涅槃，重获新生，载着自己独到、丰富、深邃的感受，超逻辑地以曲折隐晦的面貌出现，倾诉于唯有仔细揣摩方可领会其中奥妙玄机的话语。正如曹雪芹所云："满纸荒唐言，一把辛酸泪！都云作者痴，谁解其中味？"③

　　从"五四"以来对鲁迅作品的解读，八十年以降如江水滔滔，绵延不绝，众说纷纭，浪潮迭起，且生生不息，其成果可谓汗牛充栋。其间或有因政治与反政治动机而使其解读显得卒不忍读乃至反亵渎了先生英名的；或有因初期时间仓促而过于肤浅而为今世所哂笑者；当然更有深入鲁迅内心精神世界探秘而颇有新斩获；或有别求新声于异邦，用西方舶来之新理论、新视点重新审视而

① 鲁迅.《野草》题辞. 鲁迅全集（第二卷）[M]. 北京：人民文学出版社，1981：159
② 转引自金元浦. 大美无言 [M]. 深圳：海天出版社，1999：36
③ 曹雪芹、高鹗. 红楼梦（第一回）[Z]. 北京：人民文学出版社，1982：7

发现别有洞天、有豁然开朗之感者。然而，至今仍难说对鲁迅小说的研究已臻完备、已近终结、尽解其隐秘。由于鲁迅的作品是"一个充满着深刻矛盾的、多层次、多侧面的有机体"①，具有较强的深度性和"极大丰富性与复杂性"②，其意义与真实并不是直接呈现在世人面前③，而是以多层面的开放的动态、方式存在于其中，相互交织纠葛在一起，"织成了一幅只有他自己能捕住的多层次的严密的网"④，形成复调的含有召唤结构的现代性文本，需要人们以同样开放的动态的多维的方式深入文本内部去思考、解读。读遍鲁迅的作品，我们会发现在其作品尤其是小说中处处表现着一种对于"家"的焦虑。

这个"家"，包含三个层面，从微观层面上看是指破碎、苦痛的个别家庭，鲁迅的作品表现了置身于其中的个人所遭遇的家庭毁灭的苦楚与凄凉；从中观角度上看则指堕落、衰败的家族，鲁迅的作品深刻地表现了家族内部"吃人"与倾轧的恶行；从宏观上看则指"吃人"的传统文化和令人深感绝望的国家、社会现实环境，鲁迅的作品揭露了传统文化的"吃人"性和社会现实环境的令人无法容身的荒凉与冷酷，表现出对何处是人可以诗意地栖居的精神家园的苦苦追问与绝望之感。这三个层面的"家"是紧密相关的：家庭是"小家"，在它的基础上形成家族，即较大的"家"；在家族的基础上再形成国家，形成每个人生存的大环境（或曰精神家园），即大"家"。解读鲁迅作品中的"家"形象也需要从这三个层次入手，通过分析可以发现，鲁迅的作品在三个层面上步步递进地呈现出一种强烈的深入骨髓的"家"的焦虑。这种焦虑往往以一种"言外之意"、"弦外之音"的方式如冰山之水下部分般深藏于文本的表象之下，或如远山之缥缈云雾或隐或显浮动于文本间。鲁迅先生似乎从没明确地指出小说中的这种寓意，或许是他潜意识深层的东西自发地隐含

---

① 钱理群. 心灵的探寻 [M]. 北京：北京大学出版社，1999：3

② 严家炎在分析鲁迅小说的复调性时认为："他既要对客观存在的社会生活进行批判，又试图挣脱内心的'大毒蛇'（《呐喊》自序）的缠绕。鲁迅前期思想的基础是个性主义，但他同时也感到了作为思想武器的个性主义的脆弱。后来他接受了集体主义，但又从实践中似乎预感到某种条件下它可能成为专制主义的别称。这种种困扰着他的矛盾外化为作品时，就带来他的小说的极大丰富性与复杂性"。（参见：严家炎. 复调小说：鲁迅的突出贡献 [J]. 中国现代文学研究丛刊，2001，(3)）

③ 鲁迅曾说："我的作品，太黑暗了"，（鲁迅. 两地书 [Z]. 北京：人民文学出版社，1973：17）"因为那时的主将是不主张消极的。至于自己，却也并不愿将自以为苦的寂寞，再来传染给也如我那年青时候似的正做着好梦的青年"。（《〈呐喊〉自序》）然而，在写作时他的寂寞和苦闷还是会隐藏在作品之中，挥之不去。

④ 李欧梵. 中国现代文学与现代性十讲 [M]. 上海：复旦大学出版社，2005：181

于其小说文本中，如魔影挥之不去，"纠缠如毒蛇，执着如怨鬼"①，欲说还休，绵延游动漂浮于其中。

以《呐喊》小说集观之，则发现鲁迅在呐喊声中，掩抑不住对"家"的焦虑：

《狂人日记》中的家是一个破碎的家，父亲显然已不在世（鲁迅很多小说中的父亲都是"缺席"的，正是他个人童年丧父的心理阴影的无意识折射），大哥主家，妹子已死掉（狂人怀疑是大哥"吃掉"了妹妹，其中应该另有深层含意而鲁迅没有进一步说明，但我们可从小说的家族制度和礼教"吃人"的主题中推断出来），作为家庭成员之一的"我"也疯了（为何而疯，如何致疯狂作者未言及，极有可能是作为一个反传统的先觉者被保守的旧势力迫害至疯），"吃人"的阴影笼罩着"我"的心头，隐约透露了"家"中"吃人"的罪恶。小说总体上则暗示了整个中国传统的文明史都是"吃人"的历史，言说着无"家"的恐惧与焦灼。

"描写一般社会对于苦人的凉薄"②的《孔乙己》中的孔乙己则似乎一直是单身一个人，无父无母，无兄亦无弟，他处处受尽冷眼与嘲弄，直至被打断腿，作为一个曾经存在的个体生命悄无声息地消失并很快被人们遗忘，其凄凉，其孤独，其深深的"无家"之感更是痛彻入骨。正如有人所指出的那样："《孔乙己》在主题意向的文化意蕴方面，并不是针对封建科举制度的批判，而是从孔乙己在咸亨酒店的人生际遇，深刻表现出国民的生存环境与生存状态，揭示人与人之间难以打破的'厚墙'，从而演绎、升华出鲁迅特有的人生哲学：在荒诞与无奈中呈现生存环境的荒寒与冷漠，呈现人的生存的尴尬及其悲剧结局。"③ 这的确是鲁迅对于社会这个大"家"的真实感受。

《药》中的华老栓曾经有一个完整的家庭，然而在华小栓得病之后，尽管他付出了极大的努力，不惜搞来据说能治病救人的人血馒头，但儿子还是不可挽回地死去，家庭变得支离破碎。在华老栓尽力保全自己家庭完整的同时，却使本已只有儿子可以苦苦相依的夏奶奶的家庭雪上加霜，悲上加悲。革命者夏瑜被杀后，他的血还被他要解放的民众制成治病的人血馒头吃掉。更可怕的

---

① 鲁迅.华盖集·杂感.鲁迅全集（第三卷）[M].北京：人民文学出版社，1981：49
② 孙伏园.鲁迅先生二三事[M].长沙：湖南人民出版社，1980：18
③ 周海波、苗欣雨."鲁镇"的生存哲学—重读《孔乙己》[J].山东社会科学，2003，(1)

5

是，出卖夏瑜的竟是夏瑜自己的家族，鲁迅也暗示了夏瑜所在家族的"吃人"的罪恶与堕落。小说中最后那只乌鸦的出现则更隐喻着"家"的不祥。

《头发的故事》中的 N 先生因为没了辫子差点被本家告发，这里既蕴含着一个"家景"衰落的故事，同时又有一个家族内部"吃人"的故事，与《药》中夏瑜所在家族的"吃人"罪恶相呼应。

《风波》中九斤老太太的口头禅"这真是一代不如一代"正透露出这个家庭的衰败，七斤嫂对七斤的辱骂，对六斤的责打，正是家庭没有温情的反映。最后六斤捧着的打了补丁的碗则是家庭破裂的象征。

《端午节》中方玄绰的家，则不断为经济问题所烦扰，因为拿不回薪水，方玄绰在太太眼中的形象也开始大打折扣，原本还算和睦的家庭开始出现了裂痕。

《明天》中与三岁的儿子相依为命的寡妇单四嫂子，偏偏又失去了儿子，使本已残缺不全的家进一步走向毁灭。更令人心寒的是，周围的人不但对于单四嫂子没有什么同情心，反而趁机占尽便宜。单四嫂子的"小家"一步步消亡，而她所在的大"家"——社会，也是冷酷无情的，是吃人的"筵宴"①。悲哀万分的单四嫂子只能寄希望于梦中与自己的儿子团聚，获取那一丁点儿卑微的温情。

《白光》中考了十六回仍名落孙山的陈士成，曾经有过一个幸福的家庭："这院子，是他家还未如此雕零的时候，一到夏天的夜间，夜夜和他的祖母在此纳凉的院子。那时他不过十岁有零的孩子，躺在竹榻上，祖母便坐在榻旁边，讲给他有趣的故事听。伊说是曾经听得伊的祖母说，陈氏的祖宗是巨富的，这屋子便是祖基，祖宗埋着无数的银子……"而如今，只剩他孤零零一个人，不用说，陈士成的家庭乃至家族是经历了一个痛苦的衰败过程的。最后，陈士成也落水而死，一个家庭彻底消失。

《阿 Q 正传》中的阿 Q，无名无姓，孤单一人，住在破庙里，是典型的漂泊流浪、无家可归的人。阿 Q 偶尔也被遭他调戏的小尼姑唤起了"家"的意识，当他以极荒唐的方式试图去寻找一个"家"时，却遭到了无情的打击。最终，当阿 Q 被荒唐地枪决时，他的头脑中出现了狼的形象，并感到了恐惧。鲁迅从中暗示了阿 Q 所在的大"家"——社会是恐怖的吃人的野蛮之地，这

---

① 鲁迅．坟·灯下漫笔．鲁迅全集（第一卷）[M]．北京：人民文学出版社，1981：216

里只有"狼"，而没有"真的人"。

《鸭的喜剧》虽然短小，其主题蕴意却是多层的、深刻的。最明显的主题是表达作者对盲诗人爱罗先珂的怀念，从其隐藏的主题来看，一是"寂寞呀，在沙漠上似的寂寞呀"，作者感到自己所居住的这个世界是寂寞的，没有生气的，人与人无法沟通，没有温情，没有真情；二是貌似可爱的生命中实则包含着诸多的残忍与屠戮，爱罗先珂养的可爱的小鸭固然讨人喜欢，却造成了他养的蝌蚪的毁灭，即变成了鸭的食物。从看似平常的生命现象中，鲁迅却痛苦地发现了弱肉强食的凶残，一种生命的生存却是以另一种生命的毁灭为代价的。这是何等的悲哀与无奈。

《故乡》中闰土家庭的贫困、豆腐西施的堕落正表明了个人家庭的衰败。另外，小说在一开头便点出家族的衰败与远离故乡到异地漂泊的凄凉："我们多年聚族而居的老屋，已经公同卖给别姓了"，"永别了熟识的老屋，而且远离了熟识的故乡，搬家到我在谋食的异地去"。总之，在外漂泊的"我"返乡后看到故乡的破败，最后又离乡，正是"我"无家可归的写照（这与后来的《祝福》、《在酒楼上》共同构成了鲁迅小说中存在的"离乡——归乡——离乡"的模式），而在《社戏》中这一感受又从另一个角度体现出来："我"对故乡美好童年生活的诗意般回忆正反衬出当今的"我"正处于无家可归的焦虑中。

再看鲁迅先生的《彷徨》小说集，可以发现故事中的主人公都不可避免地在"家"中痛苦地彷徨着：

对于《祝福》，人们的目光历来多锁定在封建礼教吃人、四座大山压死人的角度上，而其实这篇小说中也包含着"家"如地狱的主题。祥林嫂从娘家出嫁，进入了另一个家庭，不久丈夫就死去，可以想象她在这个家中一定是遭遇了非人的虐待，于是祥林嫂逃出这个家，到鲁四老爷家做工，再苦再累也觉得幸福，因为即便是鲁四老爷家也比她的婆家好多了。然而，不久她的这个"家"终于找到了她，绑架了她，当牲口一样强行将她卖给贺老六，又组成了一个"家"。祥林嫂起初拼死反抗这个新家，但最终屈服，然而这个新家也终于因贺老六的累死而再次破碎。祥林嫂想与儿子阿毛相依为命维持这个残缺的家亦不得，儿子被狼吃掉，她也被婆家人赶走，终于成了无家可归之人。个人家庭毁灭了，社会这个大"家"竟也不能容下她。祥林嫂被歧视，被侮辱，更可怕的是，她还为传说中的冥间的家庭而焦虑，担心到了冥间后会被两个丈夫锯成两半。她终于死去,死前还追问有没有地狱,死掉的一家人,能不能见面。若不能,祥林嫂可免去被两个丈夫分割之痛,但却不能见着儿子阿毛;若能,虽可与儿子团聚,但却免不了被锯之苦。祥林嫂在"家"中遭遇之痛苦,虽死亦不能解脱,"家"对于她来说,如一间地狱,痛苦万分,无处逃避。鲁迅的"家"的焦虑在祥林嫂身上体现到了极致。

《幸福的家庭》看似轻松,实则沉重地指出了理想的幸福家庭是不可能存在的。

《肥皂》中丈夫兼父亲的四铭在家人面前丑态百出,他训斥儿子,责怪女儿,又被太太揭丑,在儿女们面前颜面尽失,家庭中充满了紧张与焦虑。

《长明灯》似乎又是《狂人日记》的另一个版本,疯子的家族对疯子的迫害再次揭示了家族的罪恶与堕落,文中也暗示了疯子曾经有一个令周围人至今仍敬畏的家庭①,就像《白光》一样隐隐透露出一个曾经幸福的家庭的衰败(正如鲁迅幼年时的遭遇一样)。

《离婚》是鲁迅少有的直言家庭破裂的小说,爱姑丈夫的婚姻背叛,爱姑与公公婆婆的吵骂,爱姑生父对她的无力保护都是"家"的焦虑的体现。

《伤逝》是鲁迅唯一的一篇爱情小说,也是近年来研究较多、争议较多的小说。过去学界普遍倾向于将它归纳为"爱要有所附丽"的主题上,现在对它的解读已呈多元化趋势。其实,可以说这篇小说是鲁迅从爱情的角度来击碎"家"的幻想,表现对于"家"的绝望。《伤逝》中的家是自由恋爱组成的新家庭,不像鲁迅小说中其他的家都是没有爱情基础的家庭(《幸福的家庭》则可算是《伤逝》中的家庭的日常生活的一个横截面,是《伤逝》的另一个版本)。但这个由爱组成的家庭又如何呢,最终依然是家破人亡,如其他小说中的家一样。导致这一相似悲剧的根本原因并不是失业,亦非舆论的压力,而是人的自私本性和爱情终会自然而然走向厌倦的性质。爱情本身并不可靠,终会无可奈何花落去,它需要人用责任和意志来取代。然而涓生没能做到,在爱情已消退、生存面临威胁时他为保全自己而自私地、懦弱地放弃了自己的责任,最终导致子君的死亡(被抛弃的子君就只能重蹈祥林嫂的覆辙,在罪恶的家族制度阴影的覆盖之下,子君和祥林嫂之间只有一步之遥)。涓生尽管找出各

---

① 小说中"灰五婶"说"疯子"的祖父曾"捏过印靶子"(正如鲁迅自己的祖父一样),一个茶客还透露"疯子"的祖宗曾向庙里捐过钱,可见家境曾经也是颇为不错的。

种借口来为自己解脱，但他无法欺骗自己，身感"孽风怒吼"，"地狱的毒焰将我围绕"，"猛烈地烧尽我的悔恨和悲哀"，终生无法释怀。曾经存在的一个曾经有过短暂幸福的家庭最终毁灭了两个人。鲁迅通过这篇小说，再次宣告了在"真的人"（涓生和子君都不是）没产生之前，美好的"家"是不可能存在的。

《孤独者》中的魏连殳小时候曾经"家景也还好"，但不幸"幼小失了父母"，由继祖母养大成人，祖孙二人相依为命，其孤独与凄凉自不必说。文章对此着墨并不多，却隐隐透露出一个曾经美好的家庭的毁灭及由此造成的孤独与凄凉。

《在酒楼上》这篇小说则包含着三个家庭的破碎与痛苦。吕纬甫曾经有一个小兄弟，但是三岁就死掉了，当他去乡下掘开小弟的坟时，什么也没发现，只好"用棉花裹了些他先前身体所在的地方的泥土，包起来，装在新棺材里，运到我父亲埋着的坟地上，在他坟旁埋掉了"，"这样总算完结了一件事，足够去骗骗我的母亲"。这里暗示了"家"的残缺与无奈（正如祥林嫂不可能到阴间看到儿子阿毛，单四嫂子梦不见死去的儿子。吕纬甫想见到死去的小弟的尸骨亦不可得）。小说中还提到一个农村姑娘顺姑，带着对还"比不上一个偷鸡贼"的未婚夫的恐惧郁郁而死，这是第二个家庭的破碎。而顺姑的"男人"，"苦熬苦省"好不容易聘下了顺姑，婚事却因她的死而化为泡影，这是第三个家庭的悲剧。

最后看鲁迅的《故事新编》，这些看似"油滑"的小说中也隐隐透出家的焦虑：

《补天》中女娲的孤独、寂寞、无奈以及死后的荒唐遭遇与其他小说中表现的无家可归之感是一脉相通的。

《奔月》中羿的落魄、被徒弟背叛、英雄无用武之地等狼狈、尴尬的处境仍是无家可归之感的体现。而且羿与嫦娥组合的英雄加美女的超级家庭也终于因嫦娥的厌倦并奔月而破碎，大英雄羿欲求一个安稳的家而不可得。

《理水》中通过禹治水的辛苦及周围的愚人们对他的荒唐的歪曲与误解，表现了英雄面对庸众的孤独与无奈。禹可以治得了洪水，可以为人们创造一个没有洪水破坏的自然家园，却无法得到一个正常的精神家园，如置身荒漠之中而无家可归。

《采薇》中的伯夷、叔齐在自己的国家灭亡后，为保持名节，不食周粟，欲隐居于深山亦不得，终被舆论迫害而死，且死后仍被舆论亵渎，天大地大，竟无容身之处。仍然是一种无家可归的遭遇。

《铸剑》中的眉间尺，其家庭本已因父亲的被害而残缺不全，当他为报父仇而送命后，他的家庭进一步走向毁灭。

《非攻》中的墨子，为挽救国家奔波劳累，可谓"爱国"，然而"国"却不"爱"他。他一回到宋国就不断被士兵搜检、掠夺和欺凌，只落得个"从此鼻子塞了十多天"的下场。这里也是英雄为庸众所弃、无家可归的写照，与《理水》中的禹的遭遇殊途同归，在本质上并无差别。

在其他类型的作品中，鲁迅也不断表现出同样的思想意识。即使在短短的一首小诗中，都会表现出鲁迅对于"家"的悲哀与焦虑。例如《南腔北调集·为了忘却的记念》中的一首诗：

惯于长夜过春时，挈妇将雏鬓有丝。

梦里依稀慈母泪，城头变幻大王旗。

忍看朋辈成新鬼，怒向刀丛觅小诗。

吟罢低眉无写处，月光如水照缁衣。

众所周知，此诗所在的文章是为悼念"左联"五烈士而作，而此诗本身却是写于 1931 年 2 月，有着很强的政治背景，诗文表现了鲁迅对屠杀、对白色恐怖的极度愤怒和无奈，然而其中也处处渗透着鲁迅对"家"的焦虑：

"惯于长夜过春时"：春天本是美好的季节，鲁迅感受到的却只是漫漫长夜。这个国家和社会的大"家"是没有春天的，只有黑暗的长夜。"这是怎样的世界呢。夜正长，路也正长……"[1]，"黑漆漆的，不知是日是夜"[2]，"故里寒云恶，炎天凛夜长"[3]，这是鲁迅对当时所生活的社会的感受。在其他地方，鲁迅又用"沙漠"来比喻所处的时代和社会："是的，沙漠在这里。没有花，没有诗，没有光，没有热。没有艺术，而且没有趣味，而且至于没有好奇心。

---

① 鲁迅. 南腔北调集·为了忘却的记念. 鲁迅全集（第四卷）[M]. 北京：人民文学出版社，1981：488

② 鲁迅. 呐喊·狂人日记. 鲁迅全集（第一卷）[M]. 北京：人民文学出版社，1981：427

③ 鲁迅. 集外集拾遗·哀范君三章. 鲁迅全集（第七卷）[M]. 北京：人民文学出版社，1981：425

沉重的沙……"，"比沙漠更可怕的人世在这里"①。

鲁迅的这种强烈的"黑夜"与"沙漠"感觉是他多年来对中国社会深切体验的结果，敏感而曾做过许多美好的"梦"的鲁迅对此不能不感到绝望，身心不可能不受到严重的摧残，而"挈妇将雏鬓有丝"凝炼而含蓄地表现了他的这种心力交瘁之感。"挈妇将雏"是指自己带着妻子和幼儿逃难（柔石被捕后，鲁迅于1931年1月20日和家属避居黄陆路花园庄，2月28回寓），但和"鬓有丝"放在一起，正表现出作者的疲惫、无奈感与凄凉感。鲁迅其时已经年过半百，在白色恐怖的危险之下，不得不携家逃难，欲要维持一个家庭，过片刻安稳的日子而不得，家庭时刻面临被屠杀者毁掉的危险。"挈妇将雏鬓有丝"几个字形象地刻画出了"家"的凄凉与无奈。

"梦里依稀慈母泪"则更是作者心中时刻挂念母亲的反映。在中国人的家庭观念中父亲给人以稳定、依靠和安全感，同时也带来压力和压迫感。而母亲带来的则是温暖和关爱之感，所以中国人在遇到痛苦和巨大的变故时总会脱口而出"我的妈呀"这样的话，在身处险境的危难时刻鲁迅想到自己的慈母，梦里梦到母亲的眼泪。这时，母亲既是自己的安慰，同时也是自己的牵挂，所以"梦里依稀慈母泪"正是这双重情感作用下的结果。

当年过五旬的鲁迅在诗中将"老母"、"幼子"这些意象放在一起时，他对于家的挂念、担忧，他悲哀、凄凉与揪心的痛苦之情跃然纸上。

"城头变幻大王旗"：从辛亥革命到袁世凯窃权到北洋军阀混战再到蒋介石政权，烽火连连，政权频换，都只是一个"大王"取代了另一个"大王"，而无任何本质上的改变，正如作者在《失掉的好地狱》中所言，这一切争斗都不过是争夺地狱的统治权而已。一个又一个的地狱变换着统治人间，使鲁迅觉得"实在无话可说。我只觉得所住的并非人间"②。

"忍看朋辈成新鬼，怒向刀丛觅小诗"：这个时代和社会充满了屠杀和死亡，只能使人不断变成鬼，废墟和荒坟使人间如地狱，到处是"刀丛"，没有人类可以生存的家园，生活在这种环境之下是何等的痛苦。

"吟罢低眉无写处，月光如水照缁衣"：为什么"小诗""吟罢"却"无

---

① 鲁迅.热风·为"俄国歌剧团".鲁迅全集（第四卷）[M].北京：人民文学出版社，1981：382

② 鲁迅.华盖集续编·记念刘和珍君.鲁迅全集（第三卷）[M].北京：人民文学出版社，1981：273

写处",鲁迅自己解释说:"可是在中国,那时是确无写处的,禁锢得比罐头还严密"①。鲁迅也曾用"无声的中国"② 来比喻当时的社会现实,在这样的如地狱般的国家和社会里,人们的痛苦和愤怒无处可说,无处可诉,令人感到何等的愤怒和无奈。"月光如水照缁衣"再次表达了鲁迅的"漫漫黑夜"的感受。

鲁迅的"家"的焦虑之感在他的作品中普遍存在着,透过这些作品可以看到:自古至今存在的"家"是残忍的,"家"是不幸的,"家"是无奈的,"家"是痛苦的,"家"是凄凉的,"家"是破碎的,"家"是吃人的,"家"是注定要毁灭的,人只能处于无家可归的孤苦无依的漂泊与流浪的痛苦之中。"我实在无话可说。我只觉得所住的并非人间。"③"华夏大概并非地狱,然而'境由心造',我眼前总是充塞着重迭的黑云,其中有故鬼,新鬼,游魂,牛首阿旁,畜生,化生,大叫唤,无叫唤,使我不堪闻见。"④"于是大小无数的人肉的筵宴,即从有文明以来一直排到现在,人们就在这会场中吃人,被吃,以凶人的愚妄的欢呼,将悲惨的弱者的呼号遮掩,更不消说女人和小儿。这人肉的筵宴现在还排着,有许多人还想一直排下去。"⑤鲁迅的作品中反复出现的这些话语无不在诉说着"家"如地狱的痛苦感受。而这正是身处没有"真的人"的社会的必然命运,只有"真的人"的出现,这个社会的"家"的状况才可能得到根本改变。

综上所述,无家之感的焦虑深入鲁迅的心灵深处,影响着他作品中的每一个"家"的形象,处处体现出鲁迅痛苦与忧患意识,从而使其作品达到了一个空前的哲学高度,这也正是他深刻的思想意识的反映。"叛逆的猛士出于人间;他屹立着,洞见一切已改和现有的废墟和荒坟,记得一切深广和久远的苦痛,……他看透了造化的把戏;……"⑥鲁迅就是这样"叛逆的猛士"。

① 鲁迅.南腔北调集·为了忘却的记念.鲁迅全集(第四卷)[M].北京:人民文学出版社,1981:487
② 鲁迅.三闲集·无声的中国.鲁迅全集(第三卷)[M].北京:人民文学出版社,1981:273
③ 鲁迅.华盖集续编·记念刘和珍君.鲁迅全集(第三卷)[M].北京:人民文学出版社,1981:273
④ 鲁迅.华盖集·碰壁之后.鲁迅全集(第三卷)[M].北京:人民文学出版社,1981:68
⑤ 鲁迅.坟·灯下漫笔.鲁迅全集(第一卷)[M].北京:人民文学出版社,1981:217
⑥ 鲁迅.野草·淡淡的血痕中.鲁迅全集(第二卷)[M].北京:人民文学出版社,1981:221

"在小说里可以发见社会，也可以发见我们自己。"① 钱理群教授认为，"每一个有独创性的思想家和文学家，总是有自己惯用的、几乎已经成为不自觉的心理习惯的、反复出现的观念（包括范畴）、意象；正是在这些观念、意象里，凝聚着作家对于生活独特的观察、感受与认识，表现着作家独特的精神世界与艺术世界，它们打上了如此鲜明的作家个性的印记。"② 鲁迅小说中反复出现的"家"的焦虑正是他自己的遭遇与他熟读经史、洞察社会、忧国忧民的思想相结合的结果，有着鲁迅的"个性的印记"。鲁迅幼年丧父，家道中落，又遭家族倾轧；随后他的婚姻亦很不如意，与朱安组成的家庭几乎是存在着的无；更不幸的是兄弟失和给了鲁迅家庭生活以最后一击；而社会的动荡、国家的危亡、世态的炎凉、青年的背叛、同道的暗箭等等更是令他感到无比的孤独、寂寞和绝望。这些痛苦的经历在他的心理上投下了浓重的阴影，不可避免地投射在他的作品中，挥之不去，正如一位学者所说的那样："无论作者多么有意地克制，只要他认真沉入到了真正的艺术创造的境界中去，作者潜意识中的深层自我便会参与进来，内心的许多隐情也会在不知不觉中流露于笔端。"③ 鲁迅并非是一个不理性的人，他的"家"的焦虑亦是其理性思索的结果，他饱读经书，学贯中西，洞察秋毫，思想深刻，"于浩歌狂热之际中寒；于天上看见深渊。于一切眼中看见无所有；于无所希望中得救"④，他拥有顽强的意志和忧国忧民，"俯首甘为孺子牛"的胸怀，因此才"敢于直面惨淡的人生，敢于正视淋漓的鲜血"⑤，他是"铁屋子"中的清醒者，才能"看透了造化的把戏"⑥，才能"取下假面，真诚地，深入地，大胆地看取人生并且写出他的血和肉来"⑦。鲁迅不愿意自欺，也不愿意欺骗别人，更不愿意被别人欺骗，他深刻地、严厉地、无情地揭开了古往今来笼罩在"家"上的面纱，将真实的东西拿给人们看，他要砸开"家"的铁屋子，欲使人们清醒地认识

---

① 鲁迅.集外集·文艺与政治的歧途.鲁迅全集（第七卷）［M］.北京：人民文学出版社，1981：118

② 钱理群.心灵的探寻［M］.北京：北京大学出版社，1999：11

③ 李明.鲁迅自我小说研究［M］.长沙：中南大学出版社，2002：130

④ 鲁迅.野草·墓碣文.鲁迅全集（第二卷）［M］.北京：人民文学出版社，1981：202

⑤ 鲁迅.华盖集续编·记念刘和珍君.鲁迅全集（第三卷）［M］.北京：人民文学出版社，1981：274

⑥ 鲁迅.野草·淡淡的血痕中.鲁迅全集（第二卷）［M］.北京：人民文学出版社，1981：222

⑦ 鲁迅.坟·论睁了眼看.鲁迅全集（第一卷）［M］.北京：人民文学出版社，1981：241

到自己的生存状态，尽管这样会使别人痛苦，同时也使鲁迅自己痛苦不堪。

"中国家庭，实际久已崩溃"①，存在的"家"是如此的黑暗，那么鲁迅理想中的家园是什么样子呢，"家"应该如何存在呢？鲁迅其实也有过关于美好家园的梦想："我在年青时候也曾经做过许多梦，后来大半忘却了，但自己也并不以为可惜。所谓回忆者，虽说可以使人欢欣，有时也不免使人寂寞，使精神的丝缕还牵着已逝的寂寞的时光，又有什么意味呢，而我偏苦于不能全忘却……"②，这个不能全忘却的梦是什么呢，鲁迅同样没有直接论及，他的作品中涉及到这一问题的地方甚至更少。不过从鲁迅有限的作品中还是可以看出来一些他的梦想的：

首先是鲁迅的"真人"梦与"幼者本位"梦。

王晓明在其《鲁迅传》中说："一个人不满现状，总是因为他另有一个理想，既然现实已经是一个坏的世界，那他理想中的好的世界，就只能存在于将来，也就是说，不满现状者的唯一的精神寄托，就是将来。"③的确如此，在充满着疯狂、死亡与吃人意象的《狂人日记》里，狂人尽管感到恐惧，感到痛心，却并未彻底绝望，对未来仍然是持有较为乐观的想法的，相信"将来是容不得吃人的人"④。鲁迅寄望于未来，尤其是孩子身上，旗帜鲜明地表达了鲁迅的"立人"，改造国民性的梦想。这个梦想即"救救孩子"，使孩子成为"真的人"。另外，鲁迅还寄希望于青年，"扫荡这些食人者，掀掉这筵席，毁坏这厨房，则是现在的青年的使命"⑤（在一定意义上可以说，鲁迅所说的"孩子"和"青年"其实是同一个所指，并无区别）。

鲁迅认为，在"真的人"出现的社会里，"家"才能成为人可以诗意地栖居之地。那么，培养"真的人"，就是当务之急了，鲁迅又惊人地提出要以"幼者本位"来取代中国一直奉行的"长者本位"。鲁迅甚至说："中国的改

---

① 鲁迅．坟·我们现在怎样做父亲．鲁迅全集（第一卷）［M］．北京：人民文学出版社，1981：139

② 鲁迅．《呐喊》自序．鲁迅全集（第一卷）［M］．北京：人民文学出版社，1981：415

③ 王晓明．无法直面的人生：鲁迅传［M］．上海：上海文艺出版社，2001：23

④ 到1925年，鲁迅在《文跋序集·〈出了象牙之塔〉》后记》（鲁迅全集（第十卷）［M］．北京：人民文学出版社，1981：244）中还有"国民性可改造于将来"的说法。

⑤ 鲁迅．坟·灯下漫笔．鲁迅全集（第一卷）［M］．北京：人民文学出版社，1981：217

革，第一著自然是扫荡废物，以造成一个使新生命得能诞生的的机运。"① 鲁迅因为受到了进化论的影响，对于未来是充满乐观的，"我一向是相信进化论的，总以为将来必胜于过去，青年必胜于老人……"②，进化的过程是不可阻挡的客观规律，"进化的途中总须新陈代谢。所以新的应该欢天喜地的向前走去，这便是壮，旧的也应该欢天喜地的向前走去，这便是死；各各为此走去，这便是进化的路。"③ 所以，救救孩子是可能的也是可行的。而在《我们怎样做父亲》一文中，鲁迅更是充满激情地畅谈如何解放孩子，使他们成为"真的人"。

当然，这样的梦想后来在无情的现实面前破灭了，正如鲁迅自己所说："然而后来我明白我倒是错了……"④，"我的一种妄想破灭了"⑤。《孤独者》中魏连殳后来开始痛恨、戏耍孩子并且自己坚决不成家不要孩子；《肥皂》中的青年学程在父亲面前唯唯诺诺，还要每天练习象征着腐朽的传统文化的"八卦拳"，与老人并无两样，完全没了青年人的朝气，看不到进化的痕迹。而鲁迅自己也被青年背叛，终于认识到"青年又何能一概而论？有醒着的，有睡着的，有昏着的，有躺着的，有玩着的，此外还多"⑥。"杀戮青年的，似乎倒大概是青年"⑦，"我在广东就目睹了同是青年，而分成两大阵营，或则投书告密，或则助官捕人的事实，我的思路因此轰毁"⑧。鲁迅也曾愤怒抨击一位青年说："我敢将唾沫吐在生长在旧的道德和新的不道德里，借了新艺术的名而发挥其本来的旧的不道德的少年的脸上！"⑨ 这种梦想的幻灭也是对鲁迅的重大打击。

---

① 鲁迅. 译文序跋集·《出了象牙之塔》后记. 鲁迅全集（第十卷）[M]. 北京：人民文学出版社，1981：244

② 鲁迅. 三闲集·序言. 鲁迅全集（第四卷）[M]. 北京：人民文学出版社，1981：5 在与鲁迅同时代的陈独秀、李大钊以及郭沫若等五四新文化和新文学先驱那里，都认为新的必胜于旧的，新的即是好的，都曾持有一种基于进化论的对未来的乐观。

③ 鲁迅. 热风·随感录四十九. 鲁迅全集（第一卷）[M]. 北京：人民文学出版社，1981：339

④ 鲁迅. 三闲集·序言. 鲁迅全集（第四卷）[M]. 北京：人民文学出版社，1981：5

⑤ 鲁迅. 而已集·答有恒先生. 鲁迅全集（第三卷）[M]. 北京：人民文学出版社，1981：453

⑥ 鲁迅. 华盖集·导师. 鲁迅全集（第三卷）[M]. 北京：人民文学出版社，1981：55

⑦ 鲁迅. 而已集·答有恒先生. 鲁迅全集（第三卷）[M]. 北京：人民文学出版社，1981：453

⑧ 鲁迅. 三闲集·序言. 鲁迅全集（第四卷）[M]. 北京：人民文学出版社，1981：5

⑨ 鲁迅. 集外集拾遗补编·看了魏建功君的《不敢盲从》以后的几句声明. 鲁迅全集（第八卷）[M]. 北京：人民文学出版社，1981：116

其次是鲁迅对于美好家园的追忆，可以说是一种童年梦。

"人……承着过去，向着未来，都不免并含着向前和反顾"①，鲁迅也时常"反顾"过去，寻找美好的记忆。在鲁迅的童年记忆里，留有美好家园的印象。如百草园②，与"长妈妈"③在一起的日子，在少年闰土那里看到的充满诗情画意的田园风光："深蓝的天空中挂着一轮金黄的圆月，下面是海边的沙地，都种着一望无际的碧绿的西瓜，其间有一个十一二岁的少年，项带银圈，手捏一柄钢叉，向一匹猹尽力的刺去，那猹却将身一扭，反从他的胯下逃走了。"④《社戏》中少年"迅哥"与伙伴们无拘无束的夜生活和宽厚大度的"六一公公"的热情都使他难以忘怀。

这些回忆的共同特征是：都是童年时期的，都是鲁迅家道中落以前的，回忆中的人都是纯真善良，并且无生计之忧的。尤其是《故乡》中"走路的人口渴了摘了一个瓜吃，我们这里是不算偷的"那样的纯朴的人际关系，以及《社戏》中被偷了罗汉豆不生气反倒送豆请客的六一公公的言行都向人们描绘了一个令人神往的世外桃源式的社会（某些地方甚至与废名小说中所描绘的乡村世界颇有相似之处，当然鲁迅的作品中很少会出现这样的"世外桃源"）。然而，这样理想的社会毕竟只是鲁迅的幻想（一种变形了的童年记忆），在当时的现实生活中是不存在的。百草园"现在是早已并屋子一起卖给朱文公的子孙了"⑤，长妈妈也"辞了这人世"⑥，闰土与我"之间已经隔了一层可悲的厚障壁了"⑦，"一直到现在，我实在再没有吃到那夜似的好豆，——也不再看到那夜似的好戏"⑧。童年的美好生活已不可重现，而且即便是那些美好的回

① 鲁迅．集外集拾遗·《十二个》后记．鲁迅全集（第七卷）［M］．北京：人民文学出版社，1981：300
② 鲁迅．朝花夕拾·从百草园到三味书屋．鲁迅全集（第二卷）［M］．北京：人民文学出版社，1981：278
③ 鲁迅．朝花夕拾·阿长与山海经．鲁迅全集（第二卷）［M］．北京：人民文学出版社，1981：243
④ 鲁迅．呐喊·故乡．鲁迅全集（第一卷）［M］．北京：人民文学出版社，1981：477
⑤ 鲁迅．朝花夕拾·从百草园到三味书屋．鲁迅全集（第二卷）［M］．北京：人民文学出版社，1981：278
⑥ 鲁迅．朝花夕拾·阿长与山海经．鲁迅全集（第二卷）［M］．北京：人民文学出版社，1981：248
⑦ 鲁迅．呐喊·故乡．鲁迅全集（第一卷）［M］．北京：人民文学出版社，1981：482
⑧ 鲁迅．呐喊·社戏．鲁迅全集（第一卷）［M］．北京：人民文学出版社，1981：569

忆也可能是不真实的："我有一时，曾经屡次忆起儿时在故乡所吃的蔬果：菱角、罗汉豆、茭白、香瓜。凡这些，都是极其鲜美可口的；都曾是使我思乡的蛊惑。后来，我在久别之后尝到了，也不过如此；惟独在记忆上，还有旧来的意味存留。他们也许要哄骗我一生，使我时时反顾。"① 可以说，正如美学理论中所言，距离产生美，所谓的回忆，往往会把很久以前的普通平凡的甚至很令人痛苦的东西想象得很美好，而事实上这些美好的东西并不存在。鲁迅是有着丰富的情感的，对童年也有深深的怀念，但鲁迅更是理智的，知道这仅仅是人的一种心理作用罢了。

鲁迅试图找回记忆中美好的童年，寻到一个可以获得片刻休憩的温暖的港湾，在那里找到精神家园的存在，以慰藉自己在残酷的社会现实中频遭伤害和挫折的心灵，在童年的美好梦境中擦洗伤痕，重装上阵。而这最终也宣告失败了。

残酷的现实使鲁迅不再乐观，更多的是对"家"的绝望，鲁迅曾发现"现在北京的人家，都在建造'活埋庵'……将所有的人家完全活埋下去"②，这是鲁迅自己独到的惊人的观察发现。现实是地狱，未来的天堂也是虚幻，鲁迅只能"向黑暗里彷徨于无地"③，承受着失去家园，无家可归的极度痛苦。正如有人所言："思想巨匠的心灵之孤独，是常人难以体验和描述的，当他们面对芸芸众生闪烁着智慧之光时，仿佛置身于一片荒原之中，他们的头脑是最清醒的，但他们的心灵却又是最孤独和凄苦的。"④ 用这样的话来形容鲁迅的处境是最恰当不过了。

鲁迅感到了绝望，但又反抗这绝望，他拿起手中笔，倾诉着自己的所思所想所感，尤其是无家可归的焦虑。"今索诸中国，为精神界之战士者安在？有作至诚之声，致吾人于善美刚健者乎？有作温煦之声，援吾人出于荒寒者乎？家国荒矣，而赋最末哀歌，以诉天下贻后人之耶利米，且未之有也。"⑤ 鲁迅正是中国精神界之战士，是赋无家可归哀歌的先知耶利米。作为无家可归的民

---

① 鲁迅. 朝花夕拾·小引. 鲁迅全集（第二卷）［M］. 北京：人民文学出版社，1981：229～230

② 鲁迅. 通讯［A］. 华盖集［M］. 北京：人民文学出版社，1973：14

③ 鲁迅. 野草·影的告别. 鲁迅全集（第二卷）［M］. 北京：人民文学出版社，1981：160

④ 冒键. 站在时代巅峰的精神巨子：怪杰·疯子·狂人——叔本华、尼采、鲁迅精神风貌比较谈［J］. 江苏广播电视大学学报，1994，（1）

⑤ 鲁迅. 坟·摩罗诗力说. 鲁迅全集（第一卷）［M］. 北京：人民文学出版社，1981：100

族里的先知，其命运注定是悲剧性的。相传以色列的先知耶利米就被流亡在答比匿的犹大人用石头打死；《药》中的夏瑜向人们宣传民主平等思想，招来的却只能是殴打和嘲弄；《阿Q正传》中阿Q对革命的理解是荒唐又荒唐的，革命者如果知道，不知该感到怎样的悲哀与无奈。

鲁迅预料到了这一悲剧性，他虽奉了"将令"，"呐喊几声"，但"往往不恤用了曲笔"，将无家可归的焦虑深藏于其作品深处，因为他"并不愿将自以为苦的寂寞，再来传染给也如我那年青时候似的正做着好梦的青年"①。正如他在《影的告别》中所言：

我愿意这样，朋友——

我独自远行，不但没有你，并且再没有别的影在黑暗里。只有我被黑暗沉没，那世界全属于我自己。

然而，对于家族制度吃人罪恶的体验，对于家族制度造成的从家庭到家族再到整个国家和社会的地狱般的状态，使鲁迅难以真正完全沉默，在他的作品中，对于家族制度的罪恶的抨击处处可见，无"家"之感如影随行地表现在他的字里行间。鲁迅的小说中的"家"的形象是一个多层象征体，从表层上看，一个一个的个体生命正在痛苦与毁灭中；就其深层来看，它暗示的是整个国家和社会的衰败破碎，思想先驱们体味到整个民族在吃人的罪恶的家族制度的统治和熏染之下，已经由人变成了野兽，如果不进行天翻地覆的大变革，就没有资格在地球上生存；从文化层面来看，它暗示的是传统道德伦理价值、信仰价值的无意义和吃人性，而未来的黄金世界又难以确定和相信。

因此，鲁迅作品中的"家"的形象表达了他对于人生和社会的一个整体性的、根本性的焦虑，它与尼采那句象征性的寓言"上帝死了"异曲同工。尼采说上帝死了，鲁迅说"家"毁灭了，生活在铁屋子里的人迟早要死去，先驱们或曰"真的人"只能成为流浪漂泊的过客，他们正在寻找新"家"的路上。

本书将分析鲁迅作品中三个层面上的"家"：微观的家庭、中观的家族和宏观的传统文化、现实社会所构成的精神家园，以及鲁迅作品中出现的与"家"紧密相连的爱情、婚姻问题和父亲、母亲、兄弟、儿童等家庭成员的形

---

① 鲁迅.《呐喊》自序. 鲁迅全集（第一卷）[M]. 北京：人民文学出版社，1981：419~420

象，从而揭示鲁迅作品中隐含的孤独绝望的无"家"之感，并联系鲁迅本人的身世、经历，解读他惨烈痛苦的心路历程，探析他对何处是人类真正可以诗意地栖居的家园的形而上的苦苦追寻和终极关怀。

第一章

人·家·文学

家庭为中国之基本。

——鲁迅《南腔北调集·家庭为中国之基本》

家庭是社会的核心，人类家庭的历史和人类文明的历史一样悠久。当造物主创造出作为万物灵长的人时，亦为人设计出了一套缜密的、强大的、有效的运行程序和机制，即"家"的存在与延续。人在"家"中，人是天生的"家"动物，与"家"密不可分：人一出生就被打上了"家"的烙印，他（她）的降临世间本身就是"家"的产物，"家"是他（她）的先验的存在，他（她）别无选择，无可逃遁。他（她）在"家"中成长，经历悲欢离合、喜怒哀乐、酸甜苦辣，然后再走出现有的"家"，寻找一个异性再组成一个新"家"，繁育后代，并使更多的"家"的产生成为可能。而人类社会也冀此得以实现种族延续，绵延不息。"家"是人形而下的本能需求，也是人的形而上的精神渴望；"家"会给人温暖，"家"也会令人如处寒冬；"家"会给人无限的甜蜜与幸福，亦会将无尽的痛苦与折磨施彼其身；"家"会令人恋恋不舍，亦会令人避之不及。"家"给人带来了五光十色、七情六欲、千奇百怪、万紫千红、太多太多的东西，剪不断，理还乱，令人欲说还休，从而使处于"家"中的人演绎出一幕又一幕光怪陆离的故事，构成了人类历史的景观，成为千百年来人类话语的中心。

"家"，既指家庭，也指家族（在本文中还包括精神家园的含义，本文是在三个层面的含义上使用"家"这个概念，即家庭、家族和精神家园）。"家庭"和"家族"是两个经常一起使用的词，二者之间既有联系，又有区别。关于"家庭"和"家族"的含义，以及家庭和家族的关系，徐杨杰在其著作

《中国家族制度史》中有比较全面的论述：

所谓家庭，就其一般性的特征来说是以特定的婚姻形态为纽带结合起来的社会组织形式……我们今天通常说的家庭，是指原始社会末期产生的以一夫一妻制的个体婚姻为纽带的个体家庭。这种个体家庭形态产生之后，一直延续到了现代。……个体家庭除了上述的一般性特征之外，如果一定要给它一个定义，可以说它是社会最基本的细胞，是人们最基础的婚姻、经济和社会生活单位。……我们所说的个体家庭，首先是一个婚姻生活单位，……其次是一个经济生活单位，人们以家庭为单位进行生产和消费。这个经济单位的主要特点，一是同居，二是共财，三是合爨。再次，它是一个社会生活单位，人们以家庭为单位教育后代，为其婚配，进行社会交往，保障成员的安全等。

而"家族"一词：

从字面上来讲，族是一个假借字，原指盛箭矢的袋子，把许多支矢装在一起叫族（后来写作"簇"），也叫束。用它来命名家族的族，就是许多家庭聚集在一起的意思。所以，家族是以家庭为基础的，是指同一个男性祖先的子孙，虽然已经分居、异财、各爨，成了许多个体家庭，但是还世代相聚在一起（比如共住一个村落之中），按照一定的规范，以血缘关系为纽带结合成为一种特殊的社会组织形式。要构成家族，第一必须是一个男性祖先的子孙，从男系计算的血缘关系清楚；第二必须有一定的规范、办法，作为处理族众之间的关系的准则；第三必须有一定的组织系统，如族长之类，领导族众进行家族活动，管理族中的公共事务。不论哪个历史阶段，哪种具体形态的家族组织，这三个基本点是缺一不可的。

关于家庭和家族的关系，徐杨杰认为：

一般说来，家庭和家族的关系，主要表现为个体和群体的关系，在以血缘关系为纽带结合而成的这类社会组织中，家庭是个体，是基础，家族则是群体，是家庭的上一级的组织形式。家庭和家族的主要区别，在于是否同居、共财、合爨，家庭是同居、共财、合爨的单位，而家族则一般地表现为别籍、异财、各爨的许多个体家庭的集合群体。①

"家"是一种特定的生存空间，是每个人的身体与灵魂得以自在地栖居的基本形式。家庭是社会的细胞，家庭是个人与社会的纽带，家庭加之于个人身

① 徐杨杰. 中国家族制度史［M］. 北京：人民出版社，1991：2～6

上的关系网络以及控制规范使社会得以整合,并成为社会聚合和发展的重要动力。由家庭延伸出来的家族在人类历史上曾扮演过重要的角色。马克思就曾说过,"家""以缩影的形式包含了一切后来在社会及其国家中广泛发展起来的对立"①。"家"无论在微观层面还是在宏观层面,无论对个人对社会都至关重要,从而也成了古今中外文学作品的母题。

第一节　中国传统社会中的"家"

钱穆认为:"中国文化,全部都是从家族观念上筑起的。"②"家"在中国尤其是传统中国社会,显得格外重要,可以说整个中国的传统文化都是建立在家族制度的基础之上的,不理解家族制度,就无法理解中国传统文化。考察中国传统社会中的家族制度的情况,是理解鲁迅作品中的"家"的观念的前提。

一、家族本位:家是中国人人生的核心

中国传统社会的一个重要的特点就是"家"中心,"家"本位。

家族制度是人类历史上出现过的共同现象,世界各国和各个民族,基本上都经历过原始社会末期出现的父系家长制家族这一阶段。中国也不例外,原始社会末期个体家庭产生以后,以个体家庭为基础结合而成的家族便产生了。但是世界各国中唯有中国的家族形态最为发达,建立于其上的家族文化在中国文化传统中也占据支配地位,从而使得中国的社会结构、历史进程、文化精神和中国人的生存形态与个性发展都获得了极大的特殊性。传统的中国社会和文化是家族本位制的,家庭是文化的核心,伦理纲常以家庭关系为模板,风俗习惯以家庭为出发点,社会组织以家庭为脉络。林语堂就曾认为:"家族制度是中国社会的根底,中国的一切社会特性无不出自此家族制度"③,陈独秀在《东西民族根本思想之差异》中称"东洋民族以家族为本位"④,梁漱溟亦认为"中国人的家之特见重要,正是中国文化特强的个性之一种表现"⑤。

① 马克思、恩格斯. 马克思恩格斯全集(21卷)[C]. 北京:人民出版社,1965:70

② 钱穆. 中国文化史导论(修订本)[M]. 北京:商务印书馆,1994:51

③ 林语堂. 吾国与吾民[M]. 北京:宝文堂书店,1988:161

④ 转引自陈崧编. 五四前后东西文化问题论战文选(增订第2版)[C]. 北京:中国社会科学出版社,1989:13

⑤ 梁漱溟. 梁漱溟学术论著自选集[C]. 北京:北京师范学院出版社,1992:227

家族制度与传统中国的社会生活、经济生活、政治生活，以及伦理道德、文化艺术都有紧密联系，而且一切社会组织都是以"家"为中心，人与人之间的关系，大都是以家庭关系作为基点。在传统中国，家庭作为社会的基本细胞几乎无所不在，它是娱乐单位、教育单位、经济单位、道德单位、心理单位、人格单位；甚至从家长掌握处罚权角度看，它还是法律单位；从齐家治国的角度看，是政治单位；从生儿育女的角度看，是生物单位；从祖先崇拜的角度看，是宗教单位。因此古代家族制度也是研究中国传统文化的一面镜子。欲研究中国文化，必得从家族制度入手；想了解中国人，不可不知道家族本位这一特点。

传统的中国人一出生便在家族中生活，受到家族的教育，被灌输以传统的家族观念，他的人生核心从此就与"家"紧紧地捆绑在了一起。一个人生下来从懂事起就被授以家族至上的观念，从此后一个被认为是正常的中国人他的奋斗都不是为了自我价值的实现，而是为了家族的利益。无论是前线杀敌获取功勋，积极钻营升官发财，寒窗苦读得以金榜题名等等，都是为了光宗耀祖（所以《红楼梦》中不愿读书考取功名的贾宝玉会被当作另类、异端和不肖子孙）。当然，他招来祸端也会导致诛连九族。因此他的最高人生目标就是光宗耀祖，他的婚姻是为了传宗接代，不是以两情相悦为旨归的。即使如纳妾这样的主要满足私欲的事也是以为家族续香火的名义冠冕堂皇地进行的，并受到社会的赞许，妻子也不能反对（为了家族的生存和发展）。他在抚养小孩时会常常想到这孩子将来能为家族做什么；他活着时要祭祖，要上坟，念念不忘这个家族的前辈；他发达后也不忘衣锦还乡在祖宗的牌位前报到；而没有儿子就是最大的不孝，不仅祸及自身，还会殃及死去的家族的前辈无人供养，所以他临死时也会惦记着自己死后会不会有香火继承，会不会受到家族后代的供养，他最大的恐惧不是死，而是死后变成孤魂野鬼，这样就无法受到所在家族的庇佑。因此可以说在传统社会，家庭和家族既是人的生活场所，又是人的精神家园，是每一个人人生的出发点，也是他的最终的归宿。所以，对于一个人来说，他的最大的痛苦就是"家"的破灭。

总之，传统中国人的人生的核心就是家族，整个社会都是在家族的基础上建立和运行的。正如钱穆所言："'家族'是中国文化的一个最主要的柱石，……先有家族观念乃有人道观念，先有人道观念乃有其他的一切。"① 所以家族制度是否合理，家族制度是否合乎人性，正决定着传统中国人的生存状态，如果你作为人生核心的家族的存在是不合理的，那么你的人生当然也是错误的。"五四"时期的思想先驱们，特别是鲁迅先生正是通过揭露家族制度的吃人的罪恶来分析传统中国人的野兽般、奴隶般的生存状态的。

二、家国同构

传统中国人的"家"的观念，由家庭延伸到家族，再进一步扩大到国家，中国传统社会的组织模式便是从"修身"、"齐家"的小家扩展到"治国"、"平天下"大家的同心圆式。家族从一开始就与国家政权有机结合，家族制度实则就是国家制度，家族制度在维护封建专制制度中，发挥着重要功能。家国一体的制度与观念意识使得国家不过是家庭或家族的放大，皇帝并非现代意义上的一个政治官员，以皇权为核心的政府体系乃是民之父母，皇帝以下的人都是皇帝的子女，君臣关系往往就是父子关系，孝和忠在这里是合一的，这是家国同构观念的本质内涵。

而中国人在观念中一向就是将家和国看作一体，追求忠孝两全的境界，在关键时刻，舍小家顾大家（国家），甚至将国看的比个人的家更重要，当忠孝不能两全时，则舍孝取忠。如岳母在岳飞背上刺下"精忠报国"之字的故事更是千古流传，感动和激励着一代又一代的人为国家舍生忘死。

中国传统社会家国同构的观念和机制既保证了统治阶级的绝对统治，建立起了异常稳固的社会秩序，使中国的封建社会能够以强大的生命力持续运转下去，同时也给个人提供了必须的安全感和归属感。即使在"五四"以后，这种观念和机制也不断地为中华民族的反帝运动和抗击侵略的战争提供着强大的精神动力和保障。

三、故土难离的恋家情结

"床前明月光，疑是地上霜。举头望明月，低头思故乡。"李白的《静夜思》可以说是中国人恋家情结的经典写照。故土难离，传统的中国人轻易不会离家，离了家之后会格外想念家，正如"独在异乡为异客，每逢佳节倍思

---

① 钱穆. 中国文化史导论（修订本）[M]. 北京：商务印书馆，1994：51

亲"①。而"慈母手中线，游子身上衣，临行密密缝，意恐迟迟归，谁言寸草心，报得三春晖"② 则在一定意义上解释了中国人为什么恋家，因为家中有慈母，慈母会给儿女温暖，同时慈母也思念儿女，并需要儿女的照料。慈母的手中线拴住了传统中国人的身和心，天涯海角亦有这根线牵着，如鲁迅就是听到母亲病危的假消息后才赶回家，并被迫结婚的，从此他的人生也被改变。中国古代史上，战乱频仍，人们不断遭遇流离失所、饥寒交迫之痛，然而一旦时局稍有平稳，便如杜甫般"白日放歌须纵酒，青春作伴好还乡"③。其他如"月是故乡明"④，"少小离家老大回，乡音无改鬓毛衰"⑤ 等等，都深刻地表达了中国人的恋家情结。

鲁迅就从"鸡犬升天"的传说中看到了中国人的固执的恋家情结：

我们有一个传说。大约二千年之前，有一个刘先生，积了许多苦功，修成神仙，可以和他的夫人一同飞上天去了，然而他的太太不愿意。为什么呢？她舍不得住着的老房子，养着的鸡和狗。刘先生只好去恳求上帝，设法连老房子，鸡，狗，和他们俩全都弄到天上去，这才做成了神仙。也就是大大的变化了，其实却等于并没有变化。⑥

恋家情结曾对中国农业社会的发展起到了巨大的推动作用，对中国社会凝聚力向心力的形成，对社会的稳定和发展都颇有益处，然而在世界的发展进入现代社会后，中国人的这种情结就成为社会发展的巨大精神障碍，它养成了人们的保守、懒惰，墨守祖宗成规，不思进取，不求上进，不敢冒险的落后的国民性，在西方国家蒸蒸日上、迅猛发展的滚滚大潮中日益落伍，面临着亡国断种的危机。鲁迅就痛斥了中国人这种动不动就"躲进家里去"，"千变万化，不离其宗"，"对于老家，却总是死也不肯放"的懒惰、保守、顽固的落后的国民性：

我们……是身处斗室之中，神驰宇宙之外，抽鸦片者享乐着幻境，叉麻雀者心仪于好牌。檐下放起爆竹，是在将月亮从天狗嘴里救出；剑仙坐在书斋

---

① 王维．九月九日忆山东兄弟
② 孟郊．游子吟
③ 杜甫．闻官军收河南河北
④ 杜甫．月夜忆舍弟
⑤ 贺知章．回乡偶书
⑥ 鲁迅．且介亭杂文·中国文坛上的鬼魅．鲁迅全集（第六卷）［M］．北京：人民文学出版社，1981：152

里，哼的一声，一道白光，千万里外的敌人可被杀掉了，不过飞剑还是回家，钻进原先的鼻孔去，因为下次还要用。这叫做千变万化，不离其宗。所以学校是从家庭里拉出子弟来，教成社会人才的地方，而一闹到不可开交的时候，还是"交家长严加管束"云。

"骨肉归于土，命也；若夫魂气，则无不之也，无不之也！"一个人变了鬼，该可以随便一点了罢，而活人仍要烧一所纸房子，请他住进去，阔气的还有打牌桌，鸦片盘。成仙，这变化是很大的，但是刘太太偏舍不得老家，定要运动到"拔宅飞升"，连鸡犬都带了上去而后已，好依然的管家务，饲狗，喂鸡。①

历史车轮的发展是无情的，中国社会不可避免地也要进入现代社会的轨道，而这种恋家情结导致了中国人在进入现代社会之后遭遇了转型期的无家可归的切肤之痛，因为一方面中国人有着如此沉重的恋家情结，另一方面这个"家"又是吃人的，是罪恶的，应该被毁掉的，那么你又身归何处呢，又如何安身立命呢。"五四"时期的思想先驱们普遍处于这种尴尬的境地中，在他们激愤而猛烈地呐喊的背后，隐藏着极其矛盾和复杂感情的痛苦，现代文学史上大量的作品都表现了这一痛苦。

四、以孝为首的纲常伦理

与西方的宗教伦理不同，传统中国社会的伦理是建立在以"孝"为中心的纲常伦理基础上的。传统的中国社会实行的是封建家长制的专制制度，家族和家庭也是家长制的，而家长权威的存在和维系在很大程度上依赖于"孝"道的神圣化。儒家思想将孝道列为其核心内容之一，认为作为家长的父母的核心地位不可动摇，子女之生命既来自父母，就应当由父母来支配，是父母的财物，子女的灵魂和意志也应服从父母。《孝经》有言："夫孝，天之经也，地之义也，民之行也"，把孝道看作天道，所以人人都应顺天而孝，不孝即违背天意，违背天意自然就是大逆不道，要受到严厉惩罚。孝的观念已深入普通民众的无意识深层，形成一种集体无意识，即使在今天的中国，这亦然是人们处理家庭关系的基本准则，违背者会受到社会一致的谴责。

孝的观念有它积极的一面，它保证了家庭家族秩序的正常运行，使老年人

---

① 鲁迅．南腔北调集·家庭为中国之基本．鲁迅全集（第四卷）［M］．北京：人民文学出版社，1981：619

获得了极大的尊重，爱老敬老成为中华民族的传统美德，使中国社会长期以来虽然没有西方国家的社会养老制度但仍然能老有所养，并使中国人形成了重视生育的传统，保证了中华民族人口数量的绝对优势。但同时也由于过度追求孝道而形成了其功利性的一面，造成孝的虚伪甚至残忍的消极一面，所以前有孔融招来杀身之祸的对孝的惊人言论，后有鲁迅对《二十四孝图》荒唐的野蛮的"吃人"内容的发现。更严重的是，孝已经成为封建专制制度的意识形态根基之一，孝是忠的基础，忠是孝的发展，正如吴虞得出的结论："盖孝之范围，无所不包，家族制度之与专制政治，遂胶固而不可以分析"，"儒家孝弟二字为二千年来专制政治与家族制度联结之根干，而不可动摇"①。所以对孝道的批判也就是针对专制制度的批判。

五、等级森严的家庭和家族关系

中国社会本质上是一个在家庭伦理的基础上建立起来的封建君主专制、等级森严的社会，家族观念的一个重要内容就是等级意识。《周易·系辞》中说："天尊地卑，乾坤定矣，卑高以陈，贵贱位矣"，等级意识对于维持国家和家族的秩序至关重要。为了从理论上和意识形态上维护君主的专制特权，儒家学说建立了严格的等级制度，使等级思想系统化，理论化。而为了使等级意识更便于接受，并进一步流传，儒家思想从家庭中人们最熟悉的关系如父子、夫妇、兄弟、等等关系入手，建立起覆盖各家庭和家族，最终扩展至整个国家的等级关系，由此形成中国传统家族内部的尊卑、上下、嫡庶的严格的等级秩序。

中国人一出生便按照血缘关系及性别确定了自己在家族中不可改变的地位和权利，以及在整个国家和社会中的位置。在家族中若是嫡系长子，便成为家族的接班人而得到各种照顾，倍受娇宠，享受各种特权，可以对弟妹们发号施令。而如果是次子或庶出的子女，如《红楼梦》中贾宝玉的同父异母的弟弟贾环则注定是要低人一等的，受到家族的轻视。如果不幸生为女子身，则无论是何等的相貌与才华，在家中也不会得到重视，只能被看作家中的财产，婚姻等人生大事就更不能自主而只能听凭家中的安排，例如《红楼梦》中的贾探春。女子在家要从父，出嫁要从夫，夫死要从子（如果没有儿子那就更惨

---

① 吴虞．家族制度为专制主义之根据论［A］．中国社会科学院近代史研究所．五四运动文选［C］．北京：生活·读书·新知三联书店，1959：86

了），如果更不幸碰上暴力侵犯还要成为节妇和烈女，很多时候还会被当作财物交易或甚至杀掉当作粮食。仅仅因为她们是女子，在等级秩序中注定是要被安排在低等位置的。在家庭和家族以外同样如此，一个人也是因出身和血统而决定自己在国家和社会中的地位的，出身贵族便是贵族，出身于贫寒之家则很难脱离贫贱的地位，也就是说国家和社会同样存在一个类似于家庭和家族的等级森严的等级关系。与欧美各国相比，在封建社会中，中国人生活在一个等级森严的关系网里，君君、臣臣、父父、子子，形成了完整的秩序链，皇帝就是"大家长"。这种森严的等级秩序虽然在一定程度上保障了社会秩序的安定和国家政权的稳固，但更多的是抹杀了人的个性和创造力，形成人们只重视出身，不重视后天奋斗的缺少良性竞争的观念意识，阻碍了中国社会的进步。在这个缺少法治与民主的大"家"里，无数悲剧曾经上演，随着封建制度的进一步腐化、堕落，这种等级秩序也愈来愈变得惨无人道，鲁迅在《坟·灯下漫谈》中说：

我们自己是早已布置妥帖了，有贵贱，有大小，有上下，自己被人凌虐，但也可以凌虐别人；自己被人吃，但也可以吃别人。一级一级的制驭着，不能动弹，也不想动弹了。因为倘一动弹，虽或有利，然而也有弊。我们且看古人的良法美意罢——

"天有十日，人有十等。下所以事上，上所以共神也。故王臣公，公臣大夫，大夫臣士，士臣皂，皂臣舆，舆臣隶，隶臣僚，僚臣仆，仆臣台"（《左传》昭公七年）

但是"台"没有臣，不是太苦了么？无须担心的，有比他更卑的妻，更弱的子在。而且其子也很有希望，他日长大，升而为"台"，便又有更卑更弱的妻子，供他驱使了。如此连环，各得其所，有敢非议者，其罪名曰不安分！

虽然从秦末的陈胜发出了"王候将相，宁有种乎"的质疑起，就不断有人质疑、抨击乃至反抗这种等级秩序。这种遍布于小"家"和大"家"中的无所不在的森严的等级关系正是"五四"运动要坚决批判和推翻的封建专制的产物。

六、婚姻的功利性和家族取向

在中国传统的家族中，个人的爱情基本上是不存在的，如《孔雀东南飞》中的男女，虽然幸运地正好是两情相悦的一对，但也由于焦母的不满而被强行拆散，原因是刘兰芝不能生育，不能给家族续香火。感天动地千古流传的

"梁祝"悲剧，正是家族中无爱情只有功利的最直观的写照。家族中的人伦关系始于夫妇，孟子说："男女居室，人之大伦也。"① 《周易·序卦》也说："人伦之道莫大于夫妇。"而男女之间的结合则绝不是两性相爱的结果，婚姻绝对不是个人的私事，而是关系到家族的生存和发展的大事，甚至关系到国家和社会的稳定，连政府都要严重关注。男女婚姻的目的是要传宗接代，"合二姓之好，上以事宗庙而下以继后世"②，即要给祖宗续香火使子子孙孙无穷尽，最好是若干世同堂，人丁兴旺使家族不断壮大。孟子有言："不孝有三，无后为大"③，中国人特别讲究的孝的最关键之处并不是赡养父母，敬重父母，而是要结婚生出儿子来，至少得有一个健壮的能长大后再娶妻生子的男孩。断子绝孙成为一个中国男人最大的痛苦和不幸，对于女人也同样重要，如果一个女子不能生育出男孩来，则可以被休掉（或不能阻止甚至要主动替丈夫纳妾），活着时完全失去了在家庭中的地位，死后也要被剥夺享受祭祀的权利，面临着变成孤魂野鬼永世受苦的威胁。

既然婚姻是家族的大事，不是个人的私事，结婚就是为了生出一大堆子女来，那么男女双方有没有感情就完全不重要了，实行包办婚姻也就完全在情理之中了，男女双方也就没有过问的权利和必要了，"男不自专娶，女不自专嫁，必由父母"④，要求婚姻自由就显得荒谬而不懂情理了。婚姻的这种功利目的和家族取向，使男女之间的婚姻不管采取了什么样的形式，不管如何的"明媒正娶"，不管表现得如何隆重，不论其显得如何合乎礼乐，其实质和动物的繁衍后代的行动没有根本区别，这正是鲁迅所批判的违背了人的真性情，只有兽性，没有人性，把人当作工具和奴隶的家族制度的罪恶的表现之一。

两性相悦，是人类的两大本能需求之一，爱情和婚姻对一个人的一生至关重要。然而在这个问题上，中国人无论男女，即便是皇帝也没有完全的自由来做出选择，以今天的观点来看，这是传统家族文化摧残人性、有悖人道的一个主要表现，也是现代社会伊始"五四"新文化先驱攻克家族制度堡垒的首选突破口。

---

① 《孟子·万章上》
② 《礼记·昏义》
③ 《孟子·离娄上》
④ 《白虎通义·嫁娶》（参见王云五主编，班固撰．白虎通义［Z］．商务印书馆，中华民国二十六年十二月：380）

七、视人若物的女性观与儿童观

"中国人向来就没有争到过'人'的资格，至多不过是奴隶，到现在还如此，然而下于奴隶的时候，却是数见不鲜的。"① 而女性和儿童一向都是"下于奴隶的"，在中国传统社会里，女性与儿童都是家族的财产，象其他物品一样可以随意买卖，地位极其低下。家族本位下的社会是男权制和父权制的社会，父亲在家庭中掌管着治家的全部权力，认为子女是其私有财产，不承认子女的独立人格和独立的经济地位。家中所拜的祖先是由父系上推的，出嫁的女儿都被视为外人不能继承财产和入祖坟。而且从汉代起，由于礼教的加强，特别是宋代理学的兴起，妇女就更是完全丧失了独立地位。中国传统社会里的女性，不仅是外部男性中心社会专制的对象，而且在家庭和家族内部，依然摆脱不了这样的命运，现代社会所主张的人格平等、人身自由和独立从来都是不存在的。《礼记·郊特牲》中说："男帅女，女从男，夫妇之义由此始也。妇人，从人者也；幼从父兄，嫁从夫，夫死从子。"《仪礼·丧服》中亦有"妇人有三从之义，未嫁从父，既嫁从夫，夫死从子"之说。随着三纲五常体系的完备，女性一方面要在家中承担各种义务而没有权利，另一方面还要单方面保持节烈，饿死事小，失节事大。女性处于任人宰割的最下层，鲁迅就曾指出，在中国封建社会的吃人的等级体系中，"台"虽然是最下层了，但女子比"台"还要"卑"还要"弱"。② 女性的悲惨地位还不止于此，她们甚至和牲畜并列随时会被屠宰掉成为充饥的食物。《三国演义》第19回说：

> 玄德匹马逃难，途次绝粮，尝往村中求食。……一日，到一家投宿，其家一少年出拜，问其姓名，乃猎户刘安也。当下刘安闻豫州牧至，欲寻野味供食，一时不能得，乃杀其妻以食之。玄德曰："此何肉也？"安曰："乃狼肉也。"玄德不疑，乃饱食了一顿，天晚就宿。至晓将去，往后院取马，忽见一妇人杀于厨下，臂上肉已都割去。玄德惊问，方知昨食者，乃其妻之肉也。玄德不胜伤感，洒泪上马。……玄德称谢而别，取路出梁城。忽见尘头蔽日，一彪大军来到。玄德知是曹操之军，同孙乾径至中旗下，与曹操相见，……又说刘安杀妻为食之事，操乃令孙乾以金百两往赐之。

面对这种杀妻食肉的行为，素以仁爱著称的刘备的"伤感"和"洒泪"

---

① 鲁迅．坟·灯下漫笔．鲁迅全集（第一卷）[M]．北京：人民文学出版社，1981：215
② 鲁迅．坟·灯下漫笔．鲁迅全集（第一卷）[M]．北京：人民文学出版社，1981：215

绝不是因为感到了食人的残忍，而是为刘安的竭尽全力的"忠孝"行为而感动，对刘安的残忍举动不仅没有谴责，反而还禀报曹操，曹操即予以重奖。而对于那位被吃掉的妇女，有谁过问呢，有谁考虑过她也是一个人，本应与男性具有同样的生存的权力呢。杀妻食肉的举动受到社会的赞许，在中国传统社会里绝不是偶然的事件，战乱或饥荒期间，妇女和儿童纷纷被拿到集市中公开出售已经是相当的幸运，还有更多的不幸的妇女残遭屠戮以充军粮。例如汉末的臧洪被袁绍包围，城中没有粮食了，就"杀其爱妾，以食兵将。兵将咸流涕，无能仰视"①。杀掉女性作粮食竟能给自己招来如此大的民心，今天看来实在是不可思议。公元441年，刘宋时期的酒泉守将沮渠夫周"杀妻以食战士"②。安史之乱时，镇守睢阳城的唐将张巡被叛军长久围困致城中粮尽，"初杀马食，既尽"，张巡"乃出其妾，对三军杀之，以飨军士。……将士皆泣下不肯食……远亦杀其奴，然后括城中妇人，食之既尽……"③。可见那时的女性的地位仅比马要高一些，杀完了马接着就轮到妇女了。张巡杀妾的行为还成了千古流传的佳话，据此改编的粤剧《张巡杀妾》至今上演。可见中国传统社会中将"吃人"合法化的观念绵延而持久。不仅汉族人将杀妻食肉合法化，连其他民族也不例外。公元1233年，唐州被困，"城中粮尽，人相食，金将乌库哩黑汉，杀其爱妾以啖士，士争杀其妻子"④。这样的史实令人触目惊心，由此可见女性的地位之低下。

至于儿童被当作财物被交易，被吃掉，可以随意支配的现象就更是随处可见，从《二十四孝图》中郭巨埋儿的故事就足见儿童在家族中是一种什么样的地位。所以鲁迅在《坟·灯下漫谈》中沉痛而忧愤地说：

所谓中国的文明者，其实不过是安排给阔人享用的人肉的筵宴。所谓中国者，其实不过是安排这人肉的筵宴的厨房。

大小无数的人肉的筵宴，即从有文明以来一直排到现在，人们就在这会场中吃人，被吃，以凶人的愚妄的欢呼，将悲惨的弱者的呼号遮掩，更不消说女人和小儿。

女性和儿童被"吃"的地位是家族制度安排好的，它既不是偶然的历史

---

① ［南朝宋］范晔.［晋］司马彪. 后汉书·卷五十八·臧洪传
② ［南宋］袁枢. 通鉴纪事本末·卷十八·魏灭北凉
③ ［后晋］刘昫. 旧唐书·卷一百九十四·忠义传下·张巡
④ ［清］毕沅. 续资治通鉴·卷一百六十七

现象，也不是人性中一开始就具有的兽性的本能，它是家族制度造就的吃人文化的产物。所以欲改变妇女和儿童地位，改变她们的命运，必须从推翻家族制度开始，而要推翻这家族制度，鲁迅认为当然是要立人，要改造国民性。

中国传统社会的这种家族本位的家国同构的家族制度模式相对稳定地延续了几千年，它既不因外族的多次入侵而中断，也不因佛教的传入而改变。到明清以后，主要是鸦片战争以后，由于中国的社会结构和经济结构开始发生变化，传统的家族制度开始走向衰落，到1949年新中国成立和20世纪50年代初的全国土地改革的完成，才使家族制度基本消失。不过家族制度的意识和观念并没有完全消失，直至今日，许多家族制度遗留下来的观念还顽强地生存和延续着，也许在将来还会绵延下去。可以说这种家族制度有它合理性的一面，它强有力地维系着中华文明的延续和发展，正如新加坡前总理李光耀所言：

中国历史是由兴衰的朝代组成的，是有着社会的发展和衰亡的历史。在经历所有的那些动乱时，家庭、家族、氏族为个人提供了生存之舟。文明崩溃了，朝代为征服者消灭了，但这种生命之舟却能将文明传承到新的阶段。[1]

中国传统文化很大程度上就是建立在家族制度的基础之上的，没有了这种强烈的深厚的家族观念和意识，传统文化也就失去了它的根基。所以对于家族制度应该辩证地分析和看待它，在今天如何继承其合理的一面，同时也能回避其非人性的地方并适应新时代的社会生活就是一个很重要的问题，本文这里只谈及鲁迅所感受到的家族制度的负面因素，其他问题不在本文探讨之列。

"家"是中国人生存的根基，但同样也是中国人的一个沉重的身心负担，所以自从新思想于清末西风东渐开始，对家族制度批判的声音就不绝于耳。清末，探求救国救亡的思想家就首先把革命的矛头对准了家庭，提出"家庭革命"。所谓家庭革命是指要摆脱家庭的束缚、依恋、禁锢、限制和奴役，从而走上革命的新生道路，获得作为人的自由、幸福、才智和权利。他们将政治革命与家庭家族革命紧密联系在一起，称"欲革政治之命者，必先革家族之命"，"革命！革命！家庭先革命"，"摆脱桎梏，棹游康庄，其必自家庭之革命始矣"。具体的主张有"祖宗革命"、"三纲革命"，无政府主义者甚至主张"毁家论"。[2]

---

① 札克雷亚. 与李光耀一席谈［J］. 现代外国哲学社会科学文摘，1994，（12）
② 梁景和. 论清末的"家庭革命"［J］. 史学月刊，1994，（1）

到了民国初年及"五四"时期，思想先驱们继续进行发自清末的家庭家族革命，在打倒孔家店，对传统的文学、文字、艺术、思想、伦理、国民性格、社会习俗统统进行怀疑和否定的思想潮流中，又开始对中国传统家庭制度进行再批判。这次批判比清末来得更为猛烈和深刻，提出了诸多改变旧家庭制度的主张，如胡适、鲁迅、陈独秀、李大钊等人更是把家族制度称作万恶之源，批得体无完肤。自此，中国的家族制度开始动摇，并在现代文学作品中得以大量体现。

第二节　"家"：文学作品的母题

"家"是人类生存发展和开展各种活动的基本场所，也是透视人性的最好视角之一，因而也是文学作品所要着力表现的内容之一，而世界各国的文学作品对家庭生活的描写和反映也同样源远流长。鉴于"家"与一般人的心理最为接近，和他们最日常最普遍最深层的生活经验有密切的关系，所以对于作家们来说，"家"的经历和体验不可避免地影响着他们的创作，在文学作品中处处表现出"家"的内容，而以"家"为主题的文艺作品也更能引起普通大众的共鸣。

由于"家"与社会历史和个体生命的紧密关系以及"家"本身在历史发展中的强大生命力，"家"成为古今中外的一个文学母题，在古代文献中就已经开始有不少关于婚姻家庭的论述。就西方社会来说，荷马史诗就曾表现过家庭生活的内容，到了近现代文学时期，描写家庭生活的名作不胜枚举，如莎士比亚的《李尔王》，易卜生的《玩偶之家》，托尔斯泰的《安娜·卡列尼娜》，巴尔扎克的《高老头》、《欧也妮·葛朗台》，左拉的《卢贡—马卡尔家族》，狄更斯的《马丁·查述尔维特》等等。这些作品或通过家庭生活反映时代和社会的风云变幻，或表现人性的善恶美丑，或展示传统家庭的崩溃和分化，向世人展示了一幕幕变化多端的家庭家族景观。

在中国，先秦时期作为中国诗歌的源头的《诗经》中就有不少关于家庭的内容，开篇的《关雎》即以男子求偶，欲组成美好家庭的诗意诉求拉开了中国文学作品中"家"的序幕，以后的大量古代诗歌中都充满了思念家乡、男女相思、爱情悲剧以及怨妇、弃妇等家庭生活内容，如汉乐府《孔雀东南飞》等。在魏晋南北朝的志怪及唐传奇中也有与家庭相关的内容。而民间故事及民间戏剧中也有诸如梁祝的婚恋悲剧、陈世美负心导致的家庭悲剧，以及各种各样家庭男女破镜重圆的内容等等。到了明清时期，家庭小说开始大量涌现，"三言"、"二拍"小说系列中不断出现家庭由破裂到破镜重圆的故事，其时的《金瓶梅》就是典型的家庭小说，集中叙述了西门庆家庭的荒淫、堕落和破败的故事。《红楼梦》则展示出一个贵族大家族的衰亡，是经典的家族小说，这一点自不必说。就连《三国演义》，其实也是以"家国同构"意识为经，以曹、刘、孙三大家族的斗争为纬编织起来的。书中的刘备，本是一个贩鞋的无足轻重的人，但适逢刘氏江山告危，天下大乱，刘备因为具有皇室的血统，便受到众人拥戴，引来诸葛亮等诸多贤士仁人聚集在其麾下，为恢复刘氏家族的统治而斗争。袁绍、曹操等人虽然势力强大，却因其没有刘氏皇族的血统而不能名正言顺地做皇帝。《三国演义》谴责如曹操等破坏皇室、谋权夺位的"奸雄"，歌颂如诸葛亮等拯救社稷、恢复刘氏家族地位的"英雄"，表现出了强烈的维护家国同构体制的意识。《西游记》虽是神话，看似与家庭无关，但里面却贯穿着一个又一个家庭被妖怪破坏（有妻子被妖怪夺走的，有小孩被妖怪抓走要吃掉的，有家庭成员被妖怪害死的），又被唐僧师徒解救，从而家庭重新团圆的故事。即便是出了家的猪八戒也动不动就嚷嚷着要回高老庄，孙悟空被师父赶走时，还能回到花果山，享受家的温暖。《水浒传》则比较特殊，它里面是一个又一个包含女性的家庭被毁掉，并建立起一个纯男性的只有兄弟之情的梁山泊大家庭的故事（一百零八条好汉里虽然也有三位女性，但都是男性化的女子，其实还是"兄弟"，如开黑店杀人做肉的孙二娘根本就没有女性特征）。林冲因妻子的美色而遭遇牢狱之灾，但还矢志不渝地等着服刑完毕回家与妻子团聚，直到妻子被高衙内逼死，家庭毁灭了，才被迫落草为寇，从此一心一意为了梁山泊这个男性的大家庭而拼命，他怒杀王伦，为梁山泊扫除屏障，冲锋在前，奋勇杀敌，对这个"家"鞠躬尽瘁。武松本来与兄嫂过着其乐融融的温馨的家庭生活，但因嫂子色诱在前，西门庆淫嫂害兄在后，武松被迫手刃嫂子，家庭毁灭，最终走向梁山。宋江虽然结婚组成了一个小家庭，但对妻子并无感情，反倒是对梁山的兄弟关爱倍加，导致阎婆惜红杏出墙，又发现他私通梁山的秘密，宋江被迫杀妻，并被逼上梁山。其他如卢俊义、杨雄等都是因女性的问题而导致家庭毁灭才走向梁山的。一个又一个包含有女性的家庭走向毁灭，最后形成一个兄弟相扶、义薄云天的男性大家庭。这个男性大家庭存在的目的却是"替天行道"，要清除国家这个大"家"里的奸人，保障赵氏江山的利益，所以仍是家国同构意识在起主导作用，并且对女性充满了贬抑与不屑，象孙二娘这样的女性例外地受到赞许并加入梁山大家庭，仅是因为她们是男性化的女人，象男人那样行动和思想，并自觉接受男权统治。最后梁山这个大家庭也终于接受招安，回归国家的大家庭里，并转而去铲除方腊这个要破坏赵氏家族江山的叛逆者。

其他的文学作品如《西厢记》等形成了一种才子佳人大团圆的爱情婚姻模式，仍是延续着儒家的家族本位观念。中国传统的文学作品表现的是传统社会的家庭家族观念，维护的也是这种家庭家族观念。

"家"的观念是人的观念系统中的一个重要内容，所以文学作品要表现人们在"家"中的生存状态，要描写"家"，表现"家"，就不可能不蕴含着某一时期作家们的对于"家"的观念和意识，文学作品中的"家"的形象正是作家们"家"观念的产物。进入现代社会后，"五四"新文化先驱们要打破孔家店，变家族本位为个人本位，从家国同构的体制中解放出来，获得自由，尽管他们承受着无家可归的漂泊流浪的痛苦也要祛除恋家情结，也要从"家"中勇敢地走出去，进入一个新天地，如鲁迅所自述：

我要到 N 进 K 学堂去了，仿佛是想走异路，逃异地，去寻求别样的人们。我的母亲没有法，办了八元的川资说是由我的自便；然而伊哭了，这正是情理中的事，因为那时读书应试是正路，所谓学洋务，社会上便以为是一种走投无路的人，只得将灵魂卖给鬼子，要加倍的奚落而且排斥的，而况伊又看不见自己的儿子了。然而我也顾不得这些事，终于到 N 去进了 K 学堂了，在这学堂里，我才知道世上还有所谓格致，算学，地理，历史，绘图和体操。①

鲁迅勇敢地走出了自己已经衰败的家族，才看到了一个新的世界，获得了一个新的人生，成为中国现代文学史上的一位巨匠，成为一位反封建的战士，为中华民族，乃至为世界贡献出了宝贵的精神思想财富。

以鲁迅为代表的先驱们要颠覆、解构以孝为核心的长者本位的观念，代之以幼者本位，要救救孩子；要打破森严的家庭等级秩序，代之以平等的人际关系；先驱们要解放女性，让"子君"们喊出"我是我自己的，他们谁也没有干涉我的权利"②的雷霆之音，并追求美好的个人爱情，"叫出没有爱的悲哀，

① 鲁迅.《呐喊》自序.鲁迅全集（第一卷）[M].北京：人民文学出版社，1981：415~416
② 鲁迅.彷徨·伤逝.鲁迅全集（第二卷）[M].北京：人民文学出版社，1981：112

叫出无所可爱的悲哀"①。先驱们拿起手中的笔，向传统的"家"发起了一轮又一轮的猛烈攻击，从而使中国文学作品中的"家"呈现出了全新的景观。

家族制度及在其基础上形成的家族文化对于现代作家们来说，不仅仅是作为一种文化背景而存在的，更是他们创作的母题和重要内容。其中，对于家族制度和家族文化的批判是当时的主流形态，自鲁迅的《狂人日记》如一声春雷迎来了现代小说创作的春天后，源源不断的现代文学作品如雨后春笋般涌现，其中表现家庭和家族生活的作品更是琳琅满目、蔚为壮观，里面的很多作品其实都同《狂人日记》一样在暴露家族制度和礼教的弊害。它们中有诸多表现旧家庭和家族阻碍个人自由，扼杀青年的青春和幸福的短篇小说，也有如巴金的《憩园》、张爱玲的《金锁记》、梅娘的《蟹》等表现人为"家"所困的中篇小说，更有如巴金的"激流三部曲"（《家》、《春》、《秋》）、老舍的《四世同堂》、路翎的《财主底儿女们》、林语堂的《京华烟云》等表现大家族命运的长篇小说，另外还有如曹禺的《雷雨》、《原野》、《北京人》等以家为主题的戏剧等等。这些作品已经成为现代文学的经典，产生了重要的影响。

总之，中国现代文学史上的作家表现出对中国历史上根深蒂固的家族文化及家族生态变化的热切的关注，创作出众多的家庭家族作品，成为中国现代文学发展史上的一个重要的组成部分。"家"作为一种象征，一种意象，频繁的出现在现代作家的笔下，成为抒发自己的心声，表现人生的悲凉，展示中华民族的生存状态，记录时代进程的手段。

鲁迅的文学作品同样如此。鲁迅饱尝了家庭变故的不幸，心灵上布满了家族的创伤，从幼年丧父，受尽族人的冷眼和欺凌，到不得不违心接受包办婚姻，再到兄弟失和，直到最后虽与许广平相爱结合但却无法获得正式的合法婚姻，在中国现代作家中，恐怕很少有人像他那样如此深切地感受到了"家"的不幸和痛苦。然而，由于种种原因，鲁迅并没有象巴金等人那样写出史诗性的家族小说的巨著，而被"家"伤害的最深的鲁迅似乎也不愿过多的触及这一问题。从显性层面上看，鲁迅的小说创作不是典型的家庭或家族小说，但如果从整体上看，从深层次看，他的作品中处处在言说着"家"的绝望和痛苦。

由于环境的因素和鲁迅个人的主观原因，其作品中的"家"的形象并不是直接地明显地呈现出来的，而是在其作品的开放式的复调性内容和结构中，

---

① 鲁迅.热风·随感录四十.鲁迅全集（第一卷）[M]．北京：人民文学出版社，1981：323

以一种比较隐蔽的方式潜伏着。解读鲁迅作品中的"家"形象，就需要更多的透视其表层话语，挖掘其作品中露出的"冰山"一角的水下部分，"从字缝里看出字来"[1]，并联系他的身世，结合时代环境，探测鲁迅内心深层的秘密，认识他的"被黑暗沉没"，"全属于我自己"的"那世界"。[2]

① 鲁迅. 呐喊·狂人日记. 鲁迅全集（第一卷）[M]. 北京：人民文学出版社，1981：425

② 鲁迅. 野草·影的告别. 鲁迅全集（第二卷）[M]. 北京：人民文学出版社，1981：166

第二章

惨苦的地狱：鲁迅作品中的"家"

中国家庭，实际久已崩溃。

——鲁迅《坟·我们现在怎样做父亲》

我先前读但丁的《神曲》，到《地狱》篇，就惊异于这作者设想的残酷，但到现在，阅历加多，才知道他还是仁厚的了：他还没有想出一个现在已极平常的惨苦到谁也看不见的地狱来。

——鲁迅《且介亭杂文末编·写于深夜里》

当人道主义和素食主义者列夫·托尔斯泰大师温和而关切地说，"幸福的家庭全都相似，不幸的家庭各有各的不幸"① 时，鲁迅先生也许会连连摇头说：在我们这些食人族停止吃人以前，在世人尚未都变作真的人而仍是虫子、野兽时，在孩子尚未被拯救以前，所有的家庭都是人食人的地狱，当然是不幸的，而且都是相似的。

1918 年，鲁迅的《狂人日记》发出了中国现代小说的第一声呐喊。这不但开启了中国现代小说创作的按钮，而且也奠定了鲁迅所有文学作品的基调，成为鲁迅小说的总纲。如作者自己所说，《狂人日记》"意在暴露家族制度和礼教的弊害"②，这一点似乎人人皆知，然而由于"当我沉默着的时候，我觉得充实；我将开口，同时感到空虚"③ 的失语的焦虑，由于小说所要表达的是

---

① ［俄］列夫·托尔斯泰. 安娜·卡列尼娜［Z］. 裴家勤译. 长沙：湖南文艺出版社，1996：1
② 鲁迅. 且介亭杂文二集·《中国新文学大系》小说二集序. 鲁迅全集（第六卷）［M］. 北京：人民文学出版社，1981：239
③ 鲁迅.《野草》题辞. 鲁迅全集（第二卷）［M］. 北京：人民文学出版社，1981：159

一个即将令举世震惊的空前激烈的主题，也由于作者对于自己"呐喊"的效果的怀疑及"听将令"的犹豫，《狂人日记》实际上对作品的真实意图进行了层层包裹，假托狂人的疯言疯语欲造成一种类似《红楼梦》中的"假语村言"的效果，因而《狂人日记》的深层意义并不是直接彰显于外，而是深深的隐藏于文本的内部，在"字缝中"藏着"字"①。多年来，人们过多的纠葛于作品中狂人是否真狂等显性层面上的问题，而忽略了其中隐含着的的"家"的主题。

当我们把焦点停在《狂人日记》如何"暴露家族制度和礼教的弊害"时，会发现其具体描写与"家族"的定义并不紧密切合。所谓"家族"，本文在第一章中已经有较详细的解释："就是许多家庭聚集在一起的意思。所以，家族是以家庭为基础的，是指同一个男性祖先的子孙，虽然已经分居、异财、各爨，成了许多个体家庭，但是还世代相聚在一起……"②。而《新华词典》是这样解释"家族"概念的："以婚姻和血缘关系为基础而形成的社会组织。它随着私有制的产生而形成，我国古代长期存留父系大家族制或父系家长制。家长对家族成员和经济生活享有很大权力。"③

按这些定义，《狂人日记》中并没有较多的明显的家族方面的描写，更谈不上如《红楼梦》乃至《家》、《春》、《秋》之类对家族的宏大叙事。但是仔细阅读分析之后，会发现鲁迅这里使用的"家族"是个宽泛的概念，指家庭、家族、传统和现实社会（或称人类的精神家园之类）三个层次上的"家"。家庭是小"家"，在它的基础上形成家族，是较大的"家"；在家族的基础上再形成国家，形成每个人生存的大环境（或精神家园，这里也包括前代遗传下来的文化传统等因素），家是国的基础，国是家的放大与延伸，由家及国，国家和社会的体制就浓缩在家的体制和原理之中，"古之人明明德于天下者，先治其国，欲治于其国，先齐其家"，"家齐而后国治，国治而后天下平"④，所谓"家国一体"、"家国同构"是也。鲁迅对家族制度罪恶的批判也正是在这三个层次上进行的。《狂人日记》其实包蕴着作者对"家""地狱"般惨状的揭示与表现，处处可见作者极度的激愤与痛苦。

---

① 鲁迅．呐喊·狂人日记．鲁迅全集（第一卷）[M]．北京：人民文学出版社，1981：425
② 徐杨杰．中国家族制度史[M]．北京：人民出版社，1991：2~6
③ 《新华词典》第425页，商务印书馆1989年9月第2版
④ 《礼记·大学》

不仅是《狂人日记》，从此开始的鲁迅小说及其他作品都隐含着"家如地狱"的主题，不断显露出"家"的吃人的罪恶面目。

第一节 家庭：死亡与疯狂

鲁迅对于家庭有着自己独特的深刻的体验，家庭给他造成的伤害伴随着他的一生，不管有意还是无意，在他的作品中，家庭形象都是消极的、负面的、绝望的、悲惨的、痛苦的，正验证了他"中国家庭，实际久已崩溃"① 的论断，也与他对珂勒惠支夫人的画的感受相通②。翻开鲁迅作品，一种浓重的死亡与疯狂的气息便扑面而来，死亡与疯狂的阴影笼盖着大部分作品中的众多家庭，尽管很多时候鲁迅并没有详细地叙述和交待这种死亡的详情和疯狂的原因，留下了许多空白和不确定性，但是通过联系当时的社会历史背景和文本上下文的分析，大致可以看出一些端倪来。

一、幼者的死亡：失掉未来的"家"

幼者是"家"的希望与未来，鲁迅早期曾把幼者视作改变中国现状的希望，对"孩子"和"青年"表现出异常的热情和关怀，把改造国民性和立人的理想寄托于他们之上，认为只要使幼者拥有健全的人性，则"家"之希望就不会破灭。然而在鲁迅的小说中，却有大量的幼者死亡现象，这种死亡导致了家庭的最终毁灭。《狂人日记》中的"妹子才五岁，可爱可怜的样子"，却死掉了；《药》中的华小栓即使吃了人血馒头，依然死去；《明天》中的单四嫂子，求医求巫，宝儿还是病死，摧毁了单四嫂子的精神寄托；《祝福》中祥林嫂的儿子阿毛被狼吃掉，造成她被驱赶并精神崩溃；《在酒楼上》中的吕纬甫"曾经有一个小兄弟，三岁上死掉的……"；《铸剑》中的眉间尺，为报父仇主动砍下了自己的头。（对于这个问题本文第三章第五节还会有详尽的论述）

---

① 参见鲁迅. 坟·我们现在怎样做父亲. 鲁迅全集（第一卷）[M]. 北京：人民文学出版社，1981：139

② 参见钱理群的《与鲁迅相遇——北大演讲录之二》的第一讲《人间至爱者为死亡所捕获——1936 年的鲁迅》（北京：生活·读书·新知三联书店，2003：12～21），钱理群认为"珂勒惠支的画与鲁迅文字已经融为一体"，鲁迅从珂勒惠支那些表现贫苦家庭的凄苦及悲惨的或死亡的母亲与孩子的画中感到了极大的共鸣。

　　"旧家庭仿佛是一个可怕的吞噬青年的新生命的妖怪"①，这么多幼者的死亡，斩断了"家"的未来，使"家"的持续存在难以为继，失去了希望，使"家"陷入了深深的绝望。鲁迅既然曾将"立人"、培育出"真的人"的希望寄托在儿童和青年身上，而其作品中又出现大量的幼者的死亡，意味着鲁迅对于自己的进化论理想的怀疑乃至否定，由此表现出鲁迅的"家"的危机感与焦虑。

二、病与死：家庭毁灭的过程

　　除了前面所述的幼者的死亡之外，鲁迅作品中也有其他的诸多表现病与死亡的内容，《呐喊》和《彷徨》两部小说集共二十五篇小说中，涉及病的就大约有八篇（《狂人日记》、《药》、《明天》、《祝福》、《长明灯》、《在酒楼上》、《孤独者》、《弟兄》），有死亡出现的大约有十三篇（《狂人日记》、《孔乙己》、《药》、《明天》、《阿Q正传》、《白光》、《兔和猫》、《鸭的喜剧》、《祝福》、《长明灯》、《在酒楼上》、《孤独者》、《伤逝》），《故事新编》八篇小说中，写到死亡的也有四篇（《采薇》、《铸剑》、《补天》、《起死》），而《野草》散文集共二十四篇散文中写到死的有十三篇（《〈野草〉题辞》、《复仇》、《复仇（其二）》、《过客》、《雪》、《死火》、《失掉的好地狱》、《墓碣文》、《立论》、《死后》、《这样的战士》、《淡淡的血痕中》、《一觉》），《朝花夕拾》散文集共十二篇散文中也有九篇（《狗·猫·鼠》、《阿长和山海经》、《二十四孝图》、《无常》、《父亲的病》、《琐记》、《藤野先生》、《范爱农》、《后记》）的内容涉及到死亡。《狂人日记》中的狂人是被当作病人治的，最后痊愈做官去了。《弟兄》中的张沛君的弟弟患病，虚惊一场，最后却无大碍。其他如《药》中的华小栓、《明天》中的宝儿，《在酒楼上》中的阿顺都是先患病后死亡的。祥林嫂竟然遭遇两任丈夫和儿子的死亡，最后自己也在新年的祝福声中孤寂、凄惨地死去了；孔乙己被打断了腿，在周围人的嘲弄和欺凌下无声地从世界上消失了；阿Q做了替死鬼稀里糊涂地被处决；夏瑜因参加革命而被杀害；魏连殳抑郁、孤独地死去了；子君被涓生抛弃后在家人烈日般的威严下死去，这些死亡大都是在家庭的背景下发生的，这些不断出现的病与死展示了一个又一个家庭的毁灭过程。

---

　　① 鲁迅.华盖集·忽然想到（十至十一）.鲁迅全集（第三卷）［M］.北京：人民文学出版社，1981：94

鲁迅对于"死亡"似乎有着一种近于执着的关注，在中国现代史上的诸多作家当中，鲁迅无疑是谈论死亡较多的一位。他的许多散文、杂文有的直接以死为题目，如《死》、《死火》、《起死》、《死地》、《死后》等等；有的包含着死亡的内容，如《为了忘却的记念》、《记念刘和珍君》以及前面已经交代过的散文集中的一些篇章，尤其是在《野草》中，死亡的意象无处不在，在《野草》的《墓碣文》和《死后》中鲁迅甚至想象着自己死亡后的情景。

这么多的死亡意象和内容的出现，正是鲁迅对于"家"的绝望意识的表现。对于死亡，鲁迅似乎表现出很"坦然"、"欣然"的态度，甚至希望"死亡与朽腐，火速到来"，并"对于这死亡有大欢喜"，"我将大笑，我将歌唱"。为什么会这样呢？"因为我借此知道它曾经存活"，"要不然，我先就未曾生存，这实在比死亡与朽腐更其不幸"。① 通过死而证明生的存在，通过死亡的结果看到曾经的生命的过程，这是鲁迅的一种思维方式，他要以死提醒人们关注曾经的"生"的过程，"生"的存在。所以，通过鲁迅对于死亡有大欢喜的表象应该看到其中蕴含的对于生命的渴望与珍重。鲁迅执着地在他的作品中表现"死亡"，让人们看到生命的毁灭，提醒人们重视"家"中一个个生命被毁灭的惨状，痛惜美好生命的短暂，改变现状，在未来建立起理想的家园，让生命得以延续和发展。

三、吃人与被吃："家"的残忍

《狂人日记》中的狂人"翻开历史一查，这历史没有年代，歪歪斜斜的每页上都写着'仁义道德'几个字。我横竖睡不着，仔细看了半夜，才从字缝里看出字来，满本都写着两个字是'吃人'！"鲁迅发现普遍存在的"吃人"现象后，其作品中"吃人"的意象便若明若暗地不断出现，其中家庭也避免不了。

《狂人日记》中的家庭里就有吃人现象的发生：

我捏起筷子，便想起我大哥；晓得妹子死掉的缘故，也全在他。那时我妹子才五岁，可爱可怜的样子，还在眼前。母亲哭个不住，他却劝母亲不要哭；大约因为自己吃了，哭起来不免有点过意不去。……

妹子是被大哥吃了，……

---

① 鲁迅.《野草》题辞.鲁迅全集（第二卷）［M］.北京：人民文学出版社，1981：159~160

……

四千年来时时吃人的地方，今天才明白，我也在其中混了多年；大哥正管着家务，妹子恰恰死了，他未必不和在饭菜里，暗暗给我们吃。

我未必无意之中，不吃了我妹子的几片肉，现在也轮到我自己，……

作者不断提到"妹子"的死和被"吃掉"，显然是暗藏深意。"妹子死掉的缘故"究竟是什么呢，按照书中狂人的说法，是"大哥"吃了她，从表面看来，这是狂人的胡言乱语，不可能是"大哥"吃了"妹子"。然而，《狂人日记》正是借助"满纸荒唐言"来暗示作者的"一把辛酸泪"，让心有灵犀的读者来"解其中味"。所以，关于"大哥"吃了"妹子"这种"狂语"背后应该蕴有深刻的含义，值得仔细推敲。

在传统社会里，妇女和儿童被看作是男性的私有财产，可以交易，可以吃掉。残酷的礼教制造了许多"饿死事小，失节事大"的"节妇"和"烈女"，以一种杀人不见血的方式在不断"吃掉"处于弱势地位的女性，鲁迅在《我之节烈观》等文中对此有深刻的论述。但是"妹子才五岁"，不可能和节妇烈女这些事情联系在一起。倒是周作人在其《书房一角·记海瑞印文》中引述的一段史料也许更适合解释"妹子"的被吃：

余平日最不喜海瑞，以其非人情也。此辈实即是酷吏，而因缘以为名，可畏更甚。观印语，其肺肝如见，我不知道风化如何司，岂不将如戴东原所云以理杀人乎。姚叔祥《见只编》卷上云，"海忠介有五岁女，方啖饵，忠介问饵从谁与，女答曰，僮某。忠介怒曰，女子岂容漫受僮饵，非吾女也，能即饿死，方称吾女。此女即涕泣不饮啖，家人百计进食，卒拒之，七日而死。余谓非忠介不生此女。"周栎园《书影》卷九所记与此同，余读之而毛戴。海瑞不足责矣，独不知后世啧啧称道之者何心，若律以自然之道，殆皆虎豹不若者也。①

这是一个活生生的五岁女孩"被吃"（被礼教吃掉）的例子，是《狂人日记》中"妹子"被吃的最好注脚。这件事是否真实姑当别论，周作人看到了这则史料，并不等于鲁迅当年就一定看到，没有证据能证明鲁迅关于五岁妹子"被吃"的想法来自海瑞杀女的史料记载。不过它倒是提醒我们从礼教吃人的角度来解释一个五岁的女孩是如何"被吃"的，即周作人所言的"如戴东原

---

① 周作人 . 书房一角——周作人自编文集［C］. 石家庄：河北教育出版社，2002：229

所云以理杀人乎",因为《狂人日记》如作者自己所说"意在暴露家族制度和礼教的弊害"①。姚叔祥竟说"余谓非忠介不生此女",将这样"虎豹不若"的事作为美谈,也正印证了鲁迅所激烈抨击的食人并将食人合法化合理化的礼教的罪恶。因此可以认为《狂人日记》中的五岁妹子是被封建礼教吃掉的,这也正符合小说的主旨。至于具体是如何被吃掉的,则就无关紧要了,不用再作进一步推测,因为鲁迅的本意只是要暗示封建礼教"吃人"的凶残性,即便一个五岁的女孩也会被吃掉,更加具有震撼性和冲击性。

一个五岁的女孩的"被吃"更使狂人的家如地狱般恐怖可怕。每一个人都是吃人者,每一个人又都是被吃者,他们可是父子兄弟夫妇朋友等亲密关系,大哥吃了妹子,而不愿吃人的"我"未必无意之中,不吃了我妹子的几片肉。这一切吃人的恶行竟然都来自于那本应是充满了温情的家庭。

在《狂人日记》以后的鲁迅作品中,"吃人"的恶行在继续:《药》中的华小栓,吃了人血馒头,等于吃了夏瑜的肉。《祝福》中的祥林嫂的被卖,导致她连一点点卑微的安稳生活(在鲁四老爷家中作苦工,虽然很苦了,竟然也比在自己的婆家好,可见其婆家是如何地虐待她)也不可得。祥林嫂的儿子阿毛是被狼吃掉的,而她自己则是被自己的家庭和社会的大"家庭"吃掉的。

《鸭的喜剧》虽然短小,其主题蕴意却是多层的深刻的。爱罗先珂养的可爱的小鸭固然讨人喜欢,却造成了他养的蝌蚪的毁灭,即变成了鸭的食物。从看似平常的生命现象中,鲁迅却痛苦地发现了弱肉强食的凶残,一种生命的生存却是以吃掉另一种生命为代价的,这是何等的悲哀与无奈。鲁迅写的是动物,其实却隐喻着人类家庭中的弱肉强食的残忍。

鲁迅的这种以动物隐喻人类社会食人罪恶的做法并非偶然,《兔和猫》中的大黑猫掠食小兔固然凶残,但更残酷的是在白兔家族之内,弱小的兔子会因争不到奶水喝而被无情的饿死,鲁迅对此感到极为愤怒和痛心。在《狗·猫·鼠》中鲁迅也有相似的描述。尤其是在《坟·春末闲谈》中鲁迅提到了故乡的细腰蜂:

北京正是春末,也许我过于性急之故罢,觉着夏意了,于是突然记起故乡

---

① 鲁迅.且介亭杂文二集·《中国新文学大系》小说二集序.鲁迅全集(第六卷)[M].北京:人民文学出版社,1981:239

的细腰蜂。那时候大约是盛夏，青蝇密集在凉棚索子上，铁黑色的细腰蜂就在桑树间或墙角的蛛网左近往来飞行，有时衔一支小青虫去了，有时拉一个蜘蛛。青虫或蜘蛛先是抵抗着不肯去，但终于乏力，被衔着腾空而去了，坐了飞机似的。

老前辈们开导我，那细腰蜂就是书上所说的果赢，纯雌无雄，必须捉螟蛉去做继子的。

她将小青虫封在窠里，自己在外面日日夜夜敲打着，祝道"像我像我"，经过若干日，——我记不清了，大约七七四十九日罢，——那青虫也就成了细腰蜂了，所以《诗经》里说：

"螟蛉有子，果赢负之。"螟蛉就是桑上小青虫。蜘蛛呢？他们没有提。我记得有几个考据家曾经立过异说，以为她其实自能生卵；其捉青虫，乃是填在窠里，给孵化出来的幼蜂做食料的。但我所遇见的前辈们都不采用此说，还道是拉去做女儿。我们为存留天地间的美谈起见，倒不如这样好。当长夏无事，遣暑林阴，瞥见二虫一拉一拒的时候，便如睹慈母教女，满怀好意，而青虫的宛转抗拒，则活像一个不识好歹的毛鸦头。

但究竟是夷人可恶，偏要讲什么科学。科学虽然给我们许多惊奇，但也搅坏了我们许多好梦。自从法国的昆虫学大家发勃耳（Fabre）仔细观察之后，给幼蜂做食料的事可就证实了。而且，这细腰蜂不但是普通的凶手，还是一种很残忍的凶手，又是一个学识技术都极高明的解剖学家。她知道青虫的神经构造和作用，用了神奇的毒针，向那运动神经球上只一螫，它便麻痹为不死不活状态，这才在它身上生下蜂卵，封入窠中。青虫因为不死不活，所以不动，但也因为不活不死，所以不烂，直到她的子女孵化出来的时候，这食料还和被捕当日一样的新鲜。

鲁迅写这篇杂文是有很深的用意的，是要"搅坏了我们许多好梦"，告诉我们，许多"慈母教女，满怀好意"的表象背后，其实暗藏着吃人的凶残。鲁迅用动物作比喻，旁敲侧击地暗示在"家"的温情脉脉的面纱下隐藏着的是吃人的真相。这是对《狂人日记》中食人主题的延伸和发展。

四、压迫与黑暗："摩罗"战士的地狱

在鲁迅的小说中，家庭还是一个迫害新思想，压迫新人，致人发狂的地狱。

狂人因何事又被何人迫害致狂的？狂人在成为"狂人"之前的情况又如

何？在《狂人日记》里都没有交代，鲁迅为什么没有详细的交代呢？首先是小说的日记体裁决定的，而且鲁迅要真实地再现一个疯子的语言和思维，不可能让疯子来说自己是如何发疯的，发疯之前是如何如何的。更重要的是鲁迅出于叙事策略的需要，有意略去了狂人成为"狂人"之前的故事，留下空白，形成一个"召唤结构"，让读者去填充和联想，起到此处无声胜有声的效果。那么，作为读者，如果联想到作者所言的"意在暴露家族制度和礼教的弊害"，就不难推测出狂人是如何发狂的。

先看一看狂人的概况：未婚（从小说里可以推断出），年纪约三十岁，父亲已经去世，有母亲，有哥哥，曾有一妹妹但"被吃"（被封建礼教害死），狂人的家庭是一个地主家庭，拥有若干要交租的佃户。而狂人则是有着强烈的反传统思想的"孤独者"，类似于鲁迅后来的小说里的许多孤独的知识分子，如吕纬甫、魏连殳等，而这些人其实就是狂人的另一个版本，是狂人形象的进一步延续和展开。自从《狂人日记》中出现了狂人这一形象后，鲁迅似乎便有了一种"狂人"情结，在他此后的许多作品中，狂人与类似狂人的人物及"狂人"话语便不断出现，奠定了鲁迅作品的基调和氛围，形成了一个颇具规模的"狂人"系列。所以在一定意义上可以说《狂人日记》实际上就是鲁迅全部小说的总纲，《狂人日记》既是鲁迅小说创作的开端，也是他的全部小说创作的总线索和总主题。例如《狂人日记》中的"去年城里杀了犯人，还有一个生痨病的人，用馒头蘸血舔"的话，就先埋下了后面的小说《药》的种子。

因此考察《狂人日记》中的狂人是如何发狂的，可以从鲁迅后来小说中"狂人"系列入手。从鲁迅的全部小说里可能看出，"狂人"们原来都是"立意在反抗，指归在动作"[①]，具备"摩罗"之气的先驱者，是反封建的斗士。夏瑜被关牢中还在宣传"这大清的天下是我们的"；《长明灯》中的"疯子"要吹灭那象征旧的一切的灯火；《在酒楼上》的吕纬甫"到城隍庙里去拔掉神像的胡子"，"连日议论些改革中国的方法以至于打起来"；《孤独者》中的魏连殳"常说家庭应该破坏"。然而不幸的是，他们都是身处荒原国度里的"精神界战士"，"要救群众，而反被群众所迫害"[②]。如夏瑜不但被杀还被庸众看作"简直是发了疯"，甚而成了人血馒头的配料；或如《长明灯》中的要吹灭

① 鲁迅. 坟·摩罗诗力说. 鲁迅全集（第一卷）[M]. 北京：人民文学出版社，1981：66
② 鲁迅. 两地书 [Z]. 北京：人民文学出版社，1973：16

长明灯的疯子被关起来；或如吕纬甫"又回来停在原地点"，教的是"子曰诗云"那些先前所痛斥的"吃人"的传统文化，从此陷入孤独和寂寞，意志逐渐消沉下去；或如《孤独者》中的魏连殳被校长辞退，生活凄苦至"几乎求乞了"，被迫躬行"先前所憎恶，所反对的一切"，做了杜师长的顾问，加入"吃人"的宴筵，爬至"吃人"食物链的上层，最终难以承受这罪恶而放浪形骸致病死……

据此可知《狂人日记》中的狂人在成为"狂人"之前应是一个封建礼教的叛逆者和反抗者，因而受到家庭中"大哥"的镇压和周围人的迫害，终至发狂。我们在小说中看到的狂人发狂的背后隐藏着一个反封建礼教的叛逆者和反抗者的痛苦经历。在《狂人日记》的文言小序中，狂人痊愈了，所谓痊愈了，就是做封建官吏去了，如《孤独者》中的魏连殳一样加入"吃人"的行列，这样人们反倒把他当作正常人看待了。

由此可见，家庭不再是温暖的栖居地，而成了新思想和精神自由的桎梏，是"摩罗"战士的地狱，战士在这里或被逼疯，或被关被杀，或被迫放弃自己的思想。正如鲁迅所言：

天地有如此静穆，我不能大笑而且歌唱。天地即不如此静穆，我或者也将不能。①

不管封建礼教如何地给"家"披上温情脉脉的面纱，如何的"静穆"，它是压抑的，它是地狱，使人不能"大笑"，不能"歌唱"。鲁迅只能盼望着"熔岩一旦喷出，将烧尽一切"②，通过颠覆这"家"的地狱而获得解放。

五、冷漠与隔阂：没有温情的家

家庭问题最直接的表现就是一个家人之间的关系的问题，表现为家人之间是否有亲情，是否和谐和睦。鲁迅小说中的家庭成员之间充满了冷漠与隔阂，这是一个个没有温情的家。除了家庭中"吃人"、发狂这样比较极端，令人恐怖的罪恶之外，家庭中人与人之间的关系也是令人窒息的。

《狂人日记》中这样写狂人的大哥对弟弟的态度：

当初，他还只是冷笑，随后眼光便凶狠起来，一到说破他们的隐情，那就满脸都变成青色了。

---

① 鲁迅.《野草》题辞.鲁迅全集（第二卷）[M]. 北京：人民文学出版社，1981：159
② 鲁迅.《野草》题辞.鲁迅全集（第二卷）[M]. 北京：人民文学出版社，1981：159

大哥也忽然显出凶相。

"大哥"对待自己的弟弟是极凶恶极冷酷的，看不出兄弟之情的存在。

《风波》中的家庭先有九斤老太为了六斤吃炒豆的问题与孙女有了冲突，接着是九斤老太"一代不如一代"的抱怨，再有七斤嫂为了六斤出生时的重量问题而与九斤老太辩论，最后又因为七斤的辫子问题而产生严重的恐慌与吵骂，并因六斤打破碗而出现打骂孩子的场面。这样极不和睦的家庭状况对酒船中大发诗兴的"文豪"发出的"无思无虑，这真是田家乐啊"的感慨形成了绝妙的讽刺。

《端午节》中方玄绰的家，先是不断受到欠薪的烦扰，接着家庭中就出现了不和谐的因素，方太太因他"万分的拮据"而渐渐对他失去了敬意，不像以前那样附和他，并"有些唐突的举动"了，可见这个家庭是缺少温馨的。

《弟兄》则惊人地无情地撕破了所谓兄弟如手足、"兄弟怡怡"的温情面纱，令人心寒之至。

《孤独者》中的魏连殳"常说家庭应该破坏"，是对社会现存的"家"的否定，他自己也拒绝组建家庭，放浪形骸，拼命地自虐，"口角间仿佛含着冰冷的微笑"死去。他为什么拒绝建立家庭呢，因为他从现存的家庭家族中没有感到到任何的希望和温暖。

《肥皂》中四铭与太太因为四铭的阴暗心理而闹出了矛盾，二人之间很难说有什么温情存在。四铭对儿子极为严厉，儿子也怕他。尤其是在饭桌上吃饭时，家庭中的紧张关系表露得一览无余：

招儿带翻了饭碗了，菜汤流得小半桌。四铭尽量的睁大了细眼睛瞪着看得她要哭，这才收回眼光，伸筷自去夹那早先看中了的一个菜心去。可是菜心已经不见了，他左右一瞥，就发见学程刚刚夹着塞进他张得很大的嘴里去，他于是只好无聊的吃了一筷黄菜叶。

随后，他骂儿子，却被太太骂了一顿。最后，因为他买肥皂的阴暗心理被看破，而招来孩子们的嘲弄：

"咯支咯支，不要脸不要脸……"四铭微微的听得秀儿在他背后说，回头看时，什么动作也没有了，只有招儿还用了她两只小手的指头在自己脸上抓。

在这个家庭里，夫妻之间、父子之间、父女之间都充满了紧张气氛，绝不是一个幸福的家庭。

《在酒楼上》中提到的顺姑虽然能干，却也总被父亲长富打骂，感受不到家的温暖。

《理水》中从禹太太对禹的恶毒咒骂可以看出他们的家庭的不睦。从整篇小说看，鲁迅对禹的表现基本上是正面的，但为什么一定要出现这个家庭不和谐的情节呢？这正是因为家庭破碎的观念已深入到鲁迅的无意识深层，在小说中有意无意地就会表现出来。

六、劳燕分飞：家之破镜难圆

鲁迅作品中的很多人，他们对家庭的要求是如此卑微，即使是身处没有温情的家庭也能苟安一生，然而即使这样低的愿望也往往不能实现。自古以来，中国人就认为，"有夫有妇，然后为家"①，婚姻是建立家庭的必要前提。而在鲁迅的作品中出现了一个又一个男女之间欲组合家庭而不成或者组成家庭后又劳燕分飞的家庭破碎的悲剧。《明天》中的单四嫂子是寡妇，儿子才三岁，表明她年纪轻轻就死了丈夫。《祝福》中的祥林嫂第一个丈夫死了，被卖给贺老六后，尽管一开始拼死反抗，欲"节烈"而未成后还是屈从了这第二个丈夫，然而没过多久贺老六也死掉了，祥林嫂最终连这种无爱情的婚姻也不能保住。《在酒楼上》的故事中也叙述了一个悲惨的故事，一个农村姑娘顺姑，因听到伯父长庚说她的未来丈夫还"比不上一个偷鸡贼"，就带着对未来的家庭的恐惧郁郁而死，"只可惜顺姑竟会相信那样的贼骨头的诳话，白送了性命"。而顺姑的未婚夫其实是"衣服很干净，人也体面"的，他"眼泪汪汪的说，自己撑了半世小船，苦熬苦省的积起钱来聘了一个女人，偏偏又死掉了"。一个贫苦的农民吃尽苦头，欲娶妻组成一个家庭而不得。

《离婚》是一个比较直接而明显的夫妻分裂的故事，爱姑自以为尽了妇道，为维护夫妻关系，闹得风风火火，但最终还是离了婚。《奔月》中的羿是传说中的大英雄、伟岸丈夫，嫦娥则是传说中的天仙级的美女，二人在一起组合的可谓是英雄加美女的超级家庭，但终于也因嫦娥的厌倦并奔月而破碎，大英雄羿也只能望月思妻了。

而《伤逝》中涓生与子君的相爱到分手则可谓是经典的婚恋悲剧，他们与前面的家庭中的男女不同，他们有知识、有理想、有爱情，却仍然劳燕分飞，鲁迅在这里给后人留下了无尽的想象和思索空间。

---

① 《周礼·地官·小司徒》

七、无可逃遁:"家"中的囚徒

"家"本来是应该给人以温馨之感,令人流连的。然而,在鲁迅看来却并非如此,身处家庭中的男女,都是家庭的囚徒,无可逃遁。鲁迅本人就是这样,母亲强行为他娶了他不爱的朱安,他无法反抗,终其一生都被囚于这个无爱的家中。即使在他与许广平结合后,仍然没能真正逃脱与朱安组成的这个家。在鲁迅的小说中,"家"同样是个囚笼,许多人都是"家"的囚徒,身处"家"中,倍感痛苦,却又无法挣脱。

《孤独者》中的魏连殳,"常说家庭应该破坏,一领薪水却一定立即寄给他的祖母,一日也不拖延。"待到祖母去逝时,族人要求他"一是穿白,二是跪拜,三是请和尚道士做法事",这些本是他强烈反对的,但没想到他居然说"都可以的"。因为祖母,魏连殳冲不出家的围城。在祖母死后,她不肯成家,以逃避家庭,但他的堂兄却要把儿子过继给他,以夺取他的财产,他只好躲出去;他放浪形骸,自残自虐,将钱挥霍干净,免得族人纠缠。但魏连殳死后,还是有亲戚过来算计他的遗产,家庭的阴影在他死后也没放过他。

《祝福》中的祥林嫂,被嫁到祥林家(根据丈夫比她小十岁以及婆婆才三十来岁的情节可推断出祥林嫂极有可能是很小的时候就被卖过来作童养媳的),可以说是出了一个家庭(自己的娘家)进入了第二个家庭。在丈夫祥林死后,她逃出去象男人一般地做苦工,以逃出婆家这个牢笼,但"工钱,一共一千七百五十文,她全存在主人家,一文也还没有用,便都交给她的婆婆",可见祥林嫂并未获得任何独立的权利。不久后她的婆婆又将她绑架走,象牲口一样卖掉了她,将她强行推入了她人生的第三个家庭——与贺老六组成的家庭。这三个家庭,无论是进去还是出来,祥林嫂都是被动的,她从来无法主宰自己从一个家出去到另一个家的命运。她被卖作童养媳是父母决定的,她无法反抗;她的第一个丈夫祥林死掉,是疾病造成的,她同样无从反抗;被卖给贺老六是婆婆决定的,她反抗了,却仍不得不最终屈从;贺老六的死,是伤寒病造成的,她当然无从反抗;在贺老六死后,她与儿子阿毛勉强维持着这个残破的家庭,而阿毛又被狼吃掉,狼又毁掉了她的家庭,她连反抗的机会都没有;儿子没了,她被丈夫的兄长从这个家庭中赶走,处于无家的流浪之中,她的力量太弱仍无法反抗。没有了家庭,祥林嫂仍然无法摆脱家庭的牢笼:在第一个丈夫死后,人们管她叫祥林嫂,第二任丈夫死后人们还管她叫祥林嫂,她一辈子都摆脱不掉一个实际上已不存在的家庭给她打上的烙印。更糟糕的是她的第二个家庭给她带来了永远无法洗脱的污点，因为她不再是节妇贞女，即使是捐门槛亦无法挽回既成的事实。最严重的是第二个家庭给她带来的丧子之痛令她无法忘却，阿毛的死令她希望有地狱或冥间的存在，以便到彼处与儿子团聚；然而如果死去的人可以见面，她又将面临被两个丈夫锯身的噩运，这使得祥林嫂陷于了两难困境中。这都是家庭带给祥林嫂的摧残与折磨，她成了困在家庭中的囚徒，即使家庭全部毁灭了，即使她自己也死去了，家庭仍然在囚禁着她，威胁着她，"一个人变了鬼，该可以随便一点了罢，而活人仍要烧一所纸房子，请他住进去"①。对祥林嫂来说，家庭就是一个"无间地狱"②，受尽折磨，无可逃避。在鲁迅的所有小说中，祥林嫂是在家庭中受苦最多，最不幸，也是最没有反抗力，被家庭囚禁得最牢固的一个角色，李欧梵就认为"祥林嫂可能是鲁迅小说中最不幸的一个孤独者"③。鲁迅是通晓佛经的，可能他在潜意识里已将祥林嫂比作是身处无间地狱的人。

《伤逝》中的子君可以说出"我是我自己的，他们谁也没有干涉我的权利"，并勇敢地走出自己的旧家庭（那是一个吃人和禁锢新思想的牢狱），和涓生组成了一个新家庭，同时全身心地投入到这个家庭中。然而迫于生计，涓生最终抛弃了她，她做出全部牺牲组成的新家不能再容下她，她回到了旧家，并死去。真正害死子君的并不全是而且主要不是旧家庭的摧残，最关键的是她感到的无比的绝望，是新家给她的绝望的打击。这个新家给她带来的伤害远远大于旧家，子君可以勇敢而骄傲地对旧家说不，因为那个旧家是她天生降临于其中的先验的存在，而不是她主动的选择，可是对新家她什么也不能说，那是

---

① 鲁迅. 南腔北调集. 家庭为中国之基本. 鲁迅全集（第四卷）［M］. 北京：人民文学出版社，1981：619

② 无间地狱是一个专门名词，出自《地藏经》、《法华经》、《大般涅槃经》等佛经，又被译作"阿鼻地狱"，"阿鼻"的意思，即"无间"。这个地狱是佛经所讲的众多地狱中最苦的一个，堕入无间地狱的，都是极恶的人，犯了极重的罪。无间地狱极大，广漠无间，《地藏经·观众生业缘品第三》说："无间狱者，其狱城周匝八万余里；其城纯铁，高一万里：城上火聚，少有空缺。"堕入无间地狱的灵魂，"动经亿劫，求出无期。此界坏时，寄生他界，他界次坏，转寄他方；他方坏时，辗转相寄。此界成后，还复而来。"无间地狱包含五个"无间"。其一叫"时无间"，意指身处刑罚之人在时间上是无间断的；其二是"空无间"，意思是刑罚在空间上是无间断，没有任何形式的代替；其三是"罪器无间"，这是说刑罚的器具无间断，受刑罚之人要不停止地承受各式各样的刑具用刑；其四是"平等无间"，这是指无论男女或前世身份，同样平等无间，平等受刑；其五叫"生死无间"，是指生与死都是无间的，凡死后被打入无间地狱的，其阴魂永世无法脱出，是极恶的报应。

③ 李欧梵. 中国现代文学与现代性十讲［M］. 上海：复旦大学出版社，2005：155

她亲自选择的亲自编织的并全力以赴去追求的，她"亲手造了独头茧，将自己裹在里面了"①。子君是一个新时代的觉醒的青年，她不想象祥林嫂那样任人摆布，主动的从一个家庭中逃出，满怀希望、理想和激情进入了另一个家庭，结果却是获得和祥林嫂一样的悲惨结局。正如米兰·昆德拉在《玩笑》中说："受到乌托邦声音的迷惑，他们拼命挤进天堂的大门，但当大门在身后砰然关上时，他们却发现自己是在地狱里。"② 子君依然是家庭的囚徒。

当然，涓生同样是家庭的囚徒，当他与子君生活在一起时，不得不经常痛苦地一遍又一遍地重温当年求爱的表白，他要为家庭的生计而操心，他的写作的思路经常被家庭的生活所打断。当他虚伪地以"人是不该虚伪的"，"这于你倒好得多"为借口，对子君说"我已经不爱你了"，将她逼走后，他暂时获得了解脱。然而，当听说子君因他而死后，家庭的阴影再次吞没了他，他的良心受到了谴责："愿意真有所谓鬼魂，真有所谓地狱，那么，即使在孽风怒吼之中，我也将寻觅子君，当面说出我的悔恨和悲哀，祈求她的饶恕；否则，地狱的毒焰将围绕我，猛烈地烧尽我的悔恨和悲哀。"最终，涓生陷入了绝境，因为"那生路就像一条灰白的长蛇，自己蜿蜒地向我奔来，我等着，等着，看看临近，但忽然便消失在黑暗里了"。

《幸福的家庭》可以说是《伤逝》的一个横截面，也可以说是《伤逝》的另一个版本。在《幸福的家庭》中，"涓生"（小说中的丈夫）和"子君"（小说中的妻子）有了孩子，组成了三口之家，"涓生"（小说中的丈夫）为了糊口，要搞创作，结果却被老婆、孩子以及柴米油盐之类家庭琐事搞得一团糟，令"涓生"（小说中的丈夫）无可奈何。他是"幸福的家庭"的囚徒，无法脱身。

第二节　家族：没落与吃人

在个人家庭的基础之上形成的家族又如何呢。传统中国社会中的家族是一个相对独立的社会组织，是人们生活的基本单位，它拥有特定的生活方式、关系网络及行为规范，由此形成一个特殊的文化系统，即家族文化，并成为中华

---

① 鲁迅. 彷徨·孤独者. 鲁迅全集（第二卷）［M］. 北京：人民文学出版社，1981：96
② 转引自《读者》2003 年第 16 期第 46 页

民族绵延长远的传统文化的重要组成部分，影响着每个中国人的人生道路和日常生活。家族的现状直接决定着中国人的生存状态，鲁迅也不例外。

鲁迅的家族曾经是一个大家族，自祖上从祖籍湖南道州迁居绍兴后，经过十四代周氏子孙的繁衍生息，已经发展成了一个庞大的家族，拥有"竹圆房"、"诚房"、"清道房"、"覆盆房"等支脉，在本地也拥有大量地产，可谓富甲一方，周氏大家族俨然是一个儿孙满堂、生机勃勃的颇有规模的传统大家族。然而到鲁迅出生时已逐渐没落，至其祖父周福清科场案发和父亲去世，周氏家族受到沉重打击。在风雨飘摇中的鲁迅一家又受到家族中其他成员落井下石般的欺凌、排挤、暗算和侮辱，年少的他深切地感受到了大家族内部的倾轧与险恶，家族吃人的观念与意识已经深深地印入他的脑海，心灵上的创伤已经烙下，最终导致他要走出这个大家族，离开这个吃人的圈子，"走异路，逃异地，去寻求别样的人们"①。鲁迅有着与曹雪芹和巴金一样的体会，不过他并没有将主要注意力放在对家族的直接的正面的批判上，而更多的是从家族中最小的单位，作为个体的个人入手，建立他的"立人"思想。然而，在家族中曾经历的一切恩恩怨怨已深入他的无意识层面，时不时的隐隐露出一点点来，在鲁迅的大部分小说中，只要有家族关系出现，鲁迅都不忘了用尽管篇幅不长却极其传神的笔墨表现一下家族的吃人的罪恶，让读者体会到家族是一个多么可怕、可恨的地方，是必须毁掉的。

一、穷途末路：家族的衰落

《狂人日记》中实际上暗含着一个家族没落与吃人的叙述，小说中有这么几句话：

前几天，狼子村的佃户来告荒，对我大哥说，他们村里的一个大恶人，给大家打死了；几个人便挖出他的心肝来，用油煎炒了吃，可以壮壮胆子。……
……

……前天佃户要减租，你说过不能。

从这里我们可以知道，狂人是身处一个较大的家族中，拥有若干象狼子村这样村庄的土地，正如鲁迅自己属于乡下有着四五十亩上好的田产，城中有着殷实的店铺的周氏大家族一样。佃户为什么要告荒呢，肯定是因为遭了天灾，

---

① 鲁迅.《呐喊》自序.鲁迅全集（第一卷）［M］.北京：人民文学出版社，1981：415

收成大减。"大哥"不肯减租,一是因为狂人的家族已经在走下坡路,很不景气,不如此则不足以维持家族的奢侈生活。这是一个大家族在经济层面上的没落和衰败。二是因为"大哥"比较凶狠,没有"人性",一点都不同情和怜悯遭灾的佃户,这正是"大哥""吃人"的表现之一,同时也是大家族"吃人"的凶残性的体现,是大家族从精神层面上走向堕落的表现。

这短短的几句话,令人联想到红楼梦第 53 回"宁国府除夕祭宗祠荣国府元宵开夜宴"里有"黑山村的乌庄头"交租告荒的一段描述:

贾珍便命带进他来。一时,只见乌进孝进来,……贾珍道:"你走了几日?"乌进孝道:"回爷的话,今年雪大,外头都是四五尺深的雪,前日忽然一暖一化,路上竟难走的很,耽搁了几日。虽走了一个月零两日,因日子有限了,怕爷心焦,可不赶着来了。"贾珍道:"我说呢,怎么今儿才来,我才看那单子上,今年你这老货又来打擂台来了。"乌进孝忙进前了两步,回道:"回爷说,今年年成实在不好。从三月下雨起,接接连连直到八月,竟没有一连晴过五日。九月里一场碗大的雹子,方近一千三百里地,连人带房并牲口粮食,打伤了上千上万的,所以才这样。小的并不敢说谎。"贾珍皱眉道:"我算定了你至少也有五千两银子来,这够作什么的!如今你们一共只剩了八九个庄子,今年倒有两处报了旱涝,你们又打擂台,真真是又教别过年了。"乌进孝道:"爷的这地方还算好呢!我兄弟离我那里只一百多里,谁知竟大差了。他现管着那府里八处庄地,比爷这边多着几倍,今年也只这些东西,不过多二三千两银子,也是有饥荒打呢。"贾珍道:"正是呢,我这边都可,已没有什么外项大事,不过是一年的费用费些。我受些委屈就省些.再者年例送人请人,我把脸皮厚些。可省些也就完了。比不得那府里,这几年添了许多花钱的事,一定不可免是要花的,却又不添些银子产业。这一二年倒赔了许多,不和你们要,找谁去!"

鲁迅应该是很熟悉《红楼梦》的,《狂人日记》里的这一段内容很可能受到《红楼梦》的影响,在无意识中以《红楼梦》中的一段故事作为蓝本了。而熟悉《红楼梦》的人看到《狂人日记》里的这一段也很容易联想到《红楼梦》里的相似情节。众所周知,《红楼梦》正是描述一个家族是如何"吃人"和走向没落了的。《狂人日记》作为一部短篇小说,加上作者的叙事策略是借狂人狂语,以双关和暗示机制作用于读者,不可能象《红楼梦》那样以大篇幅正面地叙述家族的"吃人"和没落。但狂人的疯言疯语不正与曹雪芹的

"满纸荒唐言，一把辛酸泪。都云作者痴，谁解其中味"① 不谋而合吗？在鲁迅以后的小说创作中，家族没落和"吃人"这一主题一直存在。

家族是鲁迅难以忘却的，来自大家族的经历，对家族生活的刻骨铭心的体验使《孤独者》中也隐约出现了鲁迅自己家族的影子。小说中魏连殳自称小时候"我的父亲还在，家景也还好，正月间一定要悬挂祖像，盛大地供养起来"，再联系到他祖母入殓时出现的"族长、近房"等众多族人，可以看出魏连殳小时候曾经在一个大家族中生活过。随着魏连殳父母的去世，他的家庭陷入困顿，而他所在的家族也早已开始衰落，在他父亲死去之后，要夺他的房子，要他在笔据上画押；在他的祖母去世后，又再次要夺取他的那一间寒石山的破屋子。这与鲁迅自己的经历有许多相似之处，里面有着周氏家族的影子。

正如本文的绪论中已经分析过那样，《白光》中也暗含一个"巨富"的大家族没落的故事。考了十六回仍名落孙山的陈士成，其实曾经有过一个幸福的家庭，属于一个走向衰落的大家族。鲁迅在这里用陈士成挖出的死骨暗示家族已经彻底死去，不可能再给后代留下什么财富，隐喻家族制度家族文化已经作古，不能再造福后世，留给后世的只有死亡与腐朽。

《故乡》中一开头就说明了"我"的家族已经从故乡消失了，"我这次是专为了别他而来的。我们多年聚族而居的老屋，已经公同卖给别姓了……所以必须……远离了熟识的故乡，搬家到我在谋食的异地去"。"多年聚族而居的老屋"是家族存在的象征，是族人的精神依托，连它也"已经公同卖给别姓了"，表明了一个曾经辉煌的家族的彻底衰败。"我"尽管对这个家族还有点不舍，但也只能远离了。

一个一个的家族走向衰落，不仅仅表现在家族中人丁的锐减，经济的衰败，更表现在支撑它的家族文化也开始分崩离析，家族内部的道德伦理与秩序也是危机四伏。

二、倾轧与争夺：家族道德与秩序的崩溃

家族文化包含着两个重要的层面，一是人伦秩序层面，讲究家族中的森严的等级秩序，三纲五常的伦理秩序必须遵守；二是道德情感层面，家族中不仅仅是冷冰冰的等级关系，更要求父慈子孝、兄友弟恭、夫义妇顺，孔子一再强

---

① 曹雪芹. 红楼梦（第一回）［Z］. 北京：人民文学出版社.1982：7

调"仁",即是要求对人要有爱心、不仅是要求子女对父母、下级对上级的爱心,也同样要求尊长乃至君主对子女、下属和臣民具有仁慈之心。所以,孔子的马棚失火了,孔子首先关心的不是财物的损失,而是人的伤亡。孔子讲对父母不仅要"养",更要求"敬",即是要有爱心,有感情。在家族内部,更是讲究亲情的,这种亲情虽然是建立在血缘基础之上的亲情,但却能延伸到家族外部,对朋友要讲仁义,对其他人也"老吾老以及人之老,幼吾幼以及人之幼"①,中国人重义轻利的观念和意识就是这样形成的,长期以来中华民族成为世界上最重伦理亲善的民族。如果仅仅从理论上看,家族文化给我们描绘出一幅其乐融融、相亲相爱的温情脉脉的大同世界的美景。然而,现实却绝非如此,自古以来,私欲的膨胀没有一天不冲击着家族文化中的仁与礼,即使是具有血亲关系的父子之间、兄弟之间、同族之间也会为了私利或局部利益,而充满着尔虞我诈的倾轧和冲突,这样的阴谋和悲剧从来就未间断过。家族文化表现出它极为虚伪、粉饰的一面,如许广平所说"中国向来是善于作伪的地方"②。尤其是随着时代和社会生活的不断变化,家族制度和家族文化越来越变成一种形式化的空壳,越来越变成了"皇帝的新装",变成了聪明人只说不做,或者仅仅用来约束别人打击别人,只有迂腐之人才会当真的东西。鲁迅对此当然是深有体会,当鲁迅的作品揭开中国传统家族温情脉脉的面纱时,家族内部的一幕幕礼崩乐坏的闹剧开始呈现在人们面前。

在《祝福》中,"我"的一个家族的"四叔"与"我"之间是非常冷漠与隔阂的。当然,更严重的是祥林嫂的第二个家庭所在的家族,当阿毛被狼吃掉后,贺老六的兄长就将孤苦无依的祥林嫂赶了出去,将弟弟的房产占为己有,这个家族显得惨无人道。

《在酒楼上》中顺姑的伯伯长庚,经常向顺姑索要钱财,当顺姑不给时,"就冷笑着说:你不要骄气,你的男人比我还不如!她从此就发了愁",最终导致顺姑忧郁而死。

《孤独者》中的魏连殳则饱受家族堂兄争夺财产的困扰。魏连殳对"我"说:

---

① 《孟子·梁惠王上》

② 许广平. 胡今虚《鲁迅作品及其他》读后感 [A]. 许广平文集(第一卷) [C]. 南京:江苏文艺出版社,1998:503

"我正要告诉你呢：你这几天切莫到我寓里来看我了。我的寓里正有很讨厌的一大一小在那里，都不像人！"

"一大一小？这是谁呢？"我有些诧异。

"是我的堂兄和他的小儿子。哈哈，儿子正如老子一般。"

"是上城来看你，带便玩玩的罢？"

"不。说是来和我商量，就要将这孩子过继给我的。"

"呵！过继给你？"我不禁惊叫了，"你不是还没有娶亲么？"

"他们知道我不娶的了。但这都没有什么关系。他们其实是要过继给我那一间寒石山的破屋子。我此外一无所有，你是知道的；钱一到手就化完。只有这一间破屋子。他们父子的一生的事业是在逐出那一个借住着的老女工。"

他那词气的冷峭，实在又使我悚然。但我还慰解他说：

"我看你的本家也还不至于此。他们不过思想略旧一点罢了。譬如，你那年大哭的时候，他们就都热心地围着使劲来劝你……。"

"我父亲死去之后，因为夺我屋子，要我在笔据上画花押，我大哭着的时候，他们也是这样热心地围着使劲来劝我……。"

等到魏连殳死后，"我"去参加葬礼：

我刚跨进门，当面忽然现出两个穿白长衫的来拦住了，瞪了死鱼似的眼睛，从中发出惊疑的光来，钉住了我的脸。

……

我和他们寒暄后，知道一个是连殳的从堂兄弟，要算最亲的了；一个是远房侄子。我请求看一看故人，他们却竭力拦阻，说是"不敢当"的。然而终于被我说服了，将孝帏揭起。

为什么魏连殳的从堂兄弟们对"我"那么惊疑？只不过是怕"我"去争夺遗产罢了。这就是魏连殳所在的家族，为了争夺财产可谓机关算尽。鲁迅的这些看似漫不经心的冷峻而平淡的文字，却入木三分地写出了"家族"的荒诞和虚伪以及人身处此世间的无奈。

在《朝花夕拾·范爱农》中也有同样的真实的故事：

他死后一无所有，遗下一个幼女和他的夫人。有几个人想集一点钱作他女孩将来的学费的基金，因为一经提议，即有族人来争这笔款的保管权，——其实还没有这笔款，大家觉得无聊，便无形消散了。

这样成事不足、败事有余的家族只能用"吃人"两个字来形容。这就是令鲁迅痛心疾首和极度绝望的发现，无论从自身还是从别人身上他看到的都是家族呈现出来的丑恶面目，令他无法对家族产生任何好感。

《弟兄》则涉及到两个家族。小说一开头就是秦益堂在诉说自己家族中的苦恼：

"到昨天，他们又打起架来了，从堂屋一直打到门口。我怎么喝也喝不住。"他生着几根花白胡子的嘴唇还抖着。"老三说，老五折在公债票上的钱是不能开公账的，应该自己赔出来……。"

到故事的最后，秦益堂还在说着同样的烦心事：

"说是应该自己赔。"益堂自言自语地说。"这公债票也真害人，我是一点也莫名其妙。你一沾手就上当。到昨天，到晚上，也还是从堂屋一直打到大门口。老三多两个孩子上学，老五也说他多用了公众的钱，气不过……。"

秦益堂与他身下的多个子孙们组成的家族内部已没有温情和亲情，只有倾轧与争夺。所以他特别羡慕张沛君兄弟之间的情谊，高度赞扬了他们兄弟，而张沛君也"两眼在深眼眶里慈爱地闪烁"地慷慨陈词，表白自己对兄弟的手足之情。结果呢，他弟弟的一场病就令他原形毕露，原来在他的家族内，所谓的亲情也只是表面的暂时的。

在传统社会中，中国人的"家"意识涵盖了所有的人生情感和生存价值，人们的生存和发展往往都是以"家"为出发点和归宿，人们一向追求多子多福，追求大家族的团聚与天伦之乐，人们一直主张五世同堂等其乐融融的家族景观，而鲁迅则早就一针见血地指出："就实际上说，中国旧理想的家族关系父子关系之类，其实早已崩溃。这也非'于今为烈'，正是'在昔已然'。历来都竭力表彰'五世同堂'，便足见实际上同居的为难；拼命的劝孝，也足见事实上孝子的缺少。而其原因，便全在一意提倡虚伪道德，蔑视了真的人情。"① 中国的传统社会是以血缘关系为纽带而建立起来，人与人之间的关系是建立上血缘关系之上的，一个人生在一个什么样的家族中，在家族中居于什么样的位置决定着他的人生，决定着他的前途。对于很多人来说，家族观念是一根套在他们头上的无形绳索，限制并扼杀了人的天性，抽去了人的真性情。家族生活看上去似乎充满了温情，给人关怀，给人保护，给人以物质保障和精

---

① 鲁迅. 坟·我们现在怎样做父亲. 鲁迅全集（第一卷）[M]. 北京：人民文学出版社，1981：138

神关爱，然而，鲁迅撕破这层面纱之后，呈现在人们眼前的竟是如此狰狞的丑恶面孔和血淋漓的情景。

三、出卖与背叛：家族的狰狞与丑恶

在《药》中，导致革命者夏瑜被捕并被杀害的正是他的伯父夏三爷的告发。夏三爷如此无情地出卖自己的亲侄子，当然是出于自私心理，害怕自己受到株连。这种出卖自己族人的行为，在传统社会里是为人所不齿的，《三国演义》里的曹操对这种人就是一定要杀掉的，尽管曹操是这种出卖行为的受益者。然而在《药》中夏三爷不但没受到任何舆论上的谴责，反而被茶馆里的"庸众"视为明智之举，称"夏三爷真是乖角"。革命者夏瑜为人民争取民主、自由和解放，抛头颅，洒热血，不但被政府迫害，而且成为"庸众"的猎奇对象，被愚人们所嘲弄，被家里的母亲所不理解，更被自己的族人出卖，使革命者如处无边无际的荒原，徒呼奈何。

如果说夏三爷无情出卖自己的亲侄子还是害怕受株连的话，那么《头发的故事》中的 N 先生的族人为了头发这件事出卖 N 先生则完全是出于"吃人"的恶毒心理，小说中有这样一段：

"我出去留学，便剪掉了辫子……"

……

"过了几年，我的家景大不如前了，非谋点事做便要受饿，只得也回到中国来。我一到上海，便买定一条假辫子，那时是二元的市价，带着回家。我的母亲倒也不说什么，然而旁人一见面，便都首先研究这辫子，待到知道是假，就一声冷笑，将我拟为杀头的罪名；有一位本家，还预备去告官，但后来因为恐怕革命党的造反或者要成功，这才中止了。"

《长明灯》中的四爷面对自己发疯的侄儿无动于衷，没有任何亲情的流露，在自己的客厅里与众人合谋把自己的侄儿关在了破庙里，并霸占其仅剩的一间破屋，其用心之歹毒，令人发指。

家族在鲁迅的作品中都是以这样丑恶的面貌出现，给人一种人间地狱的印象，它再也没有什么可值得留恋的地方，而是新的时代新的社会必须砸掉的东西。这一切既是鲁迅在接受了现代思想文化后对传统家族制度和家族文化理性反思的结果，又来自鲁迅本人最深刻的感受，来自自身家族没落和"吃人"的体验，可以说是理性思考与感性体验双重作用下形成的观念和意识。家族给鲁迅带来的"人间地狱"的感受伴随其一生，如恶梦萦绕在他的心中。1926

年10月许广平在信中向鲁迅诉苦，倾诉自己饱受亲戚们的袭扰：

至于家庭，四个侄读书费，寡嫂伙食略为帮助，幼妹又催读书了，她住在我的妹妹处，姑媳之间，常因幼妹住而冷言闲语，其势我又不能不顾，而久未通信之兄，忽然从沪来，说是谋事未就，要我给费作盘川找事，此外远亲近戚，破旧不堪的女人，跑到学校，硬要借贷，叫我颜面不堪，苦恼透了，他们以为我发大财，其实我磨命磨到寝食不安，不过月得30余元，他们硬说我二、三百元的事，何偿相信这底细……①

可以看出许广平正深受家族的纠葛而苦恼不已，对此早已深有体验的鲁迅回信说：

我早已有点想到，亲戚本家，这回要认识你了，不但认识，还要要求帮忙，帮忙之后，还要大不满足，而且怨愤，因为他们以为你收入甚多，即使竭力地帮忙，也等于不帮。将来如果偶需他们帮助时，便都退开，因为他们没有得过你的帮助；或者还要下石，这是对于先前吝啬的罚。这种情形，我都曾一一尝过了，现在你似乎也正在开始尝着这况味。……但这状态是永续不得的，经验若干时之后，便须斩钉截铁地将他们撇开，否则，即使将自己全部牺牲了，他们也仍不满足，而且仍不能得救。②

从这信中我们可以看出家族在鲁迅心目中的丑恶形象以及他对家族的极度厌恶和鄙视，可以说鲁迅对家族是没有任何好感的。

第三节　永远的过客：失去精神家园的漂泊

人所栖居的“家”，不仅指“家庭”和“家族”，而且还包括更大的范围，即作为精神家园的文化传统与现实社会，这可以说是一个大“家”。大“家”被破坏了，小“家”又如何能够安宁呢。在历史属于我们之前，我们早已属于历史，这是任何人都无可逃遁的宿命。每个人都不可避免的要处于一定的传统文化之中，在一定的传统文化之中长大，受到一定传统文化的熏染。而现实社会又是我们学习、工作和生活的场所，黑格尔说："人要有现实客观存

---

①　鲁迅、许广平．鲁迅景宋通信集——《两地书》的原信（Z）．长沙：湖南人民出版社，1984：175

②　鲁迅、许广平．鲁迅景宋通信集——《两地书》的原信（Z）．长沙：湖南人民出版社，1984：187

在，就必须有一个周围的世界"①，它的状况同样决定着我们的生活状况。传统文化虽然意味着历史的过去，然而其中包含的民族精神基因则制约着现实社会，并指向未来，可以说，传统文化构成了现实社会的存在基础，并指引着现实社会向前发展，走向未来，传统和现实社会是我们栖居于其中的"精神家园"。我们也往往正是以"家庭"的视角和要求来看待国家和社会的，"家"象征着传统中国的权力结构，"家"事实上就是"天下"，而同时"天下"就是一个"家"，甚至宇宙就是一个'家'。"天人合一"的观念就道出了"天下"与"家"的互文互喻关系。我们不仅希望自己的小"家"幸福，也希望大"家"和平、繁荣、稳定，能给小"家"提供一个良好的大环境，提供持续的安全与保障。所以，谈论"家"不能离开这个大"家"。

那么，我们栖居于其中的"精神家园"能否让人"诗意"地栖居和生存呢？在鲁迅的作品中，这个"家"同样也是炼狱，令人倍受煎熬。

一、无法归去的故乡

故土难离是传统中国人的一种特别情结，处于农业社会的中国人，无论是要当官、升学，还是做生意、谋求发展，往往要从农村和乡镇的故乡走出去。然而走出去的人往往都魂牵梦绕着故乡，盼望着衣锦还乡告慰父母和列祖列宗的一天的到来。即使是长年定居外地的游子，也往往会在晚年归乡归国，怀着满腔的炽热拥抱那一片曾经生活过的土地。这片土地是人的精神寄托，是人在饱经沧桑、伤痕累累之后可以寻找慰藉的精神故园，如母亲的怀抱般诗意而温暖。正如有人指出的那样：

故乡情怀是一个充满怅惘和愁思的永恒文学主题，羁旅忧愁的浓浓诗意往往化为文学长河中的一条长流不息的支脉，"长久以来安土重迁是他们的生活常规，背井离乡则是一种最悲惨的人生遭遇，这不仅指战乱灾荒年代的流离失所，也指和平生活下的远嫁和漂泊。因而乡土不仅给古代中国人，也给现代文学提供着诗意"。只不过当中华民族进入现代转型之后，这种叙事随着文化语境的变迁日趋强烈，游子"离乡—寻找—归乡"是其中屡见不鲜的创作范式。②

---

① [德] 黑格尔. 美学（第一卷）[M]. 朱光潜译. 北京：人民文学出版社，1958：304
② 郑民. 生存与困境之歌——鲁迅"归乡"系列小说与苏童的《米》比较阅读 [J]. 莱阳农学院学报（社会科学版），2005，（4）

　　鲁迅的作品同样具有这样的"创作范式",在其诸多作品中都可看到他流露出来的思乡之情,这是一个长期在外遍尝人间的悲凉和痛苦,受尽世道炎凉和人情冷暖的疲惫的游子的返归故园寻求温暖港湾的普遍心理。正如王晓明所说:"每当现实的苦闷压得他艰于呼吸的时候,他都会不自觉地转向过去,以对往昔印象的重新描绘,来缓解阴郁情绪的沉重压力"①,这种情结自古而然。鲁迅在《从百草园到三味书屋》中充满深情地回忆童年时期快乐的"百草园",《社戏》中鲁迅永远怀念着与小伙伴们在一起度过的美好夜晚和吃过的烧豆,《故乡》里鲁迅诗意地回忆着"金黄的圆月"、"海边碧绿的西瓜"和月光下瓜田中的少年闰土……这些都表明了鲁迅的恋乡之情。然而这种恋乡之情仅仅停留在对童年的回忆当中,特别是仅限于父亲病逝以前的岁月,一旦涉及以后的时间,特别是当下,在鲁迅的大部分作品中,频频出现的却是面目全非的无法归去的故乡,凄婉而荒凉,这里我们看到更多的是鲁迅笔下描述的灰色的暗淡的乃至黑暗的故乡。在鲁迅的情感中,其实是两个故乡,一个是仅限于美好童年时期的充满诗意和温情故乡,一个是当下的令人绝望的故乡。鲁迅怀念前一个故乡,但它已经不复存在了,他当下面对的看到的只是后一个故乡,在多数作品中鲁迅总是满怀渴望回到故乡,结果却是败兴而归,最终只能是对故乡的厌弃。

　　《狂人日记》的小序里的一段话:"某君昆仲,今隐其名,皆余昔日在中学时良友;分隔多年,消息渐阙。日前偶闻其一大病;适归故乡,迂道往访,则仅晤一人,言病者其弟也……"实际上就包含着"余"归故乡的情节,然而回归故乡后如何呢,发现有狂人的日记,里面说中国历史"满本都写着两个字是'吃'人",这实际上也暗含有故乡是吃人之地的意思。当然《狂人日记》并没有正面写归乡的故事。正面地写归乡的故事,则是在鲁迅以后的小说中,尤其是当他由"呐喊"变"彷徨"后。

　　《故乡》是鲁迅正面描写故乡的作品,"我"回到故乡,却是要永久告别故乡的,而且"我"发现故乡已完全变了样:"阿!这不是我二十年来时时记得的故乡?"如《社戏》里美好的故乡已面目全非。曾抱过"我"的美丽的豆腐西施不仅外表变丑,内心变得更卑俗。当然最令"我"绝望的是闰土的变化,当年的健康活泼的瓜田少年无论是身体上还是精神上都已彻底变了模样,

---

　　① 王晓明.无法直面的人生:鲁迅传 [M].上海:上海文艺出版社,2001:290~291

给了"我"最沉重的一击。于是曾经美好的故乡形象在我眼前轰然坍塌，"我"带着复杂的心情离开了故乡，"故乡的山水也都渐渐远离了我，但我却并不感到怎样的留恋"，而是隐约间突然领悟到"路"是怎样产生出来，暗示着作者要彻底放弃对故乡的留恋，踏上人生的新"路"。

在《彷徨》小说集中，大量的归乡情节出现。《祝福》里，"我"在旧历的年底回到故乡，本来回到故乡过年应该是分外的温馨与甜蜜的，但是：

虽说故乡，然而已没有家，所以只得暂寓在鲁四老爷的宅子里。他是我的本家，比我长一辈，应该称之曰"四叔"，是一个讲理学的老监生。他比先前并没有什么大改变，单是老了些，但也还未留胡子，一见面是寒暄，寒暄之后说我"胖了"，说我"胖了"之后即大骂其新党。但我知道，这并非借题在骂我：因为他所骂的还是康有为。但是，谈话是总不投机的了，于是不多久，我便一个人剩在书房里。

于是"我"在本应家族团圆的新年里，在自己的故乡却感到如此的落漠，与家乡的本家亲戚竟然无法交流和沟通。待到发生了祥林嫂被自己的家庭家族和周围的人迫害而死这种事后，"无论如何，我明天决计要走了"，向"四叔"告辞，"便立刻告诉他明天要离开鲁镇，进城去，趁早放宽了他的心。他也不很留"。"我"为什么要在新年的时候回到故乡鲁镇呢？作者没交待，但我们完全可以从中国的传统里推断出原因，无非是拜访亲友故知，寻找一种回家的温馨感觉，然而故乡却已不能容下我，何况又发生了祥林嫂被"吃掉"这样的人间惨剧，表明故乡也是吃人的地方，令人无法再停留下去。

《在酒楼上》里，我又回故乡了：

我从北地向东南旅行，绕道访了我的家乡，就到S城。这城离我的故乡不过三十里，坐了小船，小半天可到，我曾在这里的学校里当过一年的教员。深冬雪后，风景凄清，懒散和怀旧的心绪联结起来，我竟暂寓在S城的洛思旅馆里了；这旅馆是先前所没有的。城圈本不大，寻访了几个以为可以会见的旧同事，一个也不在，早不知散到那里去了，经过学校的门口，也改换了名称和模样，于我很生疏。不到两个时辰，我的意兴早已索然，颇悔此来为多事了。

故乡不仅"风景凄清"，而且寻访旧同事，"竟然一个也不在，早不知散到那里去了"。"我"开始后悔回故乡了。接着，"我"碰见了故旧吕纬甫，却发现他已经和以前大不相同，他意志消沉，开始重教"子曰诗云"了，象苍蝇"飞了一个小圈子，便又回来停在原地点"。故乡实在已无可留恋。

《非攻》中的墨子，为了挽救自己的故国，冒着生命危险，奔波劳累，可谓鞠躬尽瘁，死而后已。取得胜利后，墨子本该荣归故里，受到英雄般的欢迎。然而他不仅没受到救国英雄的殊遇，反而"一进宋国界，就被搜检了两回；走近都城，又遇到募捐救国队，募去了破包袱；到得南关外，又遭着大雨，到城门下想避避雨，被两个执戈的巡兵赶开了，淋得一身湿，从此鼻子塞了十多天"。这里也是无法回归故乡的写照。

从这些作品当中，我们可以发现鲁迅所看到的当下的故乡已经充满了"上流社会的堕落和下层社会的不幸"①，到处都是愚昧、落后、保守、闭塞、迷信，愚人们自私冷漠，弱肉强食，没有新思想，没有事物，过着一种病态的生活，甚至在相互"吃人"，周作人甚至认为："著者对于他的故乡一向没有表示过深的怀念，这不但在小说上，就是《朝花夕拾》上也是如此。大抵对于乡下的人士最为反感，除了一般封建的士大夫以外，特殊的是师爷和钱店伙计（乡下人叫做'钱店官'）这两类，气味都有点恶劣。"② 总之，鲁迅对故乡表现出一种冷漠的厌弃的情绪。鲁迅本人也确实明确而直接地表达过这种情绪，如在写给许寿裳的信中就说过："近来于绍兴的感情也日恶。"③ 这种厌乡弃乡情绪正表明了鲁迅对故乡的绝望。

故乡是人可以时时回顾的精神家园，它能使久在异乡的游子拥有一块相对稳定的情感绿地，因为在对逝去的美好人事的追忆中可以使人获得暂时的解脱。然而，对于鲁迅来说这个精神家园实际上已不复存在。当"恋乡"变成"厌乡"，"归乡"变作"弃乡"时，意味着鲁迅彻底断绝了自己可以返回的身后路，永远无法回头。

二、生活在他乡

"离乡"、"厌乡"、"弃乡"使鲁迅只能另外寻找生存的家园，正如他自己所言：

① 鲁迅.集外集拾遗·英译本《短篇小说选集》自序.鲁迅全集（第七卷）［M］.北京：人民文学出版社，1981：389

② 周作人.鲁迅小说里的人物——周作人自编文集［C］.石家庄：河北教育出版社，2002：211

③ 鲁迅.书信·190116·致许寿裳.鲁迅全集（第十一卷）［M］.北京：人民文学出版社，1981：358

好。那么，走罢！①

我要到 N 进 K 学堂去了，仿佛是想走异路，逃异地，去寻求别样的人们。②

然而，异地又如何呢？去了之后才发现处处都并不如意：

无须学费的学校在南京，自然只好往南京去。第一个进去的学校，目下不知道称为什么了，光复以后，似乎有一时称为雷电学堂，很像《封神榜》上"太极阵"、"混元阵"一类的名目。……

……

总觉得不大合适，可是无法形容出这不合适来。现在是发现了大致相近的字眼了，"乌烟瘴气"，庶几乎其可也。只得走开。近来是单是走开也就不容易，"正人君子"者流会说你骂人骂到聘书，或者是发"名士"脾气，给你几句正经的俏皮话。③

鲁迅只能再走：

于是……去考矿路学堂去了，也许是矿路学堂，已经有些记不真，……

……

但我们也曾经有过一个很不平安的时期。那是第二年，听说学校就要裁撤了。……

……

毕业，自然大家都盼望的，但一到毕业，却又有些爽然若失。……结果还是一无所能，学问是"上穷碧落下黄泉，两处茫茫皆不见"了。所余的还只有一条路：到外国去。④

鲁迅又去了日本，在日本又如何呢，东京有"头顶上盘着大辫子……油光可鉴，宛如小姑娘的发髻一般，还要将脖子扭几扭。实在标致极了"的"成群结队的'清国留学生'的速成班"，还有留学生会馆里"学跳舞"，闹得乌烟瘴气的同胞。鲁迅当然呆不下去，"到别的地方去看看"，于是到"还

---

① 鲁迅. 朝花夕拾·琐记. 鲁迅全集（第二卷）［M］. 北京：人民文学出版社，1981：293

② 鲁迅.《呐喊》自序. 鲁迅全集（第一卷）［M］. 北京：人民文学出版社，1981：415

③ 鲁迅. 朝花夕拾·琐记. 鲁迅全集（第二卷）［M］. 北京：人民文学出版社，1981：293～295

④ 鲁迅. 朝花夕拾·琐记. 鲁迅全集（第二卷）［M］. 北京：人民文学出版社，1981：295～296

没有中国的学生”的仙台，这里虽然有藤野先生这样的良师，但却遭到了日本学生的歧视和排挤，更严重的是，鲁迅看到了震动他心灵的时事画片，从此弃医从文。① 从文又如何呢，接下来是在东京《新生》的流产，使鲁迅“感到未尝经验的无聊”，“这寂寞又一天一天的长大起来，如大毒蛇，缠住了我的灵魂了”②。

鲁迅回国，到北京就职后，呆在“S会馆里”，感到异常的寂寞和孤独：

只是我自己的寂寞是不可不驱除的，因为这于我太痛苦。我于是用了种种法，来麻醉自己的灵魂，使我沉入于国民中，使我回到古代去，后来也亲历或旁观过几样更寂寞更悲哀的事，都为我所不愿追怀，甘心使他们和我的脑一同消灭在泥土里的，但我的麻醉法却也似乎已经奏了功，再没有青年时候的慷慨激昂的意思了。

S会馆里有三间屋，相传是往昔曾在院子里的槐树上缢死过一个女人的，现在槐树已经高不可攀了，而这屋还没有人住；许多年，我便寓在这屋里钞古碑。客中少有人来，古碑中也遇不到什么问题和主义，而我的生命却居然暗暗的消去了，这也就是我惟一的愿望。③

这正是鲁迅生活在“他乡”的痛苦。作为有着故土难离情结的中国人来说，“他乡”总是与漂泊、流离、孤独、苦闷等等含义联系在一起，而“故乡”在人们的心中则总是与温馨、亲情、团聚、舒适、慰藉等意义相关。生活在异乡的鲁迅同样有漂泊、流离、孤独、苦闷、虚空等等这样的感受，所以在《社戏》中，鲁迅首先描绘了北京戏院的糟糕状况，“省悟到在这里不适于生存了”，于是有了对小时候看社戏的诗意的回忆。

在《好的故事》中鲁迅这样写道：

我仿佛记得曾坐小船经过山阴道，两岸边的乌桕，新禾，野花，鸡，狗，丛树和枯树，茅屋，塔，伽蓝，农夫和村妇，村女，晒着的衣裳，和尚，蓑笠，天，云，竹……都倒影在澄碧的小河中，随着每一打桨，各各夹带了闪烁的日光，并水里的萍藻游鱼，一同荡漾。诸影诸物，无不解散，而且摇动，扩大，互相融和；刚一融和，却又退缩，复近于原形。边缘都参差如夏云头，镶

① 鲁迅.朝花夕拾·藤野先生.鲁迅全集（第二卷）[M].北京：人民文学出版社，1981：302~308

② 鲁迅.《呐喊》自序.鲁迅全集（第一卷）[M].北京：人民文学出版社，1981：417

③ 鲁迅.《呐喊》自序.鲁迅全集（第一卷）[M].北京：人民文学出版社，1981：418

着日光，发出水银色焰。

在这里，美好的人、美好的景物，织成一个梦一般的美丽的境界。这似乎就是鲁迅心目中的故乡，是他理想的"山阴道"。鲁迅在《朝花夕拾·小引》中也谈到自己曾多次回忆起儿时在故乡所吃的蔬果，勾起了自己对故乡美好的回忆。然而，鲁迅自己也已意识到故乡"也不过如此；惟独在记忆上，还有旧来的意味留存"。人总是倾向于怀旧，无论过去怎样痛苦（鲁迅小时候经历的痛苦很多），经历岁月的流逝，在远离它之后，距离产生美，在"朝花夕拾"时人们总是会给它披上一层温情的面纱，忍不住去怀念，正如鲁迅所说："它们也许要哄骗我一生，使我时时反顾"。然而，这也仅仅是"哄骗"而已。周作人就直言不讳地指出："鲁迅在《故乡》这篇小说里纪念他的故乡，但其实那故乡没有什么可纪念，结果是过去的梦幻为现实的阳光所冲破，只剩下了悲哀。"① 安德烈·莫罗亚在为普鲁斯特的《追忆似水年华》所作的序中说："我们徒然回到我们曾经喜爱的地方；我们决不可能重睹它们，因为它们不是位于空间中，而是处在时间里，因为重游旧地的人不再是那个曾以自己的热情装点那个地方的儿童或少年。"②

实际上鲁迅在"故乡"也并没有真正感受到"亲情、温馨、团聚、宁静、慰藉"这些东西，正如本文前面已经指出的那样，鲁迅在小说中不断地回乡，却是不断地失望而最终"离乡"、"弃乡"。人暂时生活在异乡并不可怕，因为总有可以给人心灵慰藉的故乡等待着，叶落可以归根，最可怕的是没有了故乡，只有异乡或他乡。不幸的是，鲁迅正是这样没有了故乡，只能一直生活在他乡，冥冥中无法掌控的力量让他成为永恒的异乡人，在故乡他感到自己是异乡人，无法容身，在异乡他仍是"不适于生存"的异乡人，无法真正与那里的一切融合。他不想生活在他乡，却没有故乡可归，只能如影子一般彷徨于明暗之间，处于故乡与他乡之间的夹缝中痛苦挣扎。正如他在《野草·影的告别》中所说的那样：

然而黑暗又会吞并我，然而光明又会使我消失。

然而我不愿彷徨于明暗之间，我不如在黑暗里沉没。

---

① 周作人. 鲁迅小说里的人物——周作人自编文集 [C]. 石家庄：河北教育出版社，2002：65

② ［法］普鲁斯特（Proust, M.）. 《追忆似水年华》安德烈·莫罗亚序 [Z]. 李恒基、徐继曾等译. 南京：译林出版社，2001：6

三、庸众群集的公共领域与杀人的社会舆论

对于一个人来说，周围的精神环境同样重要，良好的精神环境会给人一种身处温暖大家庭的印象，相反恶劣的精神环境则令人如处荒原与寒冬，有一种无处容身的感觉。

在鲁迅的小说中不断出现一种类似公共领域的公众场所，它们大多出现在鲁镇里，地点多是酒店、茶馆，甚至包括绅士的客厅和农村"临河的土场"，偶而也包括报纸这类媒介。这些场所在《孔乙己》、《药》、《祝福》、《阿Q正传》、《风波》、《明天》、《长明灯》、《孤独者》中反复出现，故事中的人物在这些场所交谈争论，形成一种类似公共领域的作用。

一般认为，"公共领域（public sphere）"概念最早是由美籍德裔杰出的女思想家汉娜·阿伦特在1958年提出的，不过一直到1989年法兰克福学派的第二代领袖哈贝马斯《公共领域的结构转型》的第一个英文译本在美国问世后，才传遍全球，为世人所遍知。所谓公共领域，指的是介乎于国家与社会（即国家所不能触及的私人或民间活动范围）之间、公民参与公共事务的地方。哈贝马斯在1964年给"公共领域"下的具体定义是：所谓公共领域，是指我们的社会生活中的一个领域，某种接近于公众舆论的东西能够在其中形成。向所有公民开放这一点得到了保障。在每一次私人聚会、形成公共团体的谈话中都有一部分公共领域生成。① 公共领域的存在与充分、健全发展是保证国家正常运行，民意得以表达，理性舆论形成的重要条件。

一个新概念和新理论的出现，就打开了一扇观看世界的新窗口，照亮了世界的一个新角落。当我们以公共领域的概念来观照鲁迅的小说，可以发现其中也存在着诸多类似公共领域的东西。公共领域的概念和理论虽然来自西方，有其特定的指涉对象与含义，但也完全可以应用于其他的国家与文化之中。许纪霖指出："公共领域最关键的含义，是独立于政治建构之外的公共交往和公众舆论，它们对于政治权力是具有批判性的，同时又是政治合法性的基础。只要在整个社会建制之中出现了这样的结构，不管其具有什么样的文化和历史背景，我们都可以判断，它是一种公共领域。"② 通过对当时的各方面情况的分

---

① ［德］哈贝马斯. 公共领域的结构转型［M］. 曹卫东等译. 上海：学林出版社，1999：116
② 许纪霖. 近代中国的公共领域：形态、功能与自我理解——以上海为例［J］. 史林，2003，(2)

析，我们可以认为中国近代社会已经有了公共领域的存在。

事实上从明末以来中国已具备了产生公共领域的条件，自明末以降各种社会批判思潮和人文精神通过特定的途径向民间社会传播，先后形成了明代的文社、清代的茶馆及书场、清末民初的报刊等类似于西方咖啡馆、沙龙和文学团体的公共场所，在那里，民众得以交流思想，传递信息，争论是非，形成一种类似公共领域的公共空间。尤其是自晚清以来的民间性报刊的繁荣和发展，形成了一个现代性的文化公共领域，不仅对现代文学，而且对政治社会生活领域都产生了重大的影响。所以在某种意义上可以以公共领域的视角审视鲁迅小说中的公共场所，考察鲁迅是如何描述这些"公共领域"的，而这些"公共领域"又是怎样由庸众组成，制造出一种压抑的愚昧的精神环境，如"铁屋子"一般，愚人们在其中昏睡待死，难以唤醒，而思想先驱和革命者则无容身之地。

先看酒馆这种公共领域的状况。在《孔乙己》中有鲁迅小说中频频出现的鲁镇的"咸亨酒店"。"酒"在中国传统文化中具有重要的地位，它在人们的社会交往和交流沟通中起到一种媒介作用，从而形成了一种独特的酒文化，酒店在人们的社会交往和信息传播活动中也就具有了一种公共领域的作用。在鲁迅的小说中出现的咸亨酒店成为产生舆论、散播舆论的公共场所和公共空间，酒客们的闲聊、争论等等在小说中超脱了通常的含义，带上了公共事务的特点，体现了公众态度和社会心理，形成了一种舆论，体现了当时人们普遍的人生观世界观，以及主流的意识形态。如《孔乙己》讲述的就是一个可怜的孤零零的科举制度的失败者在公众舆论的嘲笑中消失的故事。首先，咸亨酒店这个公共领域是不平等和势利的。在咸亨酒店，喝酒的人可以被分为两类，即短衣帮和穿长衫的，喝酒的方式也相应地被分成站着喝的和坐着喝的，具有明显的封建等级特征和势利性。在这样一个等级观念很强，极端势利的舆论环境中，孔乙己被剥夺了自己的话语权利。其次，在咸亨酒店这样的公共领域中，缺少宽容和对个性的尊重。孔乙己是酒店的另类，他是站着喝酒而穿长衫的惟一的人，他对人说话，总是满口之乎者也，使人半懂不懂的。和他一起喝酒的短衣帮的人，也应该是穷苦的下层人，然而他们因为孔乙己的与众不同，便拼命地嘲笑、捉弄他，而忘记了他们自己的处境其实与孔乙己差不多。孔乙己在这样缺少宽容和排斥异己的公共领域中陷入了极为尴尬的境地。最后，在咸亨酒店里，缺少交流和沟通的诚意。人们来这里似乎并没有平等地与他人交流和沟通的意愿，而只是落井下石，通过欺凌、嘲弄比他们更弱的弱者来满足自己的虚荣，获得一种虚幻的满足感和优越感，如阿 Q 的精神胜利法。孔乙己本来想在酒店里与人进行一定的交流，却成为了短衣帮酒客们寻找优越感的牺牲品，他们对孔乙己故意地取笑，有意地揭他的短处，直到孔乙己悲惨的死去，人们把他彻底忘却。

不仅酒馆，茶馆也在扮演着公共领域的角色，《药》中华老栓的茶馆也是一种公共领域。茶馆业起于宋朝和明朝，发展至清代后就成为人们日常生活不可缺少的活动场所，成为一种社交场所，形成了一种独特的茶馆文化，茶馆逐渐成为中国社会最重要的公共场所之一。茶馆拥有的功能很多，人们可以在此休闲娱乐，亦可以在此谈生意谈交易，可以用于朋友聚会，亦可以在此打听小道消息或传播信息或论人长短是非。仔细分析可以发现茶馆在三个方面起到公众领域的作用：一可以会聚民众，即可以把民众吸引到这个家庭以外的公共空间来开展活动，使来自五湖四海的素不相识或本已相识的人以茶为媒相互交往；二可以提供一个自由交往的公共空间，只要是来喝茶的不分男女老幼、羌胡夷狄皆可来此参与，没有限制；三是茶馆可以成为信息内容的提供者，茶馆汇集着四面八方、三教九流的各种各样的信息，从而成为公共舆论的制造中心。所以茶馆可以成为一种公共领域，而一些有着空闲时间、消息灵通的人士久而久之就成了茶馆里的"意见领袖"，影响着公共领域中舆论的形成。

在华老栓的茶馆里，信息在这里传播着，时政新闻在这里散布，一些秘闻也在这里被流露，然而在这里充当"意见领袖"的却是双手沾满了革命者鲜血，不但屠杀革命者而且出卖革命者的鲜血榨取死人最后一点油水的刽子手康大叔。这个野蛮的嗜血成性的刽子手不但成为信息传播的信源，而且还在引导着舆论，让茶馆里的人都得出夏瑜是疯子的结论。在这样一个公共领域里，刽子手是意见领袖，而众多的参与者都是麻木的庸众。康大叔主宰着这个庸人群集的公共领域里的话语，他不仅在肉体上屠杀了革命者夏瑜，而且还在舆论上迫害着他，成为双重的屠杀者。而为解放民众而牺牲的革命者夏瑜在这个公共领域里，悲哀地成为猎奇和嘲弄的对象。这样悲哀无奈的结局不是偶然的，如明末的民族英雄袁崇焕被诬陷而遭凌迟处死时，北京的百姓就曾争先恐后地把他的肉吃净，据说这肉可以治病，以至于袁崇焕的肉卖到 20 两银子一片。明末散文家张岱的《石匮书后集》有详细记载："割肉一块，京师百姓从刽子手争取生啖之。刽子乱扑，百姓以钱争买其肉，顷刻立尽。开腔出其肠胃，百姓群起抢之，得其一节者，和烧酒生啮，血流齿颊间，犹唾地骂不已。以刀斧碎磔之，骨肉俱尽。"① 鲁迅小说《药》中的情节和这个历史事实有着惊人的相似，夏瑜和袁崇焕都是反清的英雄，都是一样的被民众吃掉的命运，最令人寒心的不是他们的被杀，而庸人们的公共舆论对他们颠倒黑白的曲解、误解乃至恶意中伤，所以鲁迅通过他的作品反复告诉世人：中国社会中"吃人"行为的发生，不仅是肉体上的，更严重的是来自精神上的舆论上的（祥林嫂也是这样被"吃"掉的）。

《风波》虽然是发生在鲁镇农村的故事，这里出现的公共领域是"临河的土场"，然而却和鲁镇的咸亨酒店紧密相连，临河的土场的公共领域可以说是咸亨酒店的分场。临河的土场的意见领袖是赵七爷，有意思的是他同时"是邻村茂源酒店的主人，又是这三十里方圆以内的唯一的出色人物兼学问家"，而临河的土场这个公共领域又是依靠因划船进城而消息灵通的七斤作中介与咸亨酒店实现连接的，类似一种信使的功能。当七斤传回张勋复辟的消息时有这样一段对话：

七斤慢慢地抬起头来，叹一口气说，"皇帝坐了龙庭了。"

七斤嫂呆了一刻，忽而恍然大悟的道，"这可好了，这不是又要皇恩大赦了么！"

七斤又叹一口气，说，"我没有辫子。"

"皇帝要辫子么？"

"皇帝要辫子。"

"你怎么知道呢？"七斤嫂有些着急，赶忙的问。

"咸亨酒店里的人，都说要的。"

于是七斤便陷入了生存危机中。而当七斤传回张勋复辟失败的消息时是这样一段对话：

过了十多日，七斤从城内回家，看见他的女人非常高兴，问他说，"你在城里可听到些什么？"

"没有听到些什么。"

"皇帝坐了龙庭没有呢？"

"他们没有说。"

① 张岱. 石匮书后集［Z］. 中国台湾省：大通书局，1970：126

71

"咸亨酒店里也没有人说么？"

"也没人说。"

于是七斤的危机宣告结束，

现在的七斤，是七斤嫂和村人又都早给他相当的尊敬，相当的待遇了。到夏天，他们仍旧在自家门口的土场上吃饭；大家见了，都笑嘻嘻的招呼。

可见临河的土场的消息都来自咸亨酒店。而临河的土场这一公共领域的情形又如何呢？一是如《药》中的康大叔一般，赵七爷这样的意见领袖狐假虎威，主导着普通参与者的思想与观念。二是没有理性的平等的交流与沟通，先是七斤被七斤嫂劈头盖脸一通臭骂，而众人只是看热闹。待到好心的寡妇八一嫂替七斤辩护几句时，竟招来七斤嫂的指桑骂槐和"恨棒打人"："谁要你来多嘴！你这偷汉的小寡妇。"而"赵七爷本来是笑着旁观的；但自从八一嫂说了'衙门里的大老爷没有告示'这话以后，却有些生气了。这时他已经绕出桌旁，接着说，'恨棒打人，算什么呢。大兵是就要到的。你可知道，这回保驾的是张大帅，张大帅就是燕人张翼德的后代，他一支丈八蛇矛，就有万夫不当之勇，谁能抵挡他，'他两手同时捏起空拳，仿佛握着无形的蛇矛模样，向八一嫂抢进几步道，'你能抵挡他么'"。而八一嫂正气得抱着孩子发抖，又被赵七爷恐吓便十分害怕，不敢说完话，回身走了。好心的八一嫂说几句公道话竟接连被辱骂且恐吓，而周围的人竟也"怪八一嫂多事"。三是在临河场这个公共领域里，也是愚人与庸众群集的地方。村民们不仅对好心的八一嫂的仗义执言不赞同，而且还对七斤落井下石，表现出极端的麻木不仁：

村人们呆呆站着，心里计算，都觉得自己确乎抵不住张翼德，因此也决定七斤便要没有性命。七斤既然犯了皇法，想起他往常对人谈论城中的新闻的时候，就不该含着长烟管显出那般骄傲模样，所以对七斤的犯法，也觉得有些畅快。他们也仿佛想发些议论，却又觉得没有什么议论可发。嗡嗡的一阵乱嚷，蚊子都撞过赤膊身子，闯到乌桕树下去做市；他们也就慢慢地走散回家，关上门去睡觉。

在《阿Q正传》里，也多次出现作为公共领域的酒店，比较重要的能表现其公共领域特征的有两次，第一次是阿Q被王胡打败，又被假洋鬼子打了之后，只好拿比他更弱的小尼姑出气：

"秃儿！快回去，和尚等着你……"

"你怎么动手动脚……"尼姑满脸通红的说，一面赶快走。

酒店里的人大笑了。阿 Q 看见自己的勋业得了赏识，便愈加兴高采烈起来：

"和尚动得，我动不得？"他扭住伊的面颊。

酒店里的人大笑了。阿 Q 更得意，而且为了满足那些赏鉴家起见，再用力的一拧，才放手。

酒店里的人两次大笑，充分表现了这里仍然是恃强凌弱的势力场和无聊的看客和愚人聚集的地方。

第二次是阿 Q 做贼发了财之后：

天色将黑，他睡眼蒙胧的在酒店门前出现了，他走近柜台，从腰间伸出手来，满把是银的和铜的，在柜上一扔说，"现钱！打酒来！"穿的是新夹袄，看去腰间还挂着一个大搭连，沉钿钿的将裤带坠成了很弯很弯的弧线。未庄老例，看见略有些醒目的人物，是与其慢也宁敬的，现在虽然明知道是阿 Q，但因为和破夹袄的阿 Q 有些两样了，古人云，"士别三日便当刮目相待"，所以堂倌，掌柜，酒客，路人，便自然显出一种凝而且敬的形态来。掌柜既先之以点头，又继之以谈话：

"豁，阿 Q，你回来了！"

"回来了。"

"发财发财，你是——在……"

"上城去了！"

这一件新闻，第二天便传遍了全未庄。人人都愿意知道现钱和新夹袄的阿 Q 的中兴史，所以在酒店里，茶馆里，庙檐下，便渐渐的探听出来了。这结果，是阿 Q 得了新敬畏。

"酒店里，茶馆里，庙檐下"这些公共领域里的庸众虽然麻木不仁，但对金钱却是例外，同样是那个阿 Q，没有钱与有了钱在公共领域的话语里表现出截然不同的两样。这里依然是势利的公共领域。

在阿 Q 被枪毙后，鲁迅再次提到了对于阿 Q 的舆论：

至于舆论，在未庄是无异议，自然都说阿 Q 坏，被枪毙便是他的坏的证据：不坏又何至于被枪毙呢？而城里的舆论却不佳，他们多半不满足，以为枪毙并无杀头这般好看；而且那是怎样的一个可笑的死囚呵，游了那么久的街，竟没有唱一句戏：他们白跟一趟了。

舆论对阿 Q 是如此的冷酷，连一点同情心也没有，无论是在他生前和死后，都是一样。

《祝福》里也暗含着一个公共领域，鲁迅没有交代它的详细地点，大约是鲁镇上闲人聚集交谈的地方。这个公共领域里，依然是麻木不仁、欺凌弱者的愚人云集的空间，比他们更弱的祥林嫂不幸成了他们猎奇的对象、茶余饭后的谈资、无聊时娱乐的内容，祥林嫂在某种程度上也是被这个公共领域迫害致死的。例如在祥林嫂刚守寡后，人们都管她叫祥林嫂，态度还算正常，然而，在她的第二个丈夫和儿子都死去，再回到鲁镇后一切就不同了：

镇上的人们也仍然叫她祥林嫂，但音调和先前很不同；也还和她讲话，但笑容却冷冷的了。

当她讲起儿子被狼吃的悲惨故事后：

男人听到这里，往往敛起笑容，没趣的走了开去；女人们却不独宽恕了她似的，脸上立刻改换了鄙薄的神气，还要陪出许多眼泪来。有些老女人没有在街头听到她的话，便特意寻来，要听她这一段悲惨的故事。直到她说到呜咽，她们也就一齐流下那停在眼角上的眼泪，叹息一番，满足的去了，一面还纷纷的评论着。

于是公共领域里有了新话题，男人们对她竟没有丝毫同情的表示，女人们虽表同情，却只是猎奇而已：

她就只是反复的向人说她悲惨的故事，常常引住了三五个人来听她。但不久，大家也都听得纯熟了，便是最慈悲的念佛的老太太们，眼里也再不见有一点泪的痕迹。后来全镇的人们几乎都能背诵她的话，一听到就烦厌得头痛。

于是祥林嫂连成为猎奇对象的资格也没有了，"她久已不和人们交口，因为阿毛的故事是早被大家厌弃了的"。但自从和柳妈谈了天，讲起她额头上因反抗改嫁而撞伤留下的疤痕，守节未成的故事后：

似乎又即传扬开去，许多人都发生了新趣味，又来逗她说话了。至于题目，那自然是换了一个新样，专在她额上的伤疤。

"祥林嫂，我问你：你那时怎么竟肯了？"一个说。

"唉，可惜，白撞了这一下。"一个看着她的疤，应和道。

她大约从他们的笑容和声调上，也知道是在嘲笑她，所以总是瞪着眼睛，不说一句话，后来连头也不回了。她整日紧闭了嘴唇，头上带着大家以为耻辱的记号的那伤痕，默默的跑街，扫地，洗菜，淘米。

1927年，鲁迅在他的一篇杂感中曾悲愤地说：

楼下一个男人病得要死，那间壁的一家唱着留声机；对面是弄孩子。楼上有两人狂笑；还有打牌声。河中的船上有女人哭着她死去的母亲。

人类的悲欢并不相通……①

"人类的悲欢不相通"，这是人性的堕落，这是"看客"②们的麻木与残忍，也是鲁迅所感受到的社会的食人性的表现之一，这句话也完全可以用来概括《祝福》中祥林嫂的遭遇。祥林嫂终于在其他人忙着祝福的时刻死掉了，面对一个可怜的生命的殒失，人们不但无动于衷，而且以鲁四老爷为代表的"知书达礼"的人们还表现出极厌恶的情绪。鲁迅不由得愤懑地感叹：

这百无聊赖的祥林嫂，被人们弃在尘芥堆中的，看得厌倦了的陈旧的玩物，先前还将形骸露在尘芥里，从活得有趣的人们看来，恐怕要怪讶她何以还要存在，现在总算被无常打扫得干干净净了。魂灵的有无，我不知道；然而在现世，则无聊生者不生，即使厌见者不见，为人为己，也还都不错。

由此可见祥林嫂身处一个怎样恶劣的精神环境中，鲁镇的公共领域又是如何一步一步将她"吃掉"的。李长之对此评论说："人间的同情，是象纸样的薄……祥林嫂不能不死了"③，"祥林嫂的死，是死于礼教的压迫和人间的荒凉"④。这样的见解是很深刻的，害死祥林嫂的绝非仅仅是礼教，还有更可怕的险恶、冷酷的人心和恶劣的社会舆论。

《长明灯》中灰五婶的茶馆里，一群有名字或无名字（只有身体特征）的茶客，当然也是一伙愚人和庸众，如阔亭、方头、庄七光、三角脸与灰五婶等人正在激烈地辩论着如何处置要吹灭长明灯的"疯子"。中间虽然夹杂有非常粗俗的男女调笑，但对村中关系重大的与长明灯有关的公共事务的讨论也是比较庄重和严肃的。接下来在"四爷"的客厅里，有更多的人加入，相关问题又得到进一步商讨。不过，这次是由阴险的四爷充当了意见领袖，主导着话题

---

① 鲁迅. 而已集·小杂感. 鲁迅全集（第三卷）[M]. 北京：人民文学出版社，1981：531

② 鲁迅在仙台留学期间从播放的时事画片中看到一些中国人成为麻木不仁的"看客"后，就对"看客"深恶痛绝，鲁迅曾愤怒而不无偏激地说："群众，——尤其是中国的，——永远是戏剧的看客"（鲁迅.《坟·娜拉走后怎样》），从此在他的作品中开始不断出现咀嚼着、鉴赏着他人痛苦的既麻木、愚昧而又残忍的"看客"形象。本节内容中所述的《风波》中面临杀头危险的七斤、《阿Q正传》中被枪毙的阿Q以及《祝福》中额头留有伤疤、孩子被狼吃掉的祥林嫂，甚至《铸剑》中被"干瘪脸的少年"纠缠的正准备为父报仇的眉间尺，都曾成为"看客"们观赏的对象。

③ 李长之. 鲁迅批判[M]. 北京：北京出版社，2003：82～83

④ 李长之. 鲁迅批判[M]. 北京：北京出版社，2003：81

的讨论，其他人多是随声附和。最后，迫害"疯子"，霸占其房产的阴谋在这里出炉。

《理水》中的文化山上，聚集着许多学者，学者云集的地方本来应该能够形成一个健康而理性的公共领域，然而学者们的争论是如此愚昧而荒唐，甚至不如一个普通的乡下人。作为治水英雄的禹，自然是这个公共领域里谈论的主要话题，然而，这里产生出来的关于禹的舆论是怎样的呢？据禹自述："有人说我的爸爸变了黄熊，也有人说他变了三足鳖，也有人说我在求名，图利。"在禹回京后，"然而关于禹爷的新闻，也和珍宝的入京一同多起来了。百姓的檐前，路旁的树下，大家都在谈他的故事；最多的是他怎样夜里化为黄熊，用嘴和爪子，一拱一拱的疏通了九河，以及怎样请了天兵天将，捉住兴风作浪的妖怪无支祁，镇在龟山的脚下。皇上舜爷的事情，可是谁也不再提起了，至多，也不过谈谈丹朱太子的没出息"。这些荒谬的言论令人感到无奈和绝望，这里的公共领域，依然是愚人云集的地方。

报刊等媒介是公共领域的核心，进入近现代社会后，所谓公共领域的形成主要是依靠且通过报刊而完成的。由于题材和篇幅的限制，鲁迅在其小说中很少涉及到报刊。但就鲁迅自己的经历来看，他与报刊之间有着密切的关系，鲁迅自己办过多种刊物，并用经常通过报刊来表达自己的观点，而且在报刊上与其他人进行过几次大规模的影响深远的争论。李长之就称，"在当代的文人中，恐怕再没有鲁迅那样留心各种报纸的了吧"[1]，可以说鲁迅是曾经建构，并经常参与公共领域的活动的。在鲁迅的小说中，当知识分子出场时，偶而也出现了报刊这一公共领域，比较明显的是在《孤独者》中，魏连殳因为自己特立独行的言行招来 S 城报纸的攻击，并丢掉工作，陷入生存危机中：

小报上有匿名人来攻击他，学界上也常有关于他的流言，可是这已经并非先前似的单是话柄，大概是于他有损的了。我知道这是他近来喜欢发表文章的结果，倒也并不介意。S 城人最不愿意有人发些没有顾忌的议论，一有，一定要暗暗地来叮他，这是向来如此的，连殳自己也知道。但到春天，忽然听说他已被校长辞退了。这却使我觉得有些兀突；其实，这也是向来如此的，不过因为我希望着自己认识的人能够幸免，所以就以为兀突罢了，S 城人倒并非这一回特别恶。

---

① 李长之. 鲁迅批判 [M]. 北京：北京出版社，2003：142

　　而且在山阳的"我"也遭遇了与魏连殳一样的攻击，并被迫离开了山阳：

　　那地方的几个绅士所办的《学理周报》上，竟开始攻击我了，自然是决不指名的，但措辞很巧妙，使人一见就觉得我是在挑剔学潮，连推荐连殳的事，也算是呼朋引类。

　　我只好一动不动，除上课之外，便关起门来躲着，有时连烟卷的烟钻出窗隙去，也怕犯了挑剔学潮的嫌疑。连殳的事，自然更是无从说起了。这样地一直到深冬。

　　……

　　山阳的《学理周刊》上却又按期登起一篇长论文：《流言即事实论》。里面还说，关于某君们的流言，已在公正士绅间盛传了。这是专指几个人的，有我在内；我只好极小心，照例连吸烟卷的烟也谨防飞散。小心是一种忙的苦痛，因此会百事俱废……

　　然而当魏连殳"躬行我先前所憎恶，所反对的一切，拒斥我先前所崇仰，所主张的一切了"，与落后势力同流合污之后，当地的报刊竟然对他无耻地吹捧起来：

　　S城的学理七日报社忽然接续着邮寄他们的《学理七日报》来了。我是不大看这些东西的，不过既经寄到，也就随手翻翻。这却使我记起连殳来，因为里面常有关于他的诗文，如《雪夜谒连殳先生》，《连殳顾问高斋雅集》等等；有一回，《学理闲谭》里还津津地叙述他先前所被传为笑柄的事，称作"逸闻"，言外大有"且夫非常之人，必能行非常之事"的意思。

　　性本真诚、志本高洁的魏连殳就这样被毁掉了，这正如鲁迅在早年的文章中所写的那样，社会"实乃愈趋于恶浊，庸凡凉薄，日益以深，顽愚之道行，伪诈之势逞，而气宇品性，卓尔不群之士，乃反穷于草莽，辱于泥涂"①。

　　《端午节》中也写到了报刊：

　　政府当初虽只不理那些招人头痛的教员，后来竟不理到无关痛痒的官吏，欠而又欠，终于逼得先前鄙薄教员要钱的好官，也很有几员化为索薪大会里的骁将了。惟有几种日报上却很发了些鄙薄讥笑他们的文字。方玄绰也毫不为奇，毫不介意，因为他根据了他的"差不多说"，知道这是新闻记者还未缺少润笔的缘故。

---

　　① 鲁迅. 坟·文化偏至论. 鲁迅全集（第一卷）[M]. 北京：人民文学出版社，1981：51

作为公共领域重要支柱的报刊，竟然是如此的"无特操"①，没有原则，完全站在官方统治者立场上，迫害新思想，欺凌弱者，不断制造出"杀人的舆论"，成为"吃人"的利器。

在鲁迅小说中，不仅"公共领域"里产生着杀人的舆论，在其他场合也同样如此，例如《伤逝》中，当涓生与子君自由恋爱后，涓生"觉得在路上时时遇到探索，讥笑，猥亵和轻蔑的眼光，一不小心，便使我的全身有些瑟缩，只得即刻提起我的骄傲和反抗来支持"。而更严重的是"雪花膏"和局长的儿子是赌友，通过赌桌上的流言，使涓生丢掉了工作，陷入了生存危机。

《采薇》中的伯夷和叔齐在国家灭亡后，坚持不食周粟，逃到了首阳山上，靠采薇维持生存。这虽然显得有些迂腐，但还算得上是有气节有原则的人，然而愚人阿金姐却搬出"'普天之下，莫非王土'，你们在吃的薇，难道不是我们圣上的吗"这样的道理，逼死了他们两个。伯夷和叔齐虽然做到了真正的守节，饿死了，但舆论仍没放过他们：

夏夜纳凉的时候，有时还谈起他们的事情来。有人说是老死的，有人说是病死的，有人说是给抢羊皮袍子的强盗杀死的。后来又有人说其实恐怕是故意饿死的，因为他从小丙君府上的鸦头阿金姐那里听来：这之前的十多天，她曾经上山去奚落他们了几句，傻瓜总是脾气大，大约就生气了，绝了食撒赖，可是撒赖只落得一个自己死。

于是许多人就非常佩服阿金姐，说她很聪明，但也有些人怪她太刻薄。

阿金姐却并不以为伯夷叔齐的死掉，是和她有关系的。自然，她上山去开了几句玩笑，是事实，不过这仅仅是玩笑。那两个傻瓜发脾气，因此不吃薇菜了，也是事实，不过并没有死，倒招来了很大的运气。

"老天爷的心肠是顶好的，"她说。"他看见他们的撒赖，快要饿死了，就吩咐母鹿，用它的奶去喂他们。您瞧，这不是顶好的福气吗？用不着种地，用不着砍柴，只要坐着，就天天有鹿奶自己送到你嘴里来。可是贱骨头不识抬举，那老三，他叫什么呀，得步进步，喝鹿奶还不够了。他喝着鹿奶，心里想，'这鹿有这么胖，杀它来吃，味道一定是不坏的。'一面就慢慢的伸开臂膊，要去拿石片。可不知道鹿是通灵的东西，它已经知道了人的心思，立刻一溜烟逃走了。老天爷也讨厌他们的贪嘴，叫母鹿从此不要去。您瞧，他们还不

---

① 鲁迅. 坟·文化偏至论. 鲁迅全集（第一卷）[M]. 北京：人民文学出版社，1981：52

只好饿死吗？那里是为了我的话，倒是为了自己的贪心，贪嘴呵！……"

听到这故事的人们，临末都深深的叹一口气，不知怎的，连自己的肩膀也觉得轻松不少了。即使有时还会想起伯夷叔齐来，但恍恍忽忽，好像看见他们蹲在石壁下，正在张开白胡子的大口，拚命的吃鹿肉。

这就是庸众的世界，是"以愚民为本位"① 的公共领域，愚人们制造的舆论如此荒唐可笑，黑白颠倒，不仅弱者在其中被吃掉，思想先驱们亦被迫害致死，而且死后也逃不过这些愚人们的舆论围剿，"所谓舆论，实具大力，而舆论则以昏黑蔽全球也"②。在鲁迅小说中，以鲁镇为代表的精神生态环境是如此之恶劣，完全变成了一个舆论的屠杀场，成为整个人肉筵宴的组成部分之一，"以凶人的愚妄的欢呼，将悲惨的弱者的呼号遮掩"③。生活在其中的人们，注定会陷入困境，无可逃避，承受着难以言说的巨大痛苦。

四、文化与传统：四千年的吃人履历与没有"真的人"

放眼当时的"精神家园"，即社会现实，社会环境是如此的恶劣，令人无容身之处。那么回望过去，人们能否在博大精深、源远流长的文化传统中找到心灵的慰藉与寄托呢？鲁迅的答案仍然是否定的。

由于鲁迅幼年时经历家庭变故的苦难以及受到的家族的伤害，导致了他对已经自己读过的孔孟圣贤的书籍和接触过的传统文化思想产生了强烈的质疑，特别是父亲生病期间，他见到那些庸医们或欺世盗名或开出荒诞的药方，耗尽了他家的财力也耽误了父亲的病情，从此开始对中医予以彻底的否定，并殃及到京剧等被称为国粹的诸多传统文化和遗产。另外他看到国家危亡而不能挽救，民族落后而不求上进，社会腐朽而不能根治，人性堕落而不能觉悟，生活悲惨而不自知，种种现状也使他对中国传统文化的合理性进行了深刻的反思，再加上他接受的进化论等西方思想的熏染最终导致了他与历史和传统文化的决绝而"别求新声于异邦"④，甚至要青年人不读中国书，并欲立人和改造国民性，使下一代人彻底摆脱传统的毒害，成为"真的人"。到了创作《狂人日记》时，鲁迅对中国历史和传统文化的极端否定集中地彻底地爆发出来。

① 鲁迅．坟·文化偏至论．鲁迅全集（第一卷）［M］．北京：人民文学出版社，1981：52
② 鲁迅．坟·摩罗诗力说．鲁迅全集（第一卷）［M］．北京：人民文学出版社，1981：79
③ 鲁迅．坟·灯下漫笔．鲁迅全集（第一卷）［M］．北京：人民文学出版社，1981：217
④ 鲁迅．坟·摩罗诗力说．鲁迅全集（第一卷）［M］．北京：人民文学出版社，1981：65

　　“我翻开历史一查，这历史没有年代，歪歪斜斜的每叶上都写着‘仁义道德’几个字。我横竖睡不着，仔细看了半夜，才从字缝里看出字来，满本都写着两个字是‘吃人’！”鲁迅借疯人之口道出了一个惊人的秘密与重大发现：原来四千年的传统，乃是四千年的吃人履历。鲁迅在 1918 年 8 月 20 日至许寿裳的信中所说：“偶阅《通鉴》，乃悟中国人尚是食人民族，因成此篇。此种发现，关系亦甚大，而知者尚寥寥也。”① “吃人”的说法当然主要是一种象征，意指“家族制度和礼教的弊害”②，即千百年来“家族制度和礼教”对人格、人性和人的精神的摧残、压抑、凌辱、束缚、吞噬、戕杀。传统文化“吃人”，这是一个宏观的抽象的具有深广历史内涵的同时也极具争议性的主题，小说（在文言小序中假称狂人的这些话只是胡言乱语而已）巧借狂人之口将它暗示出来，让读者自己去想象、补充、体会和验证。

　　这一发现，就彻底摧毁了作为精神家园的传统，否定了人所继承的一切过去的所谓文明、文化的正当性、合理性和合法性。正如陈独秀 1918 年 4 月给钱玄同的信中说：“鄙意以今日‘国家’、‘家庭’、‘婚姻’等观念，皆野蛮时代狭隘之偏见所遗留。”③ 1919 年李大钊也发出了类似的呼吁：“我们现在所要求的，是个解放自由的我，和一个人人相爱的世界。介在我与世界中间的家园，阶级，族界，都是进化的阻碍，生活的烦累。”④ 狂人（鲁迅）的这一发现与彻底否定，不仅是惊世骇俗的，是当时的社会甚至今天的许多人都无法接受的，而且更痛苦的是狂人（鲁迅）自己，因为他发现自己就是这个传统的产物，他的身上流淌着的正是这个“吃人”传统的血液，他自己首先就很难摆脱“吃人”的干系，因为“吃人的是我哥哥”，“我是吃人的人的兄弟”，即便“我自己被人吃了，可仍然是吃人的人的兄弟”。他自己也无意中不可避免地参与了吃人，“四千年来时时吃人的地方，今天才明白，我也在其中混了多年”，“我未必无意之中，不吃了我妹子的几片肉”⑤。中国人历来都把传统奉若神明，视为神圣不可侵犯的，在中国人心目中相当于西方人礼拜的“上

----

　　① 鲁迅．书信·180820·致许寿裳．鲁迅全集（第十一卷）［M］．北京：人民文学出版社，1981：353

　　② 鲁迅．且介亭杂文二集·《中国新文学大系》小说二集序．鲁迅全集（第六卷）［M］．北京：人民文学出版社，1981：239

　　③ 1918 年 4 月 15 日《新青年》第 4 卷第 4 号

　　④ 李大钊．我与世界［A］．李大钊文集（下册）［C］．北京：人民出版社，1984：178

　　⑤ 鲁迅．呐喊·狂人日记．鲁迅全集（第一卷）［M］．北京：人民文学出版社，1981：432

帝"，孔子要复辟古制，言必称"复礼"，王莽要改制须托古，康有为引入西方思想也得假托孔子。鲁迅将传统彻底否定，完全可与他所深受影响的尼采所说的"上帝死了"的断言相当，可以说中国人的"上帝"也死了。鲁迅假借狂人的"荒唐言"意图要把昏睡的"吃人"者从虚构的传统文化的"伊甸园"里驱逐出去，达到他"揭出病苦，引起疗救的注意"① 的目的。这当然是现代文学史上乃至整个中国现代史上的重大的文化地震。

在鲁迅的诸多杂文中，他多次激烈地否定和批判吃人的传统文化和历史，最极端和最集中的是在《坟·灯下漫笔》中：

我们不必恭读《钦定二十四史》，或者入研究室，审察精神文明的高超。只要一翻孩子所读的《鉴略》，——还嫌烦重，则看《历代纪元编》，就知道"三千余年古国古"的中华，历来所闹的就不过是这一个小玩艺。

这个"小玩艺"就是让"我们极容易变成奴隶，而且变了之后，还万分喜欢"，"虽不算人，究竟已等于牛马了"。

所以中国的历史只有两个时代：

想做奴隶而不得的时代；暂时做稳了奴隶的时代。

而所谓的古老的文明，在鲁迅的眼中是充满了吃人的罪恶的，是"人肉的筵宴"，国人对于这文明的陶醉，正是麻木不仁的表现：

这文明，不但使外国人陶醉，也早使中国一切人们无不陶醉而且至于含笑。因为古代传来而至今还在的许多差别，使人们各各分离，遂不能再感到别人的痛苦；并且因为自己各有奴使别人，吃掉别人的希望，便也就忘却自己同有被奴使被吃掉的将来。

原来我们历来引以为骄傲的文明与传统竟是这样恐怖和残忍，所以鲁迅引用《尚书·汤誓》里的"时日曷丧，予及汝偕亡"来诅咒这文明与传统，并说：

所以倘有外国的谁，到了已有赴宴的资格的现在，而还替我们诅咒中国的现状者，这才是真有良心的真可佩服的人！

这样极端的态度确实令人震惊，正是鲁迅对国家和社会爱极生恨，哀其不幸，怒其不争心理的真实反映。鲁迅希望以这样极端的声音能惊醒在

---

① 鲁迅. 南腔北调集·我怎么做起小说来. 鲁迅全集（第四卷）［M］. 北京：人民文学出版社，1981：512

"铁屋子"中觉醒的世人，激励青年们知耻而后勇，于忧患中求得生存和发展。

至此，可以看到，在鲁迅的作品中，"家"是疯狂的、吃人的，死亡和恐怕的阴影覆盖了原本是被认为是人可以温暖栖居的"家"，"家"变成了地狱。"地狱"的意象，在鲁迅以后的作品中反复出现。如《伤逝》中有"我愿意真有所谓鬼魂，真有所谓地狱"；《祝福》中祥林嫂问"那么，也就有地狱了"，而且实际上祥林嫂就生活在人间的无间地狱里；《集外集·杂记》思考"地狱"依旧的原因，"称为神的和称为魔的战斗了，并非争夺天国，而在要得地狱的统治权。所以无论谁胜，地狱至今也还是照样的地狱"；《华盖集·忽然想到（七）》中有"那么，无论什么魔鬼，就都只能回到他自己的地狱里去"；《华盖集·"碰壁"之后》中有"佛说极苦地狱中的鬼魂，也反而并无叫唤！华夏大概并非地狱，然而'境由心造'，我眼前总充塞着重叠的黑云，其中有故鬼，新鬼，游魂，牛首阿旁，畜生、化生，大叫唤，无叫唤，使我不堪闻见"；《野草·失掉的好地狱》更是有"我梦见自己躺在床上，在荒寒的野外，地狱的旁边。一切鬼魂们的叫唤无不低微，然有秩序，与火焰的怒吼，油的沸腾，钢叉的震颤相和鸣，造成醉心的大乐"的描写等等。传统和现实都给了鲁迅一种强烈的"地狱"的感觉。"地狱"的形象虽然很少直接地明显地在鲁迅作品中出现，但实际上无处不在。

鲁迅曾说，"人多是'生命之川'之中的一滴，承着过去，向着未来"[1]，人身处过去、现在与未来的三重时间的交织、交替中，这三种时间之流是人生命意识的基础。鲁迅从过去和现在中看到的只是"吃人"二字，感受到的是地狱般的恐怖和阴暗，如置身于荒漠之中。过去和现在已无可留恋，那么只能寄希望于未来了。

五、幻梦·死火·过客

现在的"家"，是充满死亡与恐怖的吃人的地狱；过去的"家"竟然是人肉的筵宴，"已往和目前的东西全等于无物的"[2]，过去与现在都已令人绝望。

---

① 鲁迅.集外集拾遗·《十二个》后记.鲁迅全集（第七卷）［M］.北京：人民文学出版社，1981：300

② 鲁迅.译文序跋集·《出了象牙之塔》后记.鲁迅全集（第十卷）［M］.北京：人民文学出版社，1981：244

但鲁迅仍然有"梦"，梦想在未来，"现在的青年"能将"食人者"扫荡，将吃人的"筵席"掀掉，将人肉的"厨房"毁坏"①。正是满怀着这种信念，充满着对青年的信心，鲁迅在《狂人日记》里义正辞严地向现在的"吃人"者发出了必须改造人性，改变"吃人"的习性，从而最终脱离这人间地狱般的"家"的苦海的忠告：

"你们可以改了，从真心改起！要晓得将来容不得吃人的人，活在世上。

"你们要不改，自己也会吃尽。即使生得多，也会给真的人除灭了，同猎人打完狼子一样！——同虫子一样！

"你们立刻改了，从真心改起！你们要晓得将来是容不得吃人的人，……"

鲁迅在《狂人日记》里似乎把改掉"吃人"的习性看作是比较容易的事，狂人对"大哥"等吃人者说，改掉吃人的罪恶并不很难，"但只要转一步，只要立刻改了，也就是人人太平"。因为"被吃的也曾吃人，正吃的也会被吃"②，要想真正消除自己也被吃掉的危险，必须先要消除吃人的传统和文化。然而，这些吃人者并不愿意改变自己，"他们可是父子兄弟夫妇朋友师生仇敌和各不相识的人，都结成一伙，互相劝勉，互相牵掣，死也不肯跨过这一步"。

所以鲁迅只能寄希望于未来，寄望于孩子，鲁迅要"救救孩子"，希望孩子成为"真的人"。"真的人"这个概念，应当是来自尼采的"超人"一词，具有"超人"的绝大部分内涵，然而又有所区别。鲁迅实际上并不赞同"超人"这个概念，它会给人以较多的误解，特别是在中国，更是会招来口诛笔伐，难以立足，所以他用了"真的人"这个概念取代，因为《庄子》及道家早已提出个"真人"一词，可算是中国古已有之，也显得谦和内敛得多，较容易为国人所接爱。它是与"吃人"的"虫子"、"海乙那"、"狼的亲眷"，"兽"等概念相对而言的，并与鲁迅的进化论理想和"立人"学说紧密相连。在鲁迅的意识里，"真的人"显然是人性进化的最高阶段，是一个基于进化论并昭示着鲁迅早期的乐观主义心理状态的的概念。后来，鲁迅又干脆直接以

---

① 鲁迅. 坟·灯下漫笔. 鲁迅全集（第一卷）[M]. 北京：人民文学出版社，1981：217

② 鲁迅. 而已集·答有恒先生. 鲁迅全集（第三卷）[M]. 北京：人民文学出版社，1981：454

"人"代替①，意为真正的人，即首先是真正具备人性，不"吃人"不虚伪而至诚至善之人。除此之外还应该具备他在《文化偏至论》中所要求的"必尊个性而张精神"、"张大个人之人格"，有"勇猛奋斗之才，虽屡踬屡僵，终得现其理想"的个性和意志。在《摩罗诗力说》一文中，鲁迅热情赞扬的以拜伦为代表的"摩罗战士"，"无不刚健不挠，抱诚守真；不取媚于群，以随顺旧俗；发为雄声，以起其国人之新生，而大其国于天下"。这就是"真的人"的具体代表。鲁迅曾梦想，如果将来中国的青年人成为这样的"真的人"，"国人之自觉至，个性张，沙聚之邦，由是转为人国。人国既建，乃始雄厉无前，屹然独见于天下"②。这样，中国人就可以重新建立起美好的"家"，得以"幸福的度日"③。

这是美好的希望，这是美丽的梦想，鲁迅看到梦想会使人在痛苦时得到慰藉，获得前进的动力：

做梦的人是幸福的；倘没有看出可走的路，最要紧的是不要去惊醒他。你看，唐朝的诗人李贺，不是困顿了一世的么？而他临死的时候，却对他的母亲说，"阿妈，上帝造成了白玉楼，叫我做文章落成去了。"这岂非明明是一个诳，一个梦？然而一个小的和一个老的，一个死的和一个活的，死的高兴地死去，活的放心地活着。说诳和做梦，在这些时候便见得伟大。所以我想，假使寻不出路，我们所要的倒是梦。④

《孤独者》中的魏连殳，虽然对家庭颇有微词，但一看到孩子"眼里却即刻发出欢喜的光来了"，说"孩子总是好的。他们全是天真……"。魏连殳的这些言行正是鲁迅当年做梦的过程。即便是总被人嘲弄的寒酸的孔乙己也将有限的一点茴香豆分给孩子们吃，对孩子们没有表现出丝毫的怨言，并要教作为

---

① 鲁迅在《热风·随感录二十五》中曾指出中国的父亲都"不是'人'的父亲"（鲁迅全集（第一卷）[M].北京：人民文学出版社，1981：296），以"人"取代"真的人"的概念，同时意味着中国的父亲及其他未被拯救的人实际上都是吃人的兽。鲁迅在《坟·文化偏至论》（鲁迅全集（第一卷）[M].北京：人民文学出版社，1981：56）中所说的"国人之自觉至，个性张，沙聚之邦，由是转为人国。人国既建，乃始雄厉无前，屹然独见于天下"里，也是以"人国"指真人之国，也是以"人"代替"真的人"。

② 鲁迅.坟·文化偏至论.鲁迅全集（第一卷）[M].北京：人民文学出版社，1981：56

③ 鲁迅.坟·我们现在怎样做父亲.鲁迅全集（第一卷）[M].北京：人民文学出版社，1981：130

④ 鲁迅.坟·娜拉走后怎样.鲁迅全集（第一卷）[M].北京：人民文学出版社，1981：159～160

酒店伙计的"我"识字①，这里无意识地流露出了鲁迅本人对儿童的爱心。

孩子在未来就真的能变成"真的人"吗，孩子真的就能被拯救吗？在《狂人日记》里是看不到确切的希望的，里面的孩子在吃人的"娘老子"的教导下显然在继续朝着食人者的方向发展，小说更没有找到确切的拯救办法。《狂人日记》的文言小序中，要拯救孩子的狂人也变成正常的人了，加入吃人者行列了，拯救者也不见了。倒是在《我们现在怎样做父亲》的演讲中，鲁迅曾热切地提出要变长者本位为"幼者本位"，要作父亲的"从我们起，解放了后来的人"，"一面清结旧账，一面开辟新路"，牺牲自己，成全孩子。这种办法仍然是仅仅停留在理论层面的，至于说作父亲的肯不肯照做，照做了能否就真的有效就无法保证了。在鲁迅后来的作品如《孤独者》中，魏连殳倒是去身体力行地实践拯救孩子的计划了，然而却是彻底失败，不但未能拯救孩子，连自己也没能拯救，"真的人"依然只能是少数的"孤独者"，只能是继续被当作"狂人"和"疯子"，所以鲁迅体会到了身处庸众的沙漠中的孤独者的绝望与痛苦（事实上立人这一目标绝非一时可以做到的，鲁迅对于这一目标太迫切了，希望越大，失望也越深）。对于未来感到极度绝望，"这路的尽头，又不过是——连墓碑也没有的坟墓"②，希望终于破灭了，鲁迅自己也说，"'所谓希望将来'，不过是自慰——或者简直是自欺——之法……"③。他还劝人们"万不可做将来的梦"：

万不可做将来的梦。阿尔志跋绥夫曾经借了他所做的小说，质问过梦想将来的黄金世界的理想家，因为要造那世界，先唤起许多人们来受苦。他说，"你们将黄金世界预约给他们的子孙了，可是有什么给他们自己呢？"有是有的，就是将来的希望。但代价也太大了，为了这希望，要使人练敏了感觉来更深切地感到自己的苦痛，叫起灵魂来目睹他自己的腐烂的尸骸惟有说诳和做梦，这些时候便见得伟大。④

"然而娜拉既然醒了，是很不容易回到梦境的，因此只得走"⑤。鲁迅的未来梦已经醒来，不能再回到梦境，与其他人一起在"铁屋子"中熟睡而亡，

---

① 鲁迅．呐喊·孔乙己．鲁迅全集（第一卷）［M］．北京：人民文学出版社，1981：436
② 鲁迅．彷徨·伤逝．鲁迅全集（第二卷）［M］．北京：人民文学出版社，1981：126
③ 鲁迅．两地书［Z］．北京：人民文学出版社，1973：21
④ 鲁迅．坟·娜拉走后怎样．鲁迅全集（第一卷）［M］．北京：人民文学出版社，1981：160
⑤ 鲁迅．坟·娜拉走后怎样．鲁迅全集（第一卷）［M］．北京：人民文学出版社，1981：160

从而感到莫大的痛苦，因为"人生最苦痛的是梦醒了无路可以走"①。

李长之曾指出在鲁迅作品冷冰冰的外表下，隐藏着他真挚热烈的感情："鲁迅那种冷冷的，漠不关心的，从容的笔，却是传达了他那最热烈，最愤慨，最激昂，而同情心到了极点的感情"②。钱理群看到"鲁迅可以说是把最大的爱的热烈和死的冷峻两个极端交织在一起，这构成了鲁迅的特征，也构成了鲁迅的心理特征"③。鲁迅的未来梦如火般的热切，然而现实却如冰山一般将他的热火冷冻，而这种冷冻又并没有完全冻灭他的热情和爱心，冰与火本不相容的两种东西竟在鲁迅的心中同时存在着。所以在《野草·死火》中，出现了"死火"这样一种东西，它正是鲁迅思想的象征：

但我忽然坠在冰谷中。上下四旁无不冰冷，青白。而一切青白冰上，却有红影无数，纠结如珊瑚网。我俯看脚下，有火焰在。

这是死火。有炎炎的形，但毫不摇动，全体冰结，像珊瑚枝；尖端还有凝固的黑烟，疑这才从火宅中出，所以枯焦。这样，映在冰的四壁，而且互相反映，化为无量数影，使这冰谷，成红珊瑚色。

我拾起死火，正要细看，那冷气已使我的指头焦灼；但是，我还熬着，将他塞入衣袋中间。冰谷四面，登时完全青白。我一面思索着走出冰谷的法子。

我的身上喷出一缕黑烟，上升如铁线蛇。冰谷四面，又登时满有红焰流动，如大火聚，将我包围。我低头一看，死火已经燃烧，烧穿了我的衣裳，流在冰地上了。

"死火"是鲁迅创造的一种极特殊的象征。它极热又极寒，是冷与热、冰与火这两种互不相容的极端物的融合体。"死火"这个象征，显得矛盾又不矛盾，它最好地表达了鲁迅的极为矛盾冲突的内心世界和思想意识，即希望而又绝望，绝望又反抗绝望（也即继续希望着）。当一个人的内心世界充满了冰与火的矛盾与冲突时，其痛苦犹如《野草》中的《墓碣文》所言："抉心自食，欲知本味。创痛酷烈，本味何能知。"这样两极并存，冷热互搏的精神炼狱是极端痛苦的，为摆脱这样的痛苦，"死火"选择了将自己燃尽，燃烧的"死火"，既散出能使人的指头"焦灼"的冷气，又发出可烧穿衣裳的热气。这里

---

① 鲁迅.坟·娜拉走后怎样.鲁迅全集（第一卷）［M］.北京：人民文学出版社，1981：159
② 李长之.鲁迅批判［M］.北京：北京出版社，2003：68
③ 钱理群.与鲁迅相遇——北大演讲录之二［M］.北京：生活·读书·新知三联书店，2003：15

冷的发散与热的释放是互为条件的，必须同时发生才能完成，因为它们是相互纠缠在一起无法分离的，正如《希望》中所说的"身外的青春倘一消灭，我身中的迟暮也即凋零了"，当然如果身中的迟暮凋零了，身外的青春同样也会消灭。希望如果没有了，绝望也就不会随之产生；同样如果没有了绝望，也就谈不上曾经有希望的存在，正如"热"释放完了，"冷"也就同时消失了，而"冷"消失了，"热"也会耗尽。希望如果被证明是虚妄的，那么也就同时证明绝望是虚妄的，因为"绝望之与为虚妄，正与希望相同"①。

鲁迅在这里实际上用"死火"作象征表达了自己的对人生对社会的一种极深刻的极富哲理的辩证的思考。正如佛教经典《金刚经》中所言，很多相互对立的观念都是互以对方的存在为条件的，一方的存在决定了另一方的存在，一方不存在，对立的另一方也同样不存在，正如好与坏，空与有一样，没有了好与有的概念自然就没有了坏与空的概念，反之亦然。如果能看破这一点，则就看破了世界的许多真相。在《野草》里鲁迅同样也试图打破常规的二元对立的思维方式，超越"明与暗，生与死，过去与未来"以及"友与仇，人与兽，爱者与不爱者"这些对立的观念与意识，化解自己内心深处的希望和绝望的矛盾冲突带来的迷茫和无所依据。

鲁迅选择了"只得走"②，在不停息的绝望又反抗绝望中走完自己的人生，散尽自己的"冷"（绝望、愤怒、怨恨）和"热"（希望、热情、奉献），在不断地反抗斗争的寻路过程让希望与同时并存的痛苦、绝望一起散发殆尽，在这个过程中，绝望正证明了希望的曾经存在，如鲁迅在《〈野草〉题辞》中借死亡知道生命还曾经存活一样，"要不然，我先就未曾生存，这实在比死亡与朽腐更其不幸"。鲁迅的人生实际上也正是这样度过的：

从我还能记得的时候起，我就只一个人。我不知道我本来叫什么。我一路走……

……

那不行！我只得走。回到那里去，就没一处没有名目，没一处没有地主，没一处没有驱逐和牢笼，没一处没有皮面的笑容，没一处没有眶外的眼泪。我憎恶他们，我不回转去！……

---

① 鲁迅．野草·希望．鲁迅全集（第二卷）［M］．北京：人民文学出版社，1981：178
② 鲁迅．坟·娜拉走后怎样．鲁迅全集（第一卷）［M］．北京：人民文学出版社，1981：160

……

我只得走了况且还有声音常在前面催促我，叫唤我，使我息不下。①

过客明知道前面是坟（对未来感到无奈、绝望），"这路的尽头，又不过是——连墓碑也没有的坟墓"②，还是要走（反抗绝望，抗争到底），这种走是极彻底的永远的走，只到生命最后一刻。鲁迅选择的是永远的过客，没有终点，表明了鲁迅"立意在反抗，指归在动作"③ 的摩罗精神的彻底性。鲁迅在《野草·死后》中"梦见自己死在道路上"，"影一般死掉了，连仇敌也不使知道，不肯赠给他们一点惠而不费的欢欣。……我觉得在快意中要哭出来"，这也是"对于这死亡有大喜欢"④ 的意思，鲁迅认为自己在如"死火"般燃烧，同时散发出自己的绝望和希望的感情之后，也即体会到了生命的意义，证明了人生的价值，会感到无比的"快意"和"大欢喜"。

鲁迅在《娜拉走后怎样》中提到：

欧洲有一个传说，耶稣去钉十字架时，休息在 Ahasvar 的檐下，Ahasvar 不准他，于是被了咒诅，使他永世不得休息，直到末日裁判的时候。Ahasvar 从此就歇不下，只是走，现在还在走。走是苦的，安息是乐的，他何以不安息呢？虽说背着咒诅，可是大约总该是觉得走比安息还适意，所以始终狂走的罢。⑤

Ahasvar 即阿哈斯瓦尔，欧洲传说中的一个补鞋匠，被称为"流浪的犹太人"。鲁迅作品中的"过客"没有受到诅咒，却是为世所不容，无法在世上寻找到精神家园，所以也是"始终狂走"。

在中国古代神话中也有一位永远不知疲倦而奔走着的人物，他就是夸父，据《山海经》的《海外北经》载："夸父与日逐走，入日，渴欲得饮，饮于河、渭，河、渭不足，北饮大泽。未至，道渴而死。"鲁迅作品的"过客"寻找精神家园，正如追日一般，也许永远追赶不上，付出生命的代价，但还是要追逐。鲁迅很推崇屈原，他曾以《离骚》中的诗句"路漫漫其修远兮，吾将上下而求索"当作《彷徨》的题词。屈原可称的上是古代探寻精神家园的"过客"，屈原被楚王放逐，他长期流浪于湘水和沅水流域，上下求索，继续

---

① 鲁迅．野草·过客．鲁迅全集（第二卷）［M］．北京：人民文学出版社，1981：190～191
② 鲁迅．彷徨·伤逝．鲁迅全集（第二卷）［M］．北京：人民文学出版社，1981：126
③ 鲁迅．坟·摩罗诗力说．鲁迅全集（第一卷）［M］．北京：人民文学出版社，1981：66
④ 鲁迅．《野草》题辞．鲁迅全集（第二卷）［M］．北京：人民文学出版社，1981：159
⑤ 鲁迅．坟·娜拉走后怎样．鲁迅全集（第一卷）［M］．北京：人民文学出版社，1981：163

探求真理，最后以死抗争，怀沙自沉，成为几千年来中国文人的精神楷模。鲁迅的"过客"形象，无疑也有屈原的影子。

当"家"已变成地狱、荒漠、铁屋子，当精神家园已荒芜，不能令人诗意地生存时，庸众们选择的是随波漂流，在昏睡中死去，清醒的摩罗战士、思想先驱们则感到"大恐惧"：

现在许多人有大恐惧；我也有大恐惧……

……

于是乎中国人失了世界，却暂时仍要在这世界上住！——这便是我的大恐惧。①

先驱们感到恐惧、痛苦，但却不愿彻底放弃，于是主动选择了做永远的过客：

有我所不乐意的在天堂里，我不愿去；有我所不乐意的在地狱里，我不愿去；有我所不乐意的在你们将来的黄金世界里，我不愿去。

……

我将向黑暗里彷徨于无地。②

"无地"，也是鲁迅创造的一个如"死火"一样充满悖论的词汇，于无地处找到地，于无可立足处立足，无中寻有，有中寻无，非明非暗，既明且暗，既不下地狱，也不相信所谓的天堂，天堂窥见中地狱，地狱中发现天堂，既在不断寻找新世界新家园，同时又不断质疑这新世界新家园，超越幻想，打破幻想，又不完全放弃这幻想。正是"于无所希望中得救"③，在得救中仍又发现无所希望的意思。"彷徨"则也有双重含义，一方面有探索、寻找的含义，一方面又有犹豫、怀疑的含义。这是一种悖论，然而却是鲁迅对人生对社会极具深度性的思考和选择。

是的，"彷徨于无地"，这是鲁迅深深感受到的无家的漂泊的痛苦，是他对人的存在之无由庇护和茫然失据的忧惧和焦虑，同时又包含着他不断寻找新的家园、抗争到底的坚韧的战斗精神。

① 鲁迅.热风·随感录三十六.鲁迅全集（第一卷）[M].北京：人民文学出版社，1981：307
② 鲁迅.野草·影的告别.鲁迅全集（第二卷）[M].北京：人民文学出版社，1981：165～166
③ 鲁迅.野草·墓碣文.鲁迅全集（第二卷）[M].北京：人民文学出版社，1981：202

第三章

牢笼中的彷徨：在"家"的舞台上

我是一个可怜的中国人。爱情！我不知道你是什么。

我们还要叫出没有爱的悲哀，叫出无所可爱的悲哀。

——鲁迅《热风·随感录·四十》

论文的前面从纵向的宏观的角度分析了鲁迅作品中三个层次的"家"，接下来本文将从微观的横向的角度分析鲁迅作品中的"家"，详细地探析其作品中出现的家庭的各个组成要素，洞烛鲁迅独特的"家"意识。

每个人从来到这个世界这个社会开始，不管有意识还是无意识就都开始扮演着一定的社会角色，在各种各样的社会群体中生活、学习、工作。家庭是人所处的核心社会群体，人的角色扮演首先是从家庭这个舞台上开始的。所以，家庭是人类活动的重要场所，也是透视人性的最好视角之一。通过对家庭中活动的人的探析，可以发现一个时代的国家和社会的状况，可以追问人为什么存在，人应该怎样存在着。自"五四"以降，许多文学作品都是通过爱情、婚姻、父亲、母亲、兄弟等家庭关系的角度来表现时代的弊病和变革，揭示人的生存状态，表现在家庭的牢笼中苦苦挣扎的男女的喜怒哀乐，试图用一种新的家庭伦理来取代旧时代的"吃人"的家庭伦理，从而形成了一个影响深远的家庭伦理启蒙运动。

在"五四"时期的家庭伦理启蒙运动中，鲁迅扮演了"马前卒"、"急先锋"的角色，从《狂人日记》到《离婚》，从《我的节烈观》、《我们现在怎样做父亲》到《随感录》系列等等都表现了他意欲打破旧家庭、解放妇女、放生孩子的家庭伦理主张和为使下一代人成为"真的人"而牺牲自己的拯救意识。鲁迅通过自己的作品，向人们展示了一个又一个在旧家庭的牢笼中痛苦地麻木地生活的"病态社会的不幸的人们"，其目的是要撕开笼罩在旧家庭上的温情脉脉的面纱，"揭出病苦，引起疗救的注意"①。

第一节　无爱的悲哀："家"中的婚姻与爱情

家庭的核心是夫妻，夫妻之形成则来自男女之间的爱情与婚姻。所以描写家庭的文学作品不可避免地要涉及到爱情与婚姻的问题。尤其是爱情自古以来就是文学永恒的主题。希腊神话中说："从前人是一种'圆球状的'特殊物体，他有四只手，四条腿，观察相反方向的两幅面孔，一颗头颅，四只耳朵。人的胆大妄为使奥林匹斯山上的众神忐忑不安。宙斯于是决定把人一分两半，……使分开之后的每一个人不是用四条腿，而是用两条腿走路，这样人就变得软弱一些了。在人的身体被分成两半以后，'每一半都急切地扑向另一半'，他们'纠结在一起，拥抱在一起强烈地希望融为一体'。这样就产生了尘世的爱情。"② 在一定程度上可以说，世上只要有男人和女人，就会产生爱情，只要有爱情的存在，就一定会有关于爱情和婚姻的文学作品的存在。恩格斯曾说过："人与人之间的，特别是两性之间的感情关系，是自从有人类以来就存在的。性爱特别是在最近八百年获得了这样的意义和地位，竟成了这个时期中一切诗歌必须环绕着旋转的轴心了。"③ 恩格斯的这段话同样适用于所有的文学创作领域，即以男女婚姻爱情为中心的婚恋题材是久写不衰的，是文学作品"环绕着旋转的轴心"。

综观世界文学史，在远古神话传说和歌谣中就有大量描写爱情的作品存在。古希腊神话特洛伊，讲的就是两个国家的王公贵族为争夺美貌的海伦而导致了一场持续十年的特洛伊战争的故事；古罗马神话中由爱神演绎出的诸多爱情故事尤其引人入胜；中国的嫦娥神话、牛郎织女传说等民间长期流传的故事也都生动地反映了爱情的主题。而家庭、家族及其相关的婚恋问题在早期的中国文学作品中就不断有所表现，如《诗经·卫风》中的《氓》、汉乐府民歌

① 鲁迅. 南腔北调集·我怎么做起小说来. 鲁迅全集（第四卷）[M]. 北京：人民文学出版社，1981：512
② 转引自 [保] 基·瓦西列夫. 情爱论（前言）[M]. 上海：上海三联书店，1984：4
③ 恩格斯. 路德维希·费尔巴哈和古典哲学的终结. 马克思恩格斯选集（第4卷）[M]. 北京：人民出版社，1972：229

《孔雀东南飞》、《列异传》中的《谈生娶妇》和《搜神记》中的《韩凭夫妇》都是其中的名篇。而自明清以降，《金瓶梅》开创了家庭小说的先河，《林兰香》、《醒世姻缘传》、《红楼梦》、《歧路灯》等继之以后，更是纷纷以长篇巨著展开了对家庭婚恋生活的描写。

当历史的车轮行进到了 19、20 世纪之交时，面对忧患丛生的现实困境及受到急剧涌入的西方思潮的浸染，中国文学作品中的家庭婚恋内容受到了前所未有的震撼与冲击，爱情自由、婚姻自主、人格独立、男女平等的新思潮汹涌澎湃，婚恋自由的观念成为焦点，成为时代主潮，"我是我自己的"① 呼声成为时代的强音，从而出现了一个"争写着恋爱的悲欢"② 的文学时代。"五四"作家群体大多受过西方现代文化教育，不少人还曾留过洋，他们的视野开阔，他们的婚恋观念已与前辈文人大不相同，对于传统家族制度和婚姻制度的弊端深恶痛绝，加上又正处于血气方刚的年龄极容易接受新文化而更倾向于对旧传统持决绝的态度，因而在其文学作品中表现出全新的婚恋观念。

生活在这一时代，对传统婚恋生活有着切肤之痛的鲁迅自然免不了要受这种潮流的影响，在其作品中不断涉及这一问题。然而与同时代，乃至后时代的诸多作家不同的是，鲁迅对婚恋问题有着更深刻、更清醒的认识，甚至对整个社会的婚姻和爱情都持有一种深入骨髓的悲观与绝望的态度，正与他的"彷徨于无地"的无家漂泊的感受相应。

一、无爱的婚姻

自现代的婚恋观为世界所普遍认可后，从理论上来说，婚姻是男女相爱的产物，是双方强烈的相互拥有与厮守终生、白头偕老的愿望发展的必然的结果。然而在现实生活中，许多的婚姻并非如此。从古至今，没有爱情的婚姻比比皆是，很多婚姻或是因为经济、或是因为暴力、或是因为感恩报恩等原因而形成，并无真正的爱情存在。在传统中国，无爱的婚姻更是一种普遍现象，此乃是家族制度使然。在传统的家族制度下，婚姻不是个人的事，而是家族的事。中国人不重视爱情但却异常地重视婚姻，也正因为婚姻是关系到家族生存发展的要事，爱情就被当作无关紧要的东西，这是极不人道的。

---

① 鲁迅.彷徨·伤逝.鲁迅全集（第二卷）［M］.北京：人民文学出版社，1981：112

② 鲁迅.且介亭杂文二集·《中国新文学大系》小说二集序.鲁迅全集（第六卷）［M］.北京：人民文学出版社，1981：255

19 世纪末期以后，中国的思想先驱们在西方思想的影响下，开始抨击这种无爱的婚姻制度，在文学领域亦随之形成了一股思潮。尤其是鲁迅在他的作品中对传统的婚姻制度进行了猛烈的抨击，在他看来，中国传统的男女婚姻实在是禽兽不如，他的批判可谓入木三分：

父母之命媒妁之言的旧式婚姻，却要比嫖妓更高明。这制度之下，男人得到永久的终身的活财产。当新妇被人放到新郎的床上的时候，她只有义务，她连讲价钱的自由也没有，何况恋爱。不管你爱不爱，在周公孔圣人的名义之下，你得从一而终，你得守贞操。男人可以随时使用她，而她却要遵守圣贤的礼教，即使"只在心里动了恶念，也要算犯奸淫"的。如果雄狗对雌狗用起这样巧妙而严厉的手段来，雌的一定要急得"跳墙"。然而人却只会跳井，当节妇，贞女，烈女去。礼教婚姻的进化意义，也就可想而知了。①

鲁迅的这些言论，可以说是空前的尖刻和激进，在他的小说中出现的大多数的婚姻正是这样的。《风波》中的七斤和七斤嫂之间很难说有什么爱的存在。七斤的辫子被人剪掉，又碰上张勋复辟的重大变故，面临被砍头的危险，七斤嫂把责任全推到七斤头上，并当众辱骂，一点夫妻真情也没有。这当然是无爱的包办婚姻的恶果。

《阿Q正传》里的"假洋鬼子"也是辫子不见了，不过究竟是自己主动剪掉的还是真如他母亲说的是被坏人灌醉了剪去并不确定，为此他的老婆跳了三回井，与《风波》中的故事很相似。虽然这次的"假洋鬼子"是留过洋受过现代思想教育的人，但其婚姻与作为农民的七斤没什么区别。

《端午节》中的方玄绰对于太太只用"喂"来称呼，而"太太对他却连'喂'字也没有，只要脸向着他说话"，夫妻之间根本没有感情的存在。因为拿不回薪水，妻子"对于他也渐渐的缺了敬意，……有些唐突的举动，也就可以了然了。到了阴历五月初四的午前，他一回来，伊便将一叠账单塞在他的鼻子跟前，这也是往常所没有的"。原来方玄绰夫妻之间以前还是能够遵循礼教的要求，夫妻之间也算得上是夫唱妇随，表面上也算是和睦。但是这一切都是建立在方玄绰的经济能力上的，一旦经济情况出了问题，夫妻之间的和谐局面也就随之被打破，发生不同的变化。方玄绰夫妇的这个婚姻仍然是没有爱情

① 鲁迅. 准风月谈·男人的进化. 鲁迅全集（第五卷）[M]. 北京：人民文学出版社，1981：284

基础的，夫妻间缺少真感情，夫妻关系是非常脆弱的。

《祝福》中的婚姻是最典型最明显的无爱婚姻和礼教婚姻，是鲁迅在《男人的进化》一文中所抨击的禽兽不如的婚姻的直接表现。祥林嫂的两次婚姻都是赤裸裸的买卖婚姻，第一次婚姻从文中推断应该是被卖作童养媳，"这制度之下，男人得到永久的终身的活财产"①。祥林嫂的丈夫死了，祥林嫂仍是夫家的活财产，逃出去挣的工钱自己舍不得花，却全被婆婆拿去，尽管她拼命地躲藏与挣扎，但却如鸡和羊的拼命挣扎一般是无效的，终于被婆婆当作财产卖给了贺老六。所以祥林嫂的第二次婚姻也是买卖婚姻，祥林嫂不但没有"讲价钱的自由"，连当"节妇、贞女、烈女"的权利和自由也没有，正是连奴隶也做不稳。祥林嫂的婚姻是传统中国里绝大多数婚姻的典型（直到今天，中国乃至世界各地仍存在这种视人若物的人口买卖），鲁迅可以说在祥林嫂身上倾注了自己对旧式婚姻的愤怒、痛心和无奈等错综交织的复杂情感。

《肥皂》中的四铭与妻子的婚姻正是"礼教婚姻"②的悲哀。四铭听到流氓调戏女乞丐的淫荡之语，唤醒了被压抑于无意识深层的欲望。四铭是通过买肥皂把这种欲望寄于妻子身上，比起当时合法的甚至被男性世界引以为荣的嫖妓来也算不上荒唐。而四铭的妻子出于女性爱美的本性以及潜藏的男女欲望的本能实际上也接受了肥皂。然而，四铭不敢对妻子明说，妻子也不敢表现出喜欢肥皂的态度来，甚至还骂了四铭，可以说两人的言行都是违心的。为什么会这样呢，一是双方的婚姻没有爱的基础，没有心灵的沟通，没有感情的交流；二是婚姻在礼教的约束下，只能发于情，止于礼，鲁迅在《坟·我们现在怎样做父亲》中说："夫妇是'人伦之中'，却说是'人伦之始'；性交是常事，却以为不净；生育也是常事，却以为天大的大功。人人对于婚姻，大抵先夹带着不净的思想。亲戚朋友有许多戏谑，自己也有许多羞涩，直到生了孩子，还是躲躲闪闪，怕敢声明……"鲁迅激烈地抨击这种"礼教婚姻"，并提出"要除去虚伪的脸谱。要除去世上害己害人的昏迷和强暴"③。

在鲁迅的时代，许多人已经开始打破旧礼教的束缚，定婚的选择了逃婚，

---

① 鲁迅.准风月谈·男人的进化.鲁迅全集（第五卷）［M］.北京：人民文学出版社，1981：284

② 鲁迅.准风月谈·男人的进化.鲁迅全集（第五卷）［M］.北京：人民文学出版社，1981：284

③ 鲁迅.坟·我之节烈观·鲁迅全集（第一卷）［M］.北京：人民文学出版社，1981：125

已经结成无爱婚姻的则选择了离婚。鲁迅也写了一篇关于离婚的小说，然而他写的离婚则与当时流行的离婚小说有很大不同。《离婚》中的爱姑与丈夫的婚姻当然也是典型的无爱婚姻，爱姑称公爹是"老畜生"，叫丈夫是"口口声声'小畜生'，'逃生子'"，又让娘家父亲带着六个兄弟拆了婆家的灶，"直闹得六畜不安"，闹得"老畜生"和"小畜生""较之半年前偶然看见的时候，分明都见得苍老了"。而丈夫对爱姑呢，用爱姑的话说就是：

"他们就是专和我作对，一个个都像个'气杀钟馗'。那年的黄鼠狼咬死了那匹大公鸡，那里是我没有关好吗？那是那只杀头癞皮狗偷吃糠拌饭，拱开了鸡橱门。那'小畜生'不分青红皂白，就夹脸一嘴巴……"

……

"他那里有好声好气呵，开口'贱胎'，闭口'娘杀'。自从结识了那婊子，连我的祖宗都入起来了……"

这样的婚姻对双方都是痛苦的，鲁迅指出：

无爱情结婚的恶结果，却连续不断的进行。形式上的夫妇，既然都全不相关，少的另去姘人宿娼，老的再来买妾：麻痹了良心，各有妙法。①

所以，《离婚》中爱姑的丈夫"'小畜生'姘上了小寡妇"并不算意外。小说中的时代应该已是中华民国时代，礼教的束缚应该已有所松动，离婚也应该成了合理合法的选择，然而爱姑却仍抱着旧婚姻制度的观念不放，自以为她从"嫁过去，真是低头进，低头出，一礼不缺"，所以不应该被婆家赶走，她要争这口气，要个说法：

"我倒并不贪图回到那边去"，……"我是赌气。你想，'小畜生'姘上了小寡妇，就不要我，事情有这么容易的？'老畜生'只知道帮儿子，也不要我，好容易呀！七大人怎样？难道和知县大老爷换帖，就不说人话了么？他不能像慰老爷似的不通，只说是'走散好走散好'。"

……

"他就是着了那滥婊子的迷，要赶我出去。我是三茶六礼定来的，花轿抬来的呵！那么容易吗？……我一定要给他们一个颜色看，就是打官司也不要紧。县里不行，还有府里呢……。"

爱姑依了"礼教婚姻"的规定，觉得自己是不应该被休掉的，所以才敢

---

① 鲁迅. 热风·随感录四十. 鲁迅全集（第一卷）［M］. 北京：人民文学出版社，1981：322

据理力争，闹得婆家不得安宁，就连"慰老爷"也拿她没办法。最后，靠着"七大人"的威严和恐吓才使双方"走散"了。

这一场马拉松式的颇有当代社会离婚的某些特征（如"第三者"插足，女方家人大闹，男方花钱了断）的离婚令双方都付出了很大的代价。但如果这次离婚是新思想的胜利，如果这次离婚能表现出一些积极因素的话，那么也算是有一定价值，有一定的社会意义。然而，这次离婚中，看不到一点新思想的萌芽，首先，爱姑坚持不离婚的理由是自己是明媒正娶的，"是三茶六礼定来的，花轿抬来的"，说明她灵魂深处还是被封建伦理道德中的"从一而终"的观念牢牢地统治着。同时她的思想也是很恶毒的，带有"吃人"的动机，要"闹得他们家败人亡，'老畜生'，'小畜生'，全都走投无路"。而爱姑的丈夫坚持离婚的理由竟不是双方的感情已破裂了，而是公婆不喜欢爱姑。七大人则更完全不顾其时已是中华民国时期，恐吓爱姑离婚的理由竟也是："公婆说'走！'就得走。"这完全与《孔雀东南飞》里刘兰芝的婆婆赶走儿媳妇的一模一样的借口（当时是合理又合法的）。在这里，时间停滞了，步入现代社会的中华民国似乎仍停留在古代社会，更荒唐的是出国留洋的青年也赞同这种观点：

七大人这才慢慢地说了。"年纪青青。一个人总要和气些：'和气生财'。对不对？我一添就是十块，那简直已经是'天外道理'了。要不然，公婆说'走！'就得走。莫说府里，就是上海北京，就是外洋，都这样。你要不信，他就是刚从北京洋学堂里回来的，自己问他去。"于是转脸向着一个尖下巴的少爷道，"对不对？"

"的的确确。"尖下巴少爷赶忙挺直了身子，必恭必敬地低声说。

在这里，鲁迅似乎暗示要打破传统的这种吃人的婚姻制度是多么的艰难，不能不令人感到绝望。

到了《理水》中，鲁迅对禹的婚姻也有着墨不多但却极为传神的独特表现，这表现在禹太太对禹咒骂时的言语："这杀千刀的！奔什么丧！走过自家的门口，看也不进来看一下，就奔你的丧！做官做官，做官有什么好处，仔细像你的老子，做到充军，还掉在池子里变大忘八这没良心的杀千刀！"禹太太咒骂丈夫，辱骂公公，她的言行里颇有爱姑的泼辣、凶悍的影子，使人很容易联想到《离婚》中无爱的婚姻。当然《理水》的主题是禹的辛苦治水过程及周围庸人们对他荒唐的歪曲和误解，婚姻爱情不是鲁迅有意要在这里表现的话题，然而对禹太太言行的描写仍然无意识地流露出鲁迅对婚姻的绝望。

面对禹太太的这种爱姑般的悍妇，禹似乎也只能避而远之。而在《奔月》里，传说中的美女嫦娥也作了同样的选择，嫦娥对与羿的婚姻已感到厌倦，夫妻之间毫无感情可言，小说中写道，

"太太……。"他擦过手脸，走进内房去，一面叫。

嫦娥正在看着圆窗外的暮天，慢慢回过头来，似理不理的向他看了一眼，没有答应。

这种情形，羿倒久已习惯的了，至少已有一年多。

他仍旧走近去，坐在对面的铺着脱毛的旧豹皮的木榻上，搔着头皮，支支梧梧地说——

"今天的运气仍旧不见佳，还是只有乌鸦……。"

"哼！"嫦娥将柳眉一扬，忽然站起来，风似的往外走，嘴里咕噜着，"又是乌鸦的炸酱面，又是乌鸦的炸酱面！你去问问去，谁家是一年到头只吃乌鸦肉的炸酱面的？我真不知道是走了什么运，竟嫁到这里来，整年的就吃乌鸦的炸酱面！"

"太太，"羿赶紧也站起，跟在后面，低声说，"不过今天倒还好，另外还射了一匹麻雀，可以给你做菜的。女辛！"他大声地叫使女，"你把那一匹麻雀拿过来请太太看！"

野味已经拿到厨房里去了，女辛便跑去挑出来，两手捧着，送在嫦娥的眼前。

"哼！"她瞥了一眼，慢慢地伸手一捏，不高兴地说，"一团糟！不是全都粉碎了么？肉在那里？"

由以上描述可以看出，嫦娥对自己的丈夫毫无感情，无论羿怎样委曲求全，千方百计讨好嫦娥，因为没有美味供给，嫦娥终于还是抛下羿奔月而去。

"我们还要叫出没有爱的悲哀，叫出无所可爱的悲哀。"[①] 这是鲁迅通过小说中婚姻描写发出的声音。正如他在《随感录四十》中引用的一首诗写道：

我是一个可怜的中国人。爱情！我不知道你是什么。

我有父母，教我育我，待我很好；我待他们，也还不差。我有兄弟姊妹，幼时共我玩耍，长来同我切磋，待我很好；我待他们，也还不差。但是没有人

---

① 鲁迅．热风·随感录四十．鲁迅全集（第一卷）［M］．北京：人民文学出版社，1981：321

曾经"爱"过我，我也不曾"爱"过他。

我年十九，父母为我娶老婆。于今数年，我们两个，也还和睦。可是这婚姻，是全凭别人主张，别人撮合：把他们一日戏言，当我们百年的盟约。仿佛两个牲口听他们主人的命令："咄，你们好好的住在一块罢！"

爱情！可怜我不知道你是什么？

今天，这种无爱的婚姻已被普遍看作是不道德的，甚而出现了一种完全相反的趋势，即出现了大量无婚姻的爱情，组成了大量无婚姻的家。美国人口调查局在进行 2005 年度社会普查时发现，将近 5580 万个美国家庭是在没有婚姻的情况下形成的，这相当于美国家庭总数的 50.2%。① 从鲁迅小说中的描写的那种从无爱的婚姻到当今美国社会的那种无婚姻的爱，这个巨大的反差不能不使我们思考男女两性关系的复杂性和矛盾性。

二、爱的彷徨与虚无

"五四"时期，以爱情为中心的小说极多，作家们多有涉及，而唯独鲁迅的小说中极少有正面描写和表现爱情的，《伤逝》是个例外（《幸福的家庭》可算是《伤逝》的另一个版本，但已不再正面表现爱情）。虽然只有这一篇，但在这一部篇幅并不算长的小说中，已充分体现了鲁迅先生对于爱情的宏观的、全面的、深刻的认识。

前文已说过，中国传统的礼教婚姻是一种无爱的婚姻，然而，从先秦的《诗经》始，中国文学作品中追求自由恋爱的声音就一直没有断绝，特别是《诗经》中如《关雎》、《击鼓》等诗篇所描绘的爱情更是千古传颂，至"五四"时期易卜生的《玩偶》传入中国，更激起了中国人特别是女性对爱情的热烈向往与追求，走出专制家庭，寻找自由与爱情一时蔚然成风，沉重地打击了传统的家族制度。然而，走出家庭真的那么容易吗，自由恋爱真的能那么顺利实现吗，爱情真的那么容易寻找吗？鲁迅的回答是：不。"于浩歌狂热之际中寒；于天上看见深渊。于一切眼中看见无所有"② 的鲁迅，在 1923 年的《娜拉走后怎样》的演讲中，就独抒己见，冷静而深刻地指出：

娜拉走后怎样？——别人可是也发表过意见的。一个英国人曾作一篇戏剧，说一个新式的女子走出家庭，再也没有路走，终于堕落，进了妓院了。

---

① 《环球时报》2006 年 10 月 19 日

② 鲁迅. 野草·墓碣文. 鲁迅全集（第二卷）［M］. 北京：人民文学出版社，1981：202

……从事理上推想起来，娜拉或者也实在只有两条路：不是堕落，就是回来。

在《头发的故事》中 N 先生对于那些剪头发的女青年这样说：

"现在你们这些理想家，又在那里嚷什么女子剪发了，又要造出许多毫无所得而痛苦的人！"

……

"仍然留起，嫁给人家做媳妇去：忘却了一切还是幸福，倘使伊记着些平等自由的话，便要苦痛一生世。"

《伤逝》中走出家庭寻找爱情与新生活的子君没有"堕落"，走的是另一条路："回来"，回到了家里，面对的是"她父亲——儿女的债主——的烈日一般的严威和旁人的赛过冰霜的冷眼"，在"严威和冷眼中负着虚空的重担来走所谓人生的路"，她一定"记着些平等自由的话"，所以"便要苦痛一生世"，终于在这"无爱的人间死灭了"。鲁迅通过《伤逝》向人们预言了娜拉出走的一个结局。

应该说，子君不是爱姑，更不是祥林嫂，她是一个接受了新知识、新思想的新生代的青年，她接受了"五四"时代"黄金世界的理想"的预约，走出家门去寻找自由与爱情，做起了新生活的"梦"。然而"黄金世界"还远远没有来临，子君终于"梦醒了"且"无路可以走"①，因为她已不可能再象祥林嫂们那样浑然不觉地苟且偷生，只能走向死亡，结局一如她的历史上的先辈们如杜十娘、崔莺莺一样成为男性始乱终弃的牺牲品。涓生不是七斤，不是阿Q，不是四铭，不是高尔础，而是一个新时代的知识分子，应该与传统的中国男性有着本质区别，他与子君的结合确实是通过自由恋爱而形成的，而不是传统的包办婚姻，没有经受鲁迅、胡适、徐志摩们的旧式婚姻之苦。然而，涓生却作了与"张生"（唐代元稹《莺莺传》）和"李甲"（明代冯梦龙《警世通言·杜十娘怒沉百宝箱》）一样的选择，在面临外界巨大压力，生存受到威胁之时，采取了同样的金蝉脱壳之计，为自保抛弃了女方，使女方陷入了痛苦的深渊。他们都会找出一些理由为自己的良心开脱，张生的理由是："大凡天之所命尤物也，不妖其身，必妖于人。使崔氏子遇合富贵，乘宠娇，不为云，不为雨，为蛟为螭，吾不知其所变化矣。昔殷之辛，周之幽，据百万之国，其势甚厚。然而一女子败之，溃其众，屠其身，至今为天下僇笑。予之德不足以胜

---

① 鲁迅．坟·娜拉走后怎样．鲁迅全集（第一卷）［M］．北京：人民文学出版社，1981：159

妖孽，是用忍情。"①《伤逝》中涓生的借口是："人是不该虚伪的。……但这于你倒好得多，因为你更可以毫无挂念地做事……。"人们历代所歌颂、追求的真挚的爱情在这里是不存在的，作为新时代女性的子君，她破釜沉舟倾其所有而追求的爱情是虚无的（一经考验便会烟消云散），因此她的结局必然是悲惨的，如杜十娘一般，在一定意义上来说反而不如七斤嫂们那样过着无爱婚姻的女性们。即便如爱姑虽然被丈夫抛弃，还可以理直气壮地吵闹，连官老爷们也得好言相劝，自己的父母也是鼎力支持，不似子君这般不容于家人，亦不容于世人，无路可逃。

对于《伤逝》中爱情悲剧的解释，历来大多都是从外部环境找原因，特别是经济原因，在《伤逝》中也可以看到经济的困难确实是导致悲剧发生的直接原因，而鲁迅在《娜拉走后怎样》中也确实特别强调了经济问题对于女性寻求自立与真爱的重要性：

就是经济，是最要紧的了。自由固不是钱所能买到的，但能够为钱而卖掉。……为准备不做傀儡起见，在目下的社会里，经济权就见得最要紧了。

但是，鲁迅也指出了获得经济权的艰巨性和长期性：

可惜我不知道这权柄如何取得，单知道仍然要战斗；或者也许比要求参政权更要用剧烈的战斗。

要实现这样的目标恐怕不是一代两代人能够完成的，何况，鲁迅还进一步指出，要得到真正的自由仅仅靠经济权的实现还是不够的：

在经济方面得到自由，就不是傀儡了么？也还是傀儡。无非被人所牵的事可以减少，而自己能牵的傀儡可以增多罢了。因为在现在的社会里，不但女人常作男人的傀儡，就是男人和男人，女人和女人，也相互地作傀儡，男人也常作女人的傀儡，这决不是几个女人取得经济权所能救的。

所以说到底还是"根柢在人"，我们不要忘了，鲁迅认为要改变吃人的社会现状，"其首在立人，人立而后凡事举"②，要改造国民性，从人性入手，而不是主要依靠经济制度乃至政治制度的改革。所以如果仅仅把《伤逝》爱情的悲剧推到外部环境的问题上，显然是不合理的，还应该更多的从人性的角度去找原因。

---

① ［唐］元稹．元稹集·莺莺传［Z］．太原：山西古籍山版社，2005：264
② 鲁迅．坟·文化偏至论．鲁迅全集（第一卷）［M］．北京：人民文学出版社，1981：56

　　历来，人们理想中的爱情，应该如"梁祝"，如罗密欧与朱丽叶，如中国千古流传的民间故事"牛郎织女"那样，是"富贵不能淫，贫贱不能移，威武不能屈"的，爱情能否坚持与发展的关键在于男女双方能否把爱情看作至高无上的，能否信守自己的承诺，意志坚强如磐石，不管遇到什么情况，都能相爱相守。然而，太多曾经甜蜜的爱情经不起考验，有为威武所屈的，有为富贵所淫的，当然也有为贫贱所移。如果把《伤逝》中的爱情悲剧归结为外部环境压力的结果，可以说是一是为威武所屈，二是为贫贱所移，涓生与子君的爱情也并不是理想中的爱情，是虚假的爱情，是经不起考验的爱情。涓生与子君爱情悲剧的根本原因在于涓生单方面为威武所屈，为贫贱所移，子君一直是坚守爱情的，最后她离开涓生时，还安排得那么井井有条，"两人生活材料的全副，现在她就郑重地将这留给我一个人，在不言中，教我借此去维持较久的生活"。这足以证明她的爱一直都没变，不能忘却爱情可能也是导致她死亡的原因之一。当然，涓生还没有机会遭遇富贵之淫，可以设想如果涓生发达了，他会不会也跟子君说同样的话呢："爱情必须时时更新，生长，创造……""人是不该虚伪的。我老实说罢：因为，因为我已经不爱你了！"从古至今，有多少男女在贫困或平凡时期琴瑟和鸣，比翼双飞，而当生活条件改善了，富贵了，却出现了劳燕分飞的结局，这正是为富贵所淫的表现。

　　从文中可以看出，《伤逝》悲剧的一个重要原因甚至可以说最重要的原因乃是涓生的自私。当经历了爱情的冲动，当双方的生活步入日常生活的轨道后，涓生对于子君的厌倦，对于爱情的审美疲劳逐渐出现，子君还时时沉浸在恋爱时的美好感觉里，让涓生一遍遍重复当年求爱的过程，而涓生则只能当功课一样应付着，危机已经潜伏在两人之间（这种危机会在一定的环境下被触发）。

　　涓生提出的"爱情必须时时更新，生长，创造"的这个说法是比较符合事实的，但却是不够负责任的。那些试图尝试这种爱情的人最终会发现，单纯的爱情是只能短暂存在的，不能持久的，这里有生理上的原因，更有心理上的原因。爱情从其根本上来说其实是造物主赋予人类的一种延续后代的机制，它促使人类的异性之间产生好感，互相追逐结合，繁衍后代。过了一定时期，两性之间的这种感觉会逐渐淡化乃至消失，这时维系两性之间关系的主要是亲情、责任和密集的家务劳动以及对子女共同的爱。这是人类两性生活和关系的正常状态，从根本上说是由人类的生物本性所决定的。然而，人总是要超越自己的生物本性的限制，试图长期地重复地甚至永久地拥有爱情的美好感觉，人类创造的汗牛充栋的文艺作品也在不断地激发着强化着这种愿望，于是有了人类对于爱情的理想化的追求。涓生对于爱情的要求是不实际的，不现实的，以此为借口将子君推入深渊实在是站不住脚的。男女的生理和心理特征决定了男女短暂的两情相悦的美好爱情之后必然伴随着由婚姻制度和家庭生活双重束缚的平淡生活，激情和沉醉不可能持续存在。

当面临外界的生存压力时，涓生决定结束这段他已经深感厌倦和疲劳的婚恋，他感到子君对于他已经变成了一种累赘和负担：

我一个人，是容易生活的，……只要能远走高飞，生路还宽广得很。现在忍受着这生活压迫的苦痛，大半倒是为她……

……

……人的生活的第一着是求生，向着这求生的道路，是必须携手同行，或奋身孤往的了，倘使只知道捶着一个人的衣角，那便是虽战士也难于战斗，只得一同灭亡。我觉得新的希望就只在我们的分离；她应该决然舍去……。

最终，他逼迫子君离去，导致了子君的死亡。

涓生反思他和子君的婚恋，认识到那种理想化的爱情实际是不存在的：

待到孤身枯坐，回忆从前，这才觉得大半年来，只为了爱，——盲目的爱，——而将别的人生的要义全盘疏忽了。第一，便是生活。人必生活着，爱才有所附丽。

涓生的这段话可以说基本上是否定了爱情。人们历来所追求的那种不计后果，不讲条件的爱是盲目的，生活才是第一要义，大英雄羿因为不能供给嫦娥丰富的野味就导致妻子奔月，爱情不如野味来得更实惠。这里涓生的思想存在着很大矛盾，因为如果说生活是第一要义，那么婚后（严格来说是同居后）的子君确实是在为生活而忙碌着，因为家务亦是生活的重要部分。子君象涓生一样每日看书、进步就能解决生存的困境吗？诚然，二人的婚恋遭到了周围人的打击，但生存的道路并没完全堵死，实际上涓生还有很多选择来维持生存，比如远走他乡也完全可以携子君同往。实际上涓生要求子君看书是希望子君摆脱家庭妇女的状态，变回一个有思想有魅力的女性。如果子君真的这样做了，日常的家务却是二人生活必不可少的，总得有人去做（鲁迅与许广平结合后，为了家务等生活上的需要，他就要求许广平放弃她的事业，专职做一个家庭妇女）。涓生一方面指责子君忙于家务，一方面又说生活是第一要义，这是自相矛盾的。涓生实际上是想以此掩盖他对子君的厌倦，并想摆脱因与子君同居带来的生存危机，尽管他自己没有明确意识到。在《幸福的家庭》（尽管它比《伤逝》写的要早，但从逻辑关系上说，可以看作是《伤逝》的另一个版本，也可看作对《伤逝》的一个补充，是《伤逝》中生活片断的一个横截面的放大）中，鲁迅设想了另一种情况（实际上更符合现实，更具普遍性）：涓生与子君维持着婚姻生活，并有了孩子，然而家庭当然并不幸福，文中的他（涓生）哄着孩子：

"是的是的，花儿。"他又连画上几个圆圈，这才歇了手，只见她还是笑迷迷的挂着眼泪对他看。他忽而觉得，她那可爱的天真的脸，正像五年前的她的母亲，通红的嘴唇尤其像，不过缩小了轮廓。那时也是晴朗的冬天，她听得他说决计反抗一切阻碍，为她牺牲的时候，也就这样笑迷迷的挂着眼泪对他看。他惘然的坐着，仿佛有些醉了。

这正说明，"涓生"（小说中的"他"）怀念的是当年的"子君"（小说中的"她"），而不是现在已经为家务操劳失去了青春美貌的"子君"（小说中的"她"），对于现在的"子君"（小说中的"她"），他已厌倦，没有了爱情。当然，他是负责任的，仍维持着这个家庭，他仍然要做到"执子之手，与子偕老"①。因此，他也是一个负责任、不自私的男子。

不独涓生，子君对于爱情也有她的矛盾性的两面。子君对于爱情有真诚和幼稚的一面，如不顾涓生的审美疲劳和厌烦，一遍又一遍地要求他温习当年求爱的动作，说明子君正是为涓生的这个爱情的表白所感动（而实际上这只是涓生的一时冲动而已），所以才要为爱付出自己的所有。她断定涓生对她的爱是真挚的，海枯石烂永不变的，一如文艺作品中所演绎的那样（可以想象子君一定是受了古今中外文艺作品中爱情故事的感染，相信有永远的真爱存在，她是抱有极大的希望的。然而正如鲁迅所引用的 Petofi 的诗中所言的：希望是什么？是娼妓：/她对谁都蛊惑，将一切都献给；/待你牺牲了极多的宝贝——/你的青春——她就弃掉你。② 子君就是被文艺作品中的爱情的"希望"所蛊惑而最终又被弃掉的）。她是真诚的彻底的，"她当时的勇敢和无畏是因为爱"，为了涓生一时冲动的表白而付出生命的代价，当然同时她也是幼稚

---

① 《诗经·邶风·击鼓》
② 鲁迅. 野草·希望. 鲁迅全集（第二卷）［M］. 北京：人民文学出版社，1981：178

的。另一方面，子君也有她很务实的一面，做到了涓生"第一，便是生活。人必生活着，爱才有所附丽"的要求，不辞辛苦，操持家务。

不管是有意识还是无意识，鲁迅在《伤逝》中有一组暗含的象征物：花、鸡和狗。

子君……并不爱花，我在庙会时买来的两盆小草花，四天不浇，枯死在壁角了，……然而她爱动物，……不一月，我们的眷属便骤然加得很多，四只小油鸡，……还有一只花白的叭儿狗，从庙会买来，记得似乎原有名字，子君却给它另起了一个，叫作阿随。我就叫它阿随，但我不喜欢这名字。

涓生喜爱花，他买来了花，象征着他希望子君象花一样不断开放，充满活力和魅力。而子君让花枯死了，意味着她拒绝成为"花"。她买了鸡，又买了狗，起名阿随，有嫁鸡随鸡，嫁狗随狗的隐喻。当然这不是礼教婚姻下的祥林嫂的那种嫁鸡随鸡，嫁狗随狗，而是"君为女萝草，妾作兔丝花。轻条不自引，为逐春风斜。百丈托远松，缠绵成一家"①的托付终身。子君希望在得到爱情后，涓生能做到"执子之手，与子偕老"②，靠这爱情幸福的度过一生，而她则甘愿象传统的女性一样做好家务，侍候丈夫。但涓生却不喜欢这名字（后来生计苦难时又杀掉小鸡，扔掉阿随），意味着他不希望子君成为一个家庭妇女，不希望她嫁鸡随鸡，嫁狗随狗，"捶着一个人的衣角"，而是能够独立，不需要他承担责任。涓生希望子君永远如花，保持"她那可爱的天真的脸，……通红的嘴唇……笑迷迷的挂着眼泪对他看"，如"桃之夭夭，灼灼其华"③。而这已是不可能的。这三个象征物，已预示了涓生和子君对爱情的矛盾，预示了二人婚恋的破裂的必然性。

子君和涓生爱情悲剧的发生是不可避免的，原因在于他们对爱情持有太浪漫太理想的期待，更在于涓生作为男性的自私，在于人性中自私的一面，在于从古至今不变的这种自私的人性。涓生后来也悔恨万分，良心上遭受到自我的强烈谴责：

我不应该将真实说给子君，我们相爱过，我应该永久奉献她我的说谎。如果真实可以宝贵，这在子君就不该是一个沉重的空虚。谎语当然也是一个空

---

① 李白．古意
② 《诗经·邶风·击鼓》
③ 《诗经·周南·桃夭》

虚，然而临末，至多也不过这样地沉重。

……

我没有负着虚伪的重担的勇气，却将真实的重担卸给她了。她爱我之后，就要负了这重担，在严威和冷眼中走着所谓人生的路。

在小说的最后，被抛弃的阿随又回到了涓生身边，涓生感到"心就一停，接着便直跳起来"，涓生最终决定离开吉兆胡同，"大半就为着这阿随"。阿随就是子君的代表，涓生由起初讨厌阿随乃至残忍地抛弃它到最后又决定带它一起走，象征着涓生对子君的忏悔，暗示如果让时光倒流，如果可以重新选择一次，涓生一定会选择与子君厮守，正如《幸福的家庭》中的"他"一样。

从《诗经》中的《氓》、唐代的《莺莺传》到明代的《杜十娘怒沉百宝箱》，以及民间故事和戏剧中的种种弃妇、怨妇的爱情悲剧，诸多女性带着纯洁真诚的心态去寻觅美好的爱情，但她们大多都被男性始乱终弃，不是富贵生淫，就是趋炎附势、忘恩负义，从而陷入了无尽的痛苦中，甚至如子君一般付出生命的代价。

当人类由野蛮走向文明，摆脱了动物的本能后，人们对美好的忠贞不渝、矢志不移、充满温馨和欢乐的爱情倾注了无限的憧憬和梦想，甚至寄予了终生的希望。然而，残酷的现实无情地打破了爱情的肥皂泡沫，理想化的爱情并不存在，盲目追逐爱情而酿成的悲剧不断上演。鲁迅通过《伤逝》，向人们展示了那种被普遍歌颂的理想爱情的虚无与不切实际，揭示了追求自由与爱情的艰巨性。鲁迅在《坟·论睁了眼看》中深刻地批判了古代文艺作品中在爱情和婚姻问题上的"瞒和骗"：

中国的文人也一样，万事闭眼睛，聊以自欺，而且欺人，那方法是：瞒和骗。中国婚姻方法的缺陷，才子佳人小说作家早就感到了，他于是使一个才子在壁上题诗，一个佳人便来和，由倾慕——现在就得称恋爱——而至于有"终身之约"。但约定之后，也就有了难关。我们都知道，"私订终身"在诗和戏曲或小说上尚不失为美谈（自然只以与终于中状元的男人私订为限），实际却不容于天下的，仍然免不了要离异。明末的作家便闭上眼睛，并这一层也加以补救了，说是：才子及第，奉旨成婚。"父母之命媒妁之言"经这大帽子来一压，便成了半个铅钱也不值，问题也一点没有了。假使有之，也只在才子的能否中状元，而决不在婚姻制度的良否。

鲁迅通过《伤逝》让人们走出幻想，睁开眼，看一看即使在"五四"时代，子君和涓生的"私订终身"也是"不容于天下的，仍然免不了要离异"。
"才子及第，奉旨成婚"更是不存在。

三、没有婚姻的孤独者和无根的漂泊者

鲁迅的小说中，还有大量的不但得不到爱，连无爱的礼教婚姻也得不到的
人，他们形单影只地生活在这个世上，成为凄凉的孤独者和无根的漂泊者。这
些人可以分为两类：第一类是因为经济或社会地位低下而无法得到婚姻的，他
们对家庭的要求是如此卑微，即使是身处没有温情的家庭也能苟安一生，然而
即使这样低的愿望也往往不能实现。第二类是自己主动拒绝婚姻，自愿选择孤
身一人的。

第一类人如《孔乙己》中的孔乙己、《白光》中的陈士成、《阿Q正传》
中的阿Q、《明天》中的红鼻子老拱和蓝皮阿五等等，他们都并非自愿单身，
都是因为经济或社会地位低下而只能孤身一人。孔乙己、陈士成都是因家道中
落、屡次科举不中而导致经济地位低下，陈士成只能教书勉强糊口，而孔乙己
则沦落到偷窃的境地，婚姻于他们自然是遥不可及的事（鲁迅在小说中并没
提及他们对婚姻的需求，但从中国传统社会对男性的成家、续香火的种种要求
来看，对婚姻的渴望也是必然的）。而阿Q、红鼻子老拱和蓝皮阿五本是底层
社会的粗人，他们对男女婚姻有着本能的渴求，然而贫贱使他们对于婚姻只能
望梅止渴，可望而不可及。阿Q从小尼姑"断子绝孙"的骂语中感到自己
"应该有一个女人，断子绝孙便没有人供一碗饭"，于是便对吴妈上演了一出
荒唐的"恋爱的悲剧"。在革命的消息传出后，阿Q更是做起了娶妻的美梦：
"赵司晨的妹子真丑。邹七嫂的女儿过几年再说。假洋鬼子的老婆会和没有辫
子的男人睡觉，吓，不是好东西！秀才的老婆是眼胞上有疤的。……吴妈长久
不见了，不知道在那里，——可惜脚太大。"① 其结果当然是依旧孤家寡人，
最后连命也丢了。而红鼻子老拱和蓝皮阿五比较明显地表现出对男女之欲的强
烈要求，但也只能靠对寡妇单四嫂子的幻想打发自己。在传统的中国社会里，
人们是非常重视婚姻的，男大当婚，女大当嫁是民间的普遍共识和观念，而没
有能力结婚成家的人就成为社会的边缘人、零余人，如孔乙己就只是别人可有
可无的笑料，"孔乙己是这样的使人快活，可是没有他，别人也便这么过"②，

① 鲁迅．呐喊·阿Q正传．鲁迅全集（第一卷）［M］．北京：人民文学出版社，1981：515
② 鲁迅．呐喊·孔乙己．鲁迅全集（第一卷）［M］．北京：人民文学出版社，1981：437

死了也无人过问。阿 Q 更是自始至终成为一个零余人，最后还糊里糊涂地送了命。

第二类人如《孤独者》中的魏连殳，有能力结婚成家，却拒绝成家，他们是从"铁屋子"中清醒过来的人，看到在国民性得到改造和"真的人"出现之前的社会中，家庭和家族都是食人的场所，是要破坏掉的。像魏连殳就对"家"充满了绝望和愤恨，他为生计所迫不得不违心地做了"杜师长的顾问"，又无法从内心深处原谅自己的堕落，他将挣来的钱故意糟蹋掉，拼命地自虐，以此反抗社会。他在一定程度上成功地拒绝和逃避了婚姻和家庭，但同时却不得不承受着没有婚姻和家庭带来的孤独和凄凉，最终的病死也是必然的结果。如果没有扼杀爱情的礼教婚姻制度的存在，如果没有罪恶的家族制度的折磨，魏连殳们的生活将会完全不同。

第二节　坍塌的"支柱"："家"中的父亲

作为一个完整的家庭，父亲的地位是很重要的，尤其是在中国传统社会里，父亲是家庭的支柱，是"天"，"乾，天也，故称乎父；坤，地也，故称乎母"①。《袁氏世范》中说："人之至亲，莫过于父子兄弟"②，鲁迅也说："中国亲权重，父权更重"③，父子问题从来都被认为是"神圣不可侵犯的"④。整个旧中国的家族制度实行的父权制，整个家庭和家族是围绕父系血统建立起来的，文学作品在描写家庭与家族时无可避免地要涉及到父亲。而在文学作品中如何表现父亲的形象，以什么样的感情和观念去描写父亲，包含着作者对家庭和家族制度的深刻体验和褒贬评价。

应该说古今中外对于父亲的抨击甚至于亵渎并不罕见，如三国时期被曹操以不孝的罪名杀掉的孔融就曾说过："父之于子，当有何亲？论其本意，实为情欲发耳"⑤，"父母与人无亲，譬若缶瓦器，寄盛其中。又言若遭饿馑，而父

---

① 《周易·说卦》
② 郭超、夏于全编著. 颜氏家训袁氏世范［Z］. 北京：蓝天出版社，1999：93
③ 鲁迅. 坟·我们现在怎样做父亲. 鲁迅全集（第一卷）［M］. 北京：人民文学出版社，1981：129
④ 鲁迅. 坟·我们现在怎样做父亲. 鲁迅全集（第一卷）［M］. 北京：人民文学出版社，1981：129
⑤ ［南朝宋］范晔. ［晋］司马彪. 后汉书·卷七十·郑孔荀列传第六十·孔融

不肖，宁赡活余人"①。这在当时真可谓大逆不道的"谬论"，体现了鲁迅所赞赏的魏晋风度。而鲁迅也曾说过："性交的结果，生出子女，对于子女当然也算不了恩。"②

而幼年丧父的法国作家萨特（Jean—Paul Sartre）在其自传中也曾这样大胆冷酷地表述父子关系：

天下没有好的父亲，这是一般规律。请别开罪于男人，问题在于原来那种父亲与子女的关系已经腐朽了。若是生儿育女，那真是再好不过了，但若要占有子女，这却是极其不公道的事！倘若我的父亲还活着，他会整个儿压在我身上，把我压得喘不过气来。幸亏他年纪不大就死了。在一大群肩负着安客塞斯的埃涅阿斯中间，我则独自一人从此岸畅游到彼岸，我憎恨这些一辈子骑在他们儿子头上的不露面的传种的家伙。我把一个年轻的死者留在了我的身后，这个死者没有来得及做我的父亲，可他今天倒可以做我的儿子。这是件好事呢抑或是一件坏事？我不知道。③

这样的言论在今天也可谓惊世骇俗，与孔融的言论颇有相似之处。鲁迅同时代的"五四"思想文化先驱们虽然对于父亲还没有如此偏激的抨击，但却从宏观层面上发现了封建父权和整个封建制度的血脉关系，如李大钊指出，"君臣关系的'忠'，完全是父子关系的'孝'的放大体，因为君主专制制度完全是父权中心的大家族制度的发达体"④。从而对父权进行了猛烈的攻击，因为批判父权即批判君权，抨击父权即抨击封建专制主义，否定父权即否定了封建家族制度和整个专制制度。

与这些"五四"思想文化先驱相比，"五四"作家对封建父权的文学抨击似乎要温和而分散得多。对于鲁迅来说，作为"五四"时代的思想先锋，从理性上是排斥父权，非议父亲的，他曾指出中国的父亲都"不是'人'的父亲"⑤，在《坟·我们现在怎样做父亲》中，更是激烈的提出应以"幼者本位"取代"长者本位"的惊人论点。但在感情上鲁迅对自己的父亲又是非常

---

① ［晋］陈寿.三国志·魏书·崔琰传

② 鲁迅.坟·我们现在怎样做父亲.鲁迅全集（第一卷）［M］.北京：人民文学出版社，1981：137

③ ［法］萨特.词语［M］.潘培庆译.北京：生活·读书·新知三联书店，1988：10

④ 李大钊.由经济上解释中国近代思想变动的原因.李大钊文集（下册）［C］.北京：人民出版社，1984：178

⑤ 鲁迅.热风·随感录二十五.鲁迅全集（第一卷）［M］.北京：人民文学出版社，1981：296

敬爱的，从《朝花夕拾·父亲的病》中，我们可以见到鲁迅为了给自己的父亲治病，不断和医生打交道，对于那些奇特的药方已达耳熟能详的地步。鲁迅是一个不爱直接表达自己感情的人，但在《父亲的病》中却直言"我很爱我的父亲"，对于衍太太教他在父亲快断气时不断叫喊给父亲带来的痛苦，鲁迅忏悔终生："我现在还听到那时的自己的这声音，每听到时，就觉得这却是我对于父亲的最大的错处。"而且，由于当时庸医的中医治疗手段的荒诞及彻底的失败，更导致鲁迅去日本学医并终生排斥中医乃至殃及其他国粹。父子情深，可见一斑。所以对于鲁迅来说，"父亲"是一个充满痛苦、依恋、悲伤而又从理性上排斥的百感交集的复杂的、矛盾的概念。对"父亲"的复杂情感意识已深入到鲁迅的无意识层面，影响着他的创作。

一、父亲的缺席：家庭毁灭的开端

在鲁迅的很多作品中，父亲都是缺席的。如《狂人日记》中父亲早已不在，"吃人"的是狂人的长兄。这里父亲的缺席，正是鲁迅本能地无意识地回避自情感矛盾的结果。因为作为一篇思想革命的先锋之作，小说的主旨是要抨击中国的家族制度，进而撼动旧中国的封建专制制度，这就不可避免地要反对"父亲"，而鲁迅从感情上又没办法做到。所以他在《狂人日记》中选择让父亲缺席。而《狂人日记》中父亲的缺席，使得家庭残缺不全，妹妹死掉，母亲只是流泪，接着狂人又发狂，家族所拥有的田地又遭逢天灾，一系列的不幸都在父亲不在的情况下发生了。父亲的缺席使作品笼罩上了一层阴影，气氛极度压抑，使整个家如地狱一般的窒息。在鲁迅的其他小说中也同样如此，凡父亲缺席的家庭都会进一步走向毁灭，父亲的缺席成为家庭毁灭的开端。

在《明天》中正是"宝儿"父亲的早亡导致了单四嫂子母子二人的痛苦，假使"宝儿"的父亲尚在，单四嫂子母子二人的境况应该不至于如此悲惨。《风波》中的八一嫂怀中抱着的是两岁的遗腹子，又是一个失去父亲的可怜的孩子。而《祝福》中"阿毛"的父亲贺老六的死，也是导致祥林嫂悲剧发生的一个直接原因。在《药》中，夏瑜的父亲也不存在，他的伯父夏三爷无情地出卖了他。相似的是，在《长明灯》中"疯子"的"也就有些疯的"父亲也已经不在人世，才会有"疯子"孤苦无依的悲惨遭遇。《铸剑》中眉间尺的父亲被国王害死。《在酒楼上》中的吕纬甫只有母亲，父亲应该早已死去。《孤独者》中的魏连殳，也是早早地失去了父亲，家里的亲人只有祖母。而且小说中魏连殳租住的房屋中的一群孩子，死了母亲，只有祖母管着，他们的父亲（房东）虽然还在，却从没正面出现过，鲁迅这里还是让"父亲"在故事中缺席。

这一个又一个父亲缺席的情节安排并非偶然，它反映了鲁迅内心深处因父亲的早逝而带来的心灵创伤与隐痛，鲁迅在《呐喊·自序》中说：

我有四年多，曾经常常，——几乎是每天，出入于质铺和药店里，年纪可是忘却了，总之是药店的柜台正和我一样高，质铺的是比我高一倍，我从一倍高的柜台外送上衣服或首饰去，在侮蔑里接了钱，再到一样高的柜台上给我久病的父亲去买药。……然而我的父亲终于日重一日的亡故了。有谁从小康人家而坠入困顿的么，我以为在这途路中，大概可以看见世人的真面目……①

父亲的病逝造成了家道的进一步衰落，才招致鲁迅直接暴露于世人的真面目下，才被迫陷入家族倾轧的漩涡之中，过早地告别了曾经幸福温馨的童年。从一定意义上可以说，"家"因此被毁灭了。

这正是失去父亲后的悲剧和灾难性后果。如果不是父亲的病逝，鲁迅的人生可能会完全不同。父亲的早逝，使少年鲁迅的家庭生活不仅仅是遭受了经济上的巨大打击，更重要的是影响了他的人生道路，他的"走异路，逃异地"，他的仙台求医，他对中医的痛恨进而对很多传统遗产如京剧的厌恶等等都来自为父亲治病的经历和体验。父亲的病逝还最终造成他的精神、心灵上的深深的终生难以抚平的创伤。父亲的病逝给尚是少年的鲁迅带来的心灵创伤和隐痛是极深的，其影响伴随终生，改变着他的人生观与世界观，左右着他情感世界与心理状态，并最终影响到作为作家的鲁迅的艺术创作。父亲病逝的阴影在鲁迅的作品中若隐若现，如在他的小说中，不断出现类似"父亲的病"的情节和场景，《药》中"华小栓"的病死，《明天》中"宝儿"的病死，《孤独者》中"魏连殳"的病死等等，几乎形成了一种"父亲情结"。

在传统社会里，尽管父亲的存在对于子女来说一般都意味着要承受父权的压迫，影响他们的独立人格的形成，婚姻爱情及人生之路都会受到限制。这正是"五四"时期人们激烈地抨击并要铲除的对象之一。然而，从生存发展的角度来看，没有父亲的家庭又是不完整的家庭，是充满了不幸和痛苦的家庭，是随时都会进一步走向毁灭的家庭。鲁迅的小说中重点表现了这种失去父亲的灾难性后果。

———————————

① 鲁迅.《呐喊》·自序. 鲁迅全集（第一卷）[M]. 北京：人民文学出版社，1981：415

二、父亲的悲哀

鲁迅一方面否定父权，否定中国传统家族制度中的父子关系，反对封建孝道，① 另一方面对自己父亲的感情又是比较复杂的，尽管有对父亲小时候强迫自己背书的反感，在《伤逝》中也暗示子君的父亲是"儿女的债主"，反对子君的自由恋爱，有着"烈日一般的严威"②，他是导致子君死亡的原因之一，但更多的是对自己父亲的爱和因父亲早逝带来的无法弥补的情感上的空白与对父爱的饥渴。试想如果在鲁迅的童年父亲没有病逝，鲁迅用得着过早地承担了长子的责任，抛头露面，承受着一个少年本不应该承受的世态炎凉吗？父亲的过早病逝是鲁迅心头永远无法抹去的症结，在他的小说中也出现了一些慈父形象，他们没有"五四"时期普遍批判的父权的专制和暴力，有着对儿女的慈爱和温情。不过，这些慈父都饱受痛苦，且没有能力改善家庭状况，无力维持好自己的家庭，不能有效地保护自己的儿女，只能看着家庭一步一步走向衰落与毁灭。《故乡》中的中年闰土：

我问问他的景况。他只是摇头。

"非常难。第六个孩子也会帮忙了，却总是吃不够……又不太平……什么地方都要钱，没有规定……收成又坏。种出东西来，挑去卖，总要捐几回钱，折了本；不去卖，又只能烂掉……"。

他只是摇头；脸上虽然刻着许多皱纹，却全然不动，仿佛石像一般。他大约只是觉得苦，却又形容不出……

……

……多子，饥荒，苛税，兵，匪，官，绅，都苦得他像一个木偶人了。

文中可以看出闰土是一个慈爱的父亲，为了家庭也是鞠躬尽瘁，却甚至无法让孩子吃饱饭，面对恶劣的生存环境，象闰土这样的父亲也只能有心无力。这就是作为父亲的闰土，苦难的父亲，无力的父亲。

《幸福的家族》中的"他"对女儿也是充满了慈父之爱，然而作为父亲的他也在为养家糊口而苦苦挣扎，无法营造一个"幸福的家族"，充满了苦涩与无奈。

---

① 鲁迅. 坟·我们现在怎样做父亲. 鲁迅全集（第一卷）［M］. 北京：人民文学出版社，1981：129～143

② 鲁迅. 彷徨·伤逝. 鲁迅全集（第二卷）［M］. 北京：人民文学出版社，1981：126

《药》中的华老栓对儿子华小栓充满了关切之情，为了他的病不惜重金与凶恶的刽子手康大叔做交易买人血馒头，为儿子忙得"两个眼眶，都围着一圈黑线"。然而他最终仍不能挽救儿子，只能痛苦地白发人送黑发人。

三、父亲的尴尬与荒唐

鲁迅的小说中当然也有对父权的批判，但是与其他"五四"作家不同，也与他的杂文中对父权的激烈批判不同，鲁迅小说中的父亲很少以专横、强暴、威严的面目出场（在《伤逝》中，鲁迅称子君的父亲，是"儿女的债主"，有着"烈日一般的严威"，但却从来没正面出现过），出现的却是一系列处境尴尬、行为荒唐的父亲形象，在这里父亲再也无法树立起父亲的权威，尊严尽失，威信扫地。

《风波》中的七斤，因为进城后辫子被剪掉，碰上张勋复辟，回到家两次被妻子辱骂，一次是骂他回家晚，耽误了吃饭，第二次是"用筷子指着他的鼻尖说，'这死尸自作自受！造反的时候，我本来说，不要撑船了，不要上城了。他偏要死进城去，滚进城去，进城便被人剪去了辫子。从前是绢光乌黑的辫子，现在弄得僧不僧道不道的。这囚徒自作自受，带累了我们又怎么说呢？这活死尸的囚徒……'"此时他的女儿六斤也在场，作为父亲的七斤可谓是颜面尽失，完全没有了作为丈夫和父亲的威严。

《肥皂》中作为父亲的四铭，在儿女面前想表现出做父亲的威严，然而儿子学程瞒着他不告诉他英文"恶毒夫"（Oldfool，"老傻瓜"）的真实含义，妻子看穿了他买肥皂的真实心理和动机，在饭桌上当着儿女的面揭露他，使他终于威风扫地，两个女儿也在背后做鬼脸，嘲笑他"咯支咯支，不要脸不要脸……"，四铭终于"很有些悲伤，似乎也像孝女一样，成了'无告之民'，孤苦零丁了"。七斤是根本就没表现出作父亲的威严，而四铭是想装出父亲的威严却更加威信扫地，显得极为荒唐和尴尬。

《离婚》中爱姑的父亲庄木三，尽管也是当地的一霸，然而在女儿的离婚问题上也"看得赔贴的钱有点头昏眼热了"，并且在官老爷面前吓得不敢出声，乖乖地达成离婚协议，完全失去了父亲的对儿女的保护作用，在爱姑的面前再也没法树立起父亲的威严。

《弟兄》中的秦益堂，本来儿女成群，指望能过上五世同堂的其乐融融的大家族生活，享受天伦之乐，不想"理想的家族关系父子关系之类，其实早已崩溃"①，已经成了家的儿子们为了钱财问题常常爆发冲突，不顾亲情从屋里打到屋外。身为大家庭之首的老父亲秦益堂无论怎样努力，在儿子们面前也已经失去了威信，不能镇住家族内的分崩离析局面，无法维持家族和家庭内的秩序，无奈地看着家族和家庭走向解体。

《端午节》中的方玄绰，因为被欠薪，不但在太太面前失了尊严，连孩子们的学费也交不上，被学校里催了好几次，并下了最后通牒。而他只能用"胡说！做老子的办事教书都不给钱，儿子去念几句书倒要钱"这样的话来应付，处境极为尴尬。

曾经被视为子女们的"天"，被当作家庭支柱的神圣而威严的父亲就这样在鲁迅的作品中形象坍塌，家庭也已处于风雨飘摇之中，面临着毁灭的危险。鲁迅作品中的父亲形象可以说有两重含义，一是指"家"的支柱的毁灭，隐喻家已不再安全、不再稳定，无法给人提供庇护，人们只能处于无家可归的漂泊与流浪的痛苦之中；另一重含义则是对封建父权制，对封建专制制度的彻底否定，从而也是对传统的吃人的家族制度、家族文化的批判与否定。

第三节　梦里依稀慈母泪："家"中的母亲

无论是基于生理、心理还是文化的原因，对母亲的依恋可以说是中国人的普遍情结，母亲总是和"家"、"家园"这样的概念和形象联系在一起，思念家园往往呈现为对母亲的思念，慈母之爱是中国人的情感归宿，李商隐的"慈母手中线，游子身上衣"② 就是对这一情结的最好诠释。在中国古代文学作品中，无论是什么样的人物，从高高在上的皇帝，到穷乡僻壤的村民，对母亲的孝敬大多是相同的，即便是大奸大恶之徒，粗鲁莽撞之辈如《水浒传》中的李逵之类也往往不例外，李密的《陈情表》（祖母也可归入母亲之列）中对祖母的孝心更是千古流传。然而由于古代社会女性地位的低下，传统家族制度高度重视孝道，但却并非是尊重母亲本身，而是为了维护家族内部的秩序森严的等级制度，使长尊幼卑的观念和意识无时无处不在。并且在家族内部，母

① 鲁迅.坟·我们现在怎样做父亲.鲁迅全集（第一卷）[M].北京：人民文学出版社，1981：138

② 李商隐.游子吟

亲作为女性又必须服从"三从四德",成为自己父亲及丈夫、公婆的奴隶和财产,毫无主体性可言,因此很难在文学作品中获得重要的地位。文学创作的主体是男性,文学作品中的女性话语是由男性来代言来主宰的,她们或是以被抛弃被伤害的怨妇弃妇的形象出现,或是以被赏玩的柔顺的淑女、美女形象出现。就其中的母亲形象而言,可以说有两种,一是没有个性的模糊的符号化的母亲形象,而更多的是第二种,即异化的代替父权来扼杀青年人幸福的负面形象,如《孔雀东南飞》中的焦母,《西厢记》中的崔母,《红楼梦》中的贾母等等这些母亲,都是典型的封建观念的卫道者,她们都是从多年的受压迫受侮辱的奴隶般的媳妇熬成婆婆的,在这个过程中她们已完全异化成为男权的代言人和化身,在丈夫死去后代行着父权,维护着家族制度的运行,缺少母性天然的温情和慈爱。即便是千古流传的孟母三迁教子和岳母刺字的故事也不过是将母亲树立为封建正统观念的楷模。

所以,母爱主题在中国古代文学的历史长河中并没有得到充分的展示,少有的母爱内容也被纳入到封建道统的思维框架中去。到了 20 世纪初期,随着西方各种新思潮的涌入,随着父权以及建立在父权基础上的君主专制制度成为"五四"时期先驱们激烈抨击的对象后,母亲作为"三纲五常"伦理中的弱者和受害者,才成为同情和讴歌的对象,母爱主题成为"五四"以后中国文学中一个引人注目的文学现象。

鲁迅年幼时便失去了父亲,兄弟三人全靠母亲操劳、抚养,对于母亲的养育之恩,鲁迅是终生难忘的,其影响是深远和无处不在的。鲁迅的笔名中的姓便是随母姓"鲁",小说中不断出现的地点"鲁镇"不能说与母亲没关系。《社戏》中鲁迅对童年美好的回忆就发生在母亲的娘家。而在现实生活中鲁迅对自己的母亲也是十分孝顺的,从鲁迅的日记里就可以看出来。《鲁迅日记》中记述母亲的竟有 340 多处,特别是 1930 年 1 月至 1936 年 10 月,不到 7 年的日记里,记录母亲的达 281 次,而 1932 年与 1933 年每年达 58 次,平均 6 天多 1 次。① 在这些日记中,不断记载着鲁迅孝敬母亲关心母亲的各种各样的行为。即便在鲁迅逝世前的 1936 年 9 月 22 日,他在重病中还不忘给母亲去信,10 月 1 日的日记里仍记载着他收到母亲来信的事,由此可见鲁迅对母亲的关爱之心。鲁迅曾在一篇文章中写到柔石的母亲,虽然与鲁迅自己的母亲无

① 统计资料转引自马元泉. 至孝的鲁迅［N］. 绍兴县报,2006 年 10 月 15 日

关，却可以看出鲁迅对母爱的感受：

我记得柔石在年底曾回故乡，住了好些时，到上海后很受朋友的责备。他悲愤的对我说，他的母亲双眼已经失明了，要他多住几天，他怎么能够就走呢？我知道这失明的母亲的眷眷的心，柔石的拳拳的心。当《北斗》创刊时，我就想写一点关于柔石的文章，然而不能够，只得选了一幅珂勒惠支（Käthe Kollwitz）夫人的木刻，名曰《牺牲》，是一个母亲悲哀地献出她的儿子去的，算是只有我一个人心里知道的柔石的记念。①

鲁迅这里深深地体会到柔石与母亲的母子情深，实际上是鲁迅对母爱的共鸣，无形中也体现了他对自己母亲的"拳拳的心"。文中提到"珂勒惠支夫人"，钱理群认为她的"画与鲁迅的文字已经融为一体"②，更是与鲁迅心有戚戚焉，她的画中频频出现的悲哀的痛苦的受辱的母亲形象曾极大地震撼了鲁迅，可见鲁迅对母爱的感受与珂勒惠支夫人是相通的。然而也就是这位母亲，给鲁迅包办了婚姻，造成了鲁迅一生的痛苦，使他进退维谷。"慈母手中线"织就的"衣"既给了如鲁迅般的"游子"以温暖和关爱，同时也缠住裹住牵住了战士，使他"不能高飞远走"③，"不能超然独往"④。所以母爱对于鲁迅来说也成了一种沉重的负担，对母亲爱怨交织的情绪使得鲁迅陷入了"家"的彷徨中，也正是在这个问题上鲁迅最深刻地体现出了他对待传统的矛盾性与复杂性。在《伪自由书·前记》中，他竟提出失母也不算一件坏事的惊人言论：

不久，听到了一个传闻，说《自由谈》的编辑者为了忙于事务，连他夫人的临蓐也不暇照管，送在医院里，她独自死掉了。几天之后，我偶然在《自由谈》里看见一篇文章，其中说的是每日使婴儿看看遗照，给他知道曾有这样一个孕育了他的母亲。我立刻省悟了这就是黎烈文先生的作品，拿起笔，想做一篇反对的文章，因为我向来的意见，是以为倘有慈母，或是幸福，然若

① 鲁迅. 南腔北调集·为了忘却的记念. 鲁迅全集（第四卷）[M]. 北京：人民文学出版社，1981：487

② 钱理群. 与鲁迅相遇——北大演讲录之二 [M]. 北京：生活·读书·新知三联书店，2003：15

③ 鲁迅. 书信·250408·致赵其文. 鲁迅全集（第十一卷）[M]. 北京：人民文学出版社，1981：440

④ 鲁迅. 书信·250411·致赵其文. 鲁迅全集（第十一卷）[M]. 北京：人民文学出版社，1981：442

生而失母，却也并非完全的不幸，他也许倒成为更加勇猛，更无挂碍的男儿的。

到 1935 年春天，他甚至连母亲想到上海来住一段时间，也显得不耐烦，他接连在给萧红和萧军的信中抱怨：

现在孩子更捣乱了，本月内母亲又要到上海，一个担子，挑的是一老一小，怎么办呢?①

不久，我的母亲大约要来了，会令我连静静的写字的地方也没有。中国的家族制度，真是麻烦，就是一个人关系太多，许多时间都不是自己的。②

这种对母亲爱怨交织的情绪使得鲁迅陷入绝望的虚无主义之中，因为母亲尚且如此，何况其他人呢。这种绝望的情绪潜入其无意识深层，挥之不去，正如鲁迅所说："我梦魇了，自己却知道是因为将手搁在胸脯上了的缘故；我梦中还用尽平生之力，要将这十分沉重的手移开。"③ "梦"与"梦魇"这是在鲁迅作品中时常出现的词语，它们正是鲁迅当时的心境的贴切表现。

连母爱也成为一种"梦魇"，鲁迅毕生都没有将这"十分沉重的手"移开，它一直压在鲁迅的胸脯上，压在鲁迅的心里，"家"不可避免地成为他无法诗意地栖居的处所。鲁迅对这种斩不断理还乱的母爱的体验和感受是细致、深入的，在作品中他从各个角度和层面观照和呈现了形态各异的母亲的形象。

一、无奈、悲哀的母亲

鲁迅作品中的很多母亲，她们是慈爱的，充满了"母性"的，然而却是悲哀的、无助的，只能眼看着自己的子女死去或"被吃"，却无能为力。《狂人日记》中的母亲形象虽然很不显眼，却也活生生地勾勒出一个悲哀而无助的母亲形象：

……母亲哭个不住，他却劝母亲不要哭；大约因为自己吃了，哭起来不免有点过意不去。如果还能过意不去，……

妹子是被大哥吃了，母亲知道没有，我可不得而知。

母亲想也知道；不过哭的时候，却并没有说明，大约也以为应当的了。记

---

① 鲁迅. 书信·350313·致萧军、萧红. 鲁迅全集（第十三卷）[M]. 北京：人民文学出版社，1981：80

② 鲁迅. 书信·350319·致萧军. 鲁迅全集（第十三卷）[M]. 北京：人民文学出版社，1981：86

③ 鲁迅. 野草·颓败线的颤动. 鲁迅全集（第二卷）[M]. 北京：人民文学出版社，1981：206

得我四五岁时，坐在堂前乘凉，大哥说爷娘生病，做儿子的须割下一片肉来，煮熟了请他吃，才算好人；母亲也没有说不行。一片吃得，整个的自然也吃得。但是那天的哭法，现在想起来，实在还教人伤心，这真是奇极的事！

狂人的母亲无疑也是充满了母爱的，面对女儿的被吃，自然也伤心欲绝，然而却无力阻止"吃人"事件的发生，更可怕的是母亲其实也是认可这种"吃人"传统的。所以这里的狂人母亲的形象虽然并不显眼，然而却从另一个角度上深化着小说的食人主题，同时饱浸了鲁迅的大绝望意识。因为"吃人"的大哥吃掉了作为幼者和弱者的妹子，母亲虽出于天性的母爱，哭个不停，然而却已深受家族制度的熏染，已认可了吃人的家族制度，哭过之后"大约也以为应当的了"。正如前文曾提到的海瑞用礼教杀女却博得姚叔祥的赞赏一样，中国传统社会中的吃人行为已经被合法化了，或是通过命名，如冠以"大恶人"（如《狂人日记》中的狼子村里被煎炒吃掉了心肝的"大恶人"）、"造反"（如《药》中的夏瑜被砍头，鲜血被用作药）、"疯子"（如《长明灯》中的要吹灯要放火的"疯子"以及"各庄"打死的一个所谓的不肖子孙）、"强盗"（如《阿 Q 正传》中的被审判后枪毙的阿Q），或是以种种礼教的冠冕堂皇名义让人自觉自愿地被吃掉，而从不置疑，如历史上的节妇烈女，《狂人日记》中的"大哥说爷娘生病，做儿子的须割下一片肉来，煮熟了请他吃，才算好人"，正是以礼教麻醉被吃者，使其感受不到被吃的痛苦，"几年家软刀子割头不觉死"[1]，并无力反抗。久而久之，这种吃人行为竟变成了很自然的事情，本来"都是太平世界的奇闻，而现在却是极平常的事情"[2]。正如钱理群教授所说的那样："封建意识形态及其对于价值观念的颠倒，经过长期的潜移默化，已经渗透到民族意识与心理中，成为历史的力量，多数的力量，成为生活的常态"[3]。一个个的生命被吞食，真相却被重重遮蔽，《狂人日记》中慈爱的母亲本能地感到了幼女被吃的惨烈和痛楚，然而却从理智上认为这是合法的，在强大的"食人"传统面前只能表示悲哀，并且从精神上屈从、认可了这种传统，这是存在于"家"中的令人绝望的恐怖的事实。

---

① 鲁迅．坟·题记．鲁迅全集（第一卷）[M]．北京：人民文学出版社，1981：4

② 鲁迅．且介亭杂文二集·叶紫作《丰收》序．鲁迅全集（第六卷）[M]．北京：人民文学出版社，1981：220

③ 钱理群．心灵的探寻 [M]．北京：北京大学出版社，1999：296

《铸剑》中眉间尺的母亲，同样完全认同于父权制的家族传统，在眉间尺的父亲被国王杀掉后她完全成了眉间尺父亲的化身，抚养儿子的目的就是要儿子为父报仇，从小说中的描述可以看出这位母亲似乎已是死去的丈夫的鬼魂的附身：

> 他看见他的母亲坐在灰白色的月影中，仿佛身体都在颤动；低微的声音里，含着无限的悲哀，使他冷得毛骨悚然，而一转眼间，又觉得热血在全身中忽然腾沸。
>
> ……
>
> 他的母亲端坐在床上，在暗白的月影里，两眼发出闪闪的光芒。

她要求眉间尺改掉优柔的性情，为父报仇，而丝毫没有为自己儿子的生命担忧，使眉间尺最终与暴君同归于尽，其理智与冷静几乎令人感觉不到这是一位母亲，正如孟母教子与岳母刺字一样，母亲在代行着父亲的角色与功能（尽管从小说来看，鲁迅似乎无意表现这个含义，但小说中的母亲形象本身却表现出了母亲代行父权的客观事实）。

还有一些母亲，虽然也对儿女充满了慈爱，但她们的爱是愚昧、无知和盲目的。《药》中的华大妈的母爱是蒙昧的、盲目的。为了治好儿子的病，她倾其所有让华老栓从刽子手康大叔那里买来了蘸着革命者夏瑜鲜血的馒头，不但犯下了愚昧的罪行，也耽误了儿子的病情，最终害死了儿子（这同时也是鲁迅所批判的中医害人的表现之一，正如鲁迅父亲的病就是被中医耽误了一样）。华大妈为儿子治病而索取夏奶奶儿子的血，既是人吃人的表现，又暗示着"华"吃"夏"，即华夏人民内部的自相残杀。所以华大妈的行为是吃掉要救自己的革命者的愚昧举动。而夏奶奶也同样爱着自己的儿子夏瑜，但却不理解他，说他是被冤枉的，作为一个母亲她在竭力为子女辩护，努力维护子女的形象和声誉，正如华大妈一听到"痨病"两个字就变脸色，《阿Q正传》中的"假洋鬼子"的母亲到处说"这辫子是被坏人灌醉了酒剪去的"的一样。这是母爱的一种表现，尽管是苍白无力的，有点愚昧无知的。

母爱是伟大的，令人感动的，然而从理性和理智层面上审视就会发现鲁迅作品中的许多"母亲"也属于鲁迅所批判的庸众的一员。母爱是一种人的本性，是超时代超阶级的，但母亲对子女的爱的表现形式却是带有历史性和时代性，只能用她们所在的那个社会、那个时代所存在的、所规定的、所给予的方式来表现。而鲁迅作品中的母亲所处的时代和社会本身是扭曲的、封建的、落后的、蒙昧的，所以其母爱的表现方式也是扭曲的、封建的、落后的、蒙昧的，这一切铸就了子女们得到的母爱是悲剧性的，母亲的命运也是悲剧性的。

鲁迅《南腔北调集·为了忘却的记念》中的一首诗（本文绪论中已经分析过）中有"梦里依稀慈母泪"的诗句，深刻地表现出鲁迅所感受到的可怜天下慈母爱。在鲁迅的小说中处处落下"慈母泪"，不过这些慈母既是悲哀的，更是无助和无奈的。《明天》中的单四嫂子的纺车彻夜响着，失去丈夫的孤苦无依的她，这一切的操劳，全是为了儿子，她把她的希望全部寄托在了"宝儿"身上，因为宝儿说的一句话"妈！爹卖馄饨，我大了也卖馄饨，卖许多许多钱，——我都给你"，单四嫂子便获得无穷的力量，"那时候，真是连纺出的棉纱，也仿佛寸寸都有意思，寸寸都活着"。正如鲁迅曾引用过的雨果的《九三年》中的一句话："妇人弱也，而为母则强。"① 然而无论单四嫂子怎样努力，儿子还是死了，她失去了人生的唯一依靠，不知明天该如何度过，其丧子之惨痛是一曲母爱的挽歌。

《祝福》中失去阿毛后的母亲祥林嫂的命运也许就是单四嫂子的"明天"，祥林嫂没有想到春天还会有狼的出现，儿子被狼吃掉，其丧子之痛无以表达，正如单四嫂子一般。最后，被社会抛弃的祥林嫂终于死去，这正是单四嫂子的"明天"。在这里，母亲的悲哀与无助是如此的痛彻人心。

二、被侮辱被损害的母亲

在鲁迅的作品中，母亲不仅是悲伤的、无助的，而且还时常遭到侮辱遭到损害，这一系列被侮辱被损害和被亵渎的母亲形象，构成了一曲母亲的悲歌，从这悲歌中可体味到鲁迅对"家"的另一个层面上的绝望意识。

《明天》中的单四嫂子失去宝儿，丧子之痛咬噬着寡母的心。可是对于她的痛苦，人们却熟视无睹，习以为常，面对一个可怜的寡妇，周围的人们怀着淫邪之心，想的是如何去占她的便宜。麻木不仁的人们对寡母的赏玩、狎亵、利用，恰恰与中国长期以来提倡表彰妇女节烈的礼教传统相违背，从而也表现出了传统礼教的虚伪性和欺骗性。《祝福》中祥林嫂的儿子阿毛被狼掏吃掉的悲惨遭遇，也只能供人们玩味和消遣，没有人表示真正的理解和同情。对寡母

---

① 鲁迅. 书信·180820·致许寿裳. 鲁迅全集（第十一卷）［M］. 北京：人民文学出版社，1981：353

的欺凌在《风波》中也同样存在，七斤嫂对抱着遗腹子的八一嫂的"恨棒杀人"，赵七爷对八一嫂的恐吓，都是一点同情心都没有。这是人性的堕落，人的尊严的自我亵渎，是爱的丧失。

《孤独者》中实际上有两个孤独者，魏连殳是一个明显的孤独者，而小说中实际上也暗含着另一个孤独者，即魏连殳的祖母。小说中说她"亲手造成孤独，又放在嘴里去咀嚼"，虽然没有进一步作详细的交代，但可以推断出作为"继室"的她肯定是很凄凉而痛苦的①：

"终日坐在窗下慢慢地做针线的祖母。虽然无论我怎样高兴地在她面前玩笑，叫她，也不能引她欢笑，……到后来，我逐渐疏远她了；……但她却还是先前一样，做针线；管理我，也爱护我，虽然少见笑容，却也不加呵斥。直到我父亲去世，还是这样；后来呢，我们几乎全靠她做针线过活了，自然更这样，直到我进学堂……"

……"生活要日见其困难起来。——她后来还是这样，直到我毕业，有了事做，生活比先前安定些；恐怕还直到她生病，实在打熬不住了，只得躺下的时候罢……"

作为继祖母，她为与自己并没有血缘关系的孙子可谓鞠躬尽瘁，然而：

"我自己，从略知世事起，就的确逐渐和她疏远起来了……。"

当然还有"竭力欺凌她的人们"的欺凌，以及晚年的寂寞，因为魏连殳成年后，"他没有家小，家中究竟非常寂寞"。尽管小说中对此着墨不多，但已足以表现出一个被侮辱、被损害的慈母的凄凉和痛苦。

《野草·颓败线的颤动》则是从另一个角度表现了这一主题，一位母亲不惜忍受巨大的耻辱，以出卖自己的肉体养活了幼女，然而长大成人后的女儿及其丈夫和子女，都以"冷骂和毒笑""鄙夷地"怨恨诅咒起垂老的母亲：

"我们没有脸见人，就只因为你，"男人气忿地说。"你还以为养大了她，其实正是害苦了她，倒不如小时候饿死的好！""使我委屈一世的就是你！"女的说。

"还要带累了我！"男的说。

---

① 根据周作人的介绍，他们的继祖母蒋氏就是魏连殳祖母的原型，祖母蒋氏长期被他们的祖父侮辱和遗弃，孤独一生。参见周作人．鲁迅小说里的人物——周作人自编文集［C］．石家庄：河北教育出版社，2002：228

"还要带累他们哩！"女的说，指着孩子们。

最小的一个正玩着一片干芦叶，这时便向空中一挥，仿佛一柄钢刀，大声说道：

"杀！"

母亲只能"在深夜中尽走，一直走到无边的荒野"，被彻底遗弃。

到了《补天》的故事中，鲁迅从更高的角度表现了母亲被侮辱被损害的主题。女娲以纯真的母性创造了人类，并在天崩塌了之后，拯救人类，牺牲自己补好了天，为人类献出了全部的爱，然而所谓文明的子孙却指责她"裸裎淫佚，失德蔑礼败度，禽兽行。国有常刑，惟禁"。并且还有人在女娲尸身上安营扎寨，打着女娲的旗号争权夺利。

后来，鲁迅曾在一篇文章中针对母亲被侮辱被欺凌的状况评论说：

孔子曰："唯女子与小人为难养也，近之则不逊，远之则怨。"女子与小人归在一类里，但不知道是否也包括了他的母亲。后来的道学先生们，对于母亲，表面上总算是敬重的了，然而虽然如此，中国的为母的女性，还受着自己儿子以外的一切男性的轻蔑。①

母亲的受侮辱受损害正是女性地位低下的表现之一，尽管中国人讲究孝道，做儿子的对于自己的母亲一般也都极为孝敬，然而却不能推己及人，忘了孟子"老吾老以及人之老，幼吾幼以及人之幼"②的教导，他们敬爱自己的母亲，却对他人的母亲，对其他做母亲的女性极尽轻蔑和伤害，说到底是一种视人若物的女性观在起作用。所以鲁迅又说，只要女性没有得到真正的解放，"这叹息和苦痛是永远不会消灭的"③。

三、没有母爱的母亲

当然，鲁迅的作品中也出现了一些没有母爱的母亲，与前面所述的母亲不同，她们对子女并没有表现出应该具有的慈爱。

《风波》中的七斤嫂不仅对丈夫凶狠，她的女儿"六斤刚吃完一大碗饭，拿了空碗，伸手去嚷着要添。七斤嫂正没好气，便用筷子在伊的双丫角中间，

---

① 鲁迅．南腔北调集·关于妇女解放．鲁迅全集（第四卷）［M］．北京：人民文学出版社，1981：597

② 《孟子·梁惠王上》

③ 鲁迅．南腔北调集·关于妇女解放．鲁迅全集（第四卷）［M］．北京：人民文学出版社，1981：598

直扎下去，大喝道，'谁要你来多嘴！你这偷汉的小寡妇！'"尽管她的动机是对八一嫂指桑骂槐，但也可以看出她对女儿没有爱心。

《伤逝》中的"主妇"，"手掌打在他们的三岁的女儿的头上"，发出"拍"的响声。

孩子就躺倒在门的右边，脸向着地，一见他，便"哇"的哭出来了。

他抱了她回转身，看见门左边还站着主妇，也是腰骨笔直，然而两手插腰，怒气冲冲的似乎豫备开始练体操。

"连你也来欺侮我！不会帮忙，只会捣乱，——连油灯也要翻了他。晚上点什么？……"

这位母亲因为家务的操劳和生活的压力，对子女已经失去了耐心和爱心，表现得十分凶悍，失去了慈母的特征。

母亲是家园的象征，鲁迅作品中一系列的母亲形象，无论是悲哀的、无助的，还是被侮辱、被损害的，还是没有母爱的母亲，都象征着家园的破碎与无法回归，表现出鲁迅深深的绝望意识。

第四节　断裂的"手足"："家"中的兄弟

众所周知，兄弟失和一事对鲁迅可谓是致命一击，尽管他早在1919年7月的《坟·我们现在怎样做父亲》一文中就看破了传统社会中理想的家族体系崩溃、家族关系破裂的必然性，然而自己却试图重温家族生活的美梦。

就在是年冬天，鲁迅买下了北京八道湾11号的房产，与周作人、周建人兄弟三人一起居住，并接来老母，过起了传统的有钱同花、有福同享、有难同当、共事老母的三世同堂的大家族生活，而忘记了他小时候已经历过的大家族内部纷争与倾轧的痛苦。没过太久，鲁迅就再次体会到了他自己所说的五世同堂的"同居的为难"，到了1923年终于收到周作人的绝交信，"其实早已崩溃"的"旧理想的家族关系父子关系"也最终真正地崩溃了。更痛苦的是，周作人根本就不给鲁迅任何解释的机会，鲁迅也不能对人谈起此事，只能郁积在心中，他很快就病了，而且是很严重的大病。巨大的精神打击使他夜不能寐，整晚整晚地失眠，心中的伤痛和愤怒，家庭和亲情的梦想的幻灭，使鲁迅陷入了严重的悲观与绝望之中。他的《颓败线的颤动》一文以极为象征隐晦的方式宣泄了他这种复杂的隐秘的痛入骨髓的情感："于是举两手尽量向天，口唇间漏出人与兽的，非人间所有，所以无词的言语。"这"无词的言语"表达的是鲁迅的毕生都无法释怀的"梦魇"，是他"用尽平生之力"，亦无法移开的沉重的"梦魇"。而在鲁迅的众多作品中，都隐含着这种"家"的"梦魇"，那是用无词的言语所表达的，是隐晦的，又是无处不在的。可以说，兄弟失和对鲁迅创作的影响是深远的。

在中国传统社会里，以父权为核心的家族制度是非常重视兄弟关系的，夫妻关系相对而言就显得微不足道。三国演义里刘备"兄弟如手足，妻子如衣服，衣服破，尚可缝，手足断，安可续"的言论就是典型。兄弟之情从家内推广到家外，男人们之间在关系亲密时也互称兄弟，即便是这种兄弟之情也高于夫妻之情。"四大名著"中，有三部都是以这种广义的兄弟之情为核心的。如《三国演义》中的桃园结义，刘备的整个事业就是建立在兄弟关系的基础之上的，刘备成也兄弟，败也兄弟，最终是因报兄弟之仇而吃败仗并含恨九泉的。《水浒传》就更明显了，梁山上一百单八个兄弟组成的超级大家庭是整部小说的中心，这些兄弟中如武松、石秀等都曾为维护兄长名誉，为兄报仇杀了兄长的妻子，梁山众兄弟肝胆相照，生死相依，义薄云天，兄弟之情感天动地。而《西游记》众所周知是以唐僧师徒四人的取经过程为中心的，这里面孙悟空、猪八戒、沙僧三人之间亲如手足的兄弟之情也占据着重要地位。四大名著中只有《红楼梦》是基本上否定了兄弟之情的（这也正是《红楼梦》的独特之处）。

由此可知兄弟之情在传统社会里是多么重要，然而在鲁迅的作品中，但凡有兄弟存在的地方，都必然是兄弟相残，绝无手足之情的，鲁迅彻底否定了兄弟之情。

一、"吃人"的专制的兄长

在《狂人日记》中，鲁迅回避了父亲，但作为一篇"意在暴露家族制度和礼教的弊害"的小说，不能不涉及父权。父亲的缺席并不等于父权不存在。在"五四"时期的诸多文学作品中，许多父亲都是缺席的，他们或者已病逝，或者语焉不详，或者干脆不做任何交代。然而其他的家庭成员，特别是兄长则代行着父亲的职责和权威，父权仍然高悬于子女头上，所谓"长兄如父"是也。鲁迅同样采取了这一策略，在《狂人日记》中，"大哥"其实就是父亲，狂人与其"大哥"的关系，实际上是传统"父子"关系的变形，"大哥"对狂人的严厉管制完全是父亲行为的体现，完全没有兄弟如手足的平等关系和兄弟怡怡的温情。

"大哥"是"吃人"的，正是封建专制和父权制的代表，文中频频把"大哥"与"吃人"联系在一起，"大哥"是冷酷的，他对遭灾的佃户没有任何同情心，对自己的弟弟"凶狠"，又"吃"了自己的妹子，他"吃人"，又赞同维护吃人的观念和意识，宣扬吃人有理。可以说他是一个从实践上和理论上双重吃人的残暴的父权制的代表，是一个冷酷的吃人的封建专制者。综观全文，这个"大哥"形象并不是很清晰和具体，可以认为是鲁迅有意创作的一个具有抽象的普遍性含义的封建父权制的代表。《狂人日记》中冷酷的"大哥"使"家"显得阴冷、残酷而恐怕，隐藏着吃人的事实和危机，如地狱般可怕。

在《风筝》中，同样有一位专制的兄长，因为他本人嫌恶风筝，"以为这是没出息孩子所做的玩艺"，便不许弟弟去放，当弟弟见到风筝而"高兴得跳跃"时，他"看来都是笑柄，可鄙的"。后来，当他发现弟弟躲在小屋里制作风筝时，有一种"破获秘密的满足"，又极为愤怒，将风筝彻底毁掉，"得到完全的胜利，于是傲然走出，留他绝望地站在小屋里"。至于由此给弟弟造成了怎样的后果，他"不知道，也没有留心"。作为兄长，他一点也不理解弟弟，不关心弟弟的心理，而只是以自己的感觉为标准，专断、粗暴地扼杀了弟弟童年仅有的一点可怜的欢乐，使弟弟陷入绝望的痛苦中，多年以后他想弥补这一切已经不可得。这里兄长仍是专制的父权的代表，文章似乎隐晦地折射出鲁迅童年时期被父亲逼迫读书的经历和痛苦的体验。

二、虚伪的手足之情

在鲁迅的诸多作品中，兄弟之情实际早已不存在，然而人们却仍然以手足之情的名义干着手足相残的勾当，尤其是表现在对待死去的兄弟的家属的问题上。在《药》中，夏三爷对待自己弟弟遗下的孤儿寡母的方式可谓是灭绝人性；《长明灯》中的四爷一方面骂着"疯子"的父亲——即他自己的弟弟，一方面又打着"免得害人，出他父亲的丑"、"对得起他父亲"的旗号迫害"疯子"并霸占他的房产，他不仅在不断侮辱自己已经死去的弟弟，对待侄子也同样歹毒和阴险。《在酒楼上》中顺姑的吃喝嫖赌的伯伯总是向弟弟家索要财物，索要不成就造谣生事，成为导致顺姑死亡的原因之一。《孤独者》中魏连殳的堂兄要把儿子过继给他，夺取他的财产，他只好躲出去。魏连殳为什么会放浪形骸，自残自虐呢？对兄弟之情的绝望是原因之一。

在《弟兄》中鲁迅则集中揭露了兄弟之情的虚伪。先是秦益堂的两个儿子因为财产问题打得不可开交，鲁迅直写了兄弟之情的破裂，为下文作铺垫。然后是张沛君对兄弟之情的慷慨激昂的表白及局里人对他的赞叹和羡慕：

"你看，还是为钱，"张沛君就慷慨地从破的躺椅上站起来，两眼在深眼眶里慈爱地闪烁。"我真不解自家的弟兄何必这样斤斤计较，岂不是横竖都一样？……"

"像你们的弟兄，那里有呢。"益堂说。

"我们就是不计较，彼此都一样。我们就将钱财两字不放在心上。这么一来，什么事也没有了。有谁家闹着要分的，我总是将我们的情形告诉他，劝他们不要计较。益翁也只要对令郎开导开导……"

……

"像你们的弟兄，实在是少有的；我没有遇见过。你们简直是谁也没有一点自私自利的心思，这就不容易……"

……

"真是少有的，"月生目送他飞奔出去之后，向着秦益堂赞叹着。"他们两个人就像一个人。要是所有的弟兄都这样，家里那里还会闹乱子。我就学不来……"

然而考验他的时刻马上就来临了，他的弟弟得了病，而且可能是致命的猩红热，张沛君万分紧张，然而他紧张的不是弟弟的生命，而是弟弟死后的生计问题：

他仿佛知道靖甫生的一定是猩红热，而且是不可救的。那么，家计怎么支持呢，靠自己一个？虽然住在小城里，可是百物也昂贵起来了……自己的三个孩子，他的两个，养活尚且难，还能进学校去读书么？只给一两个读书呢，那自然是自己的康儿最聪明，——然而大家一定要批评，说是薄待了兄弟的孩子……

后事怎么办呢，连买棺木的款子也不够，怎么能够运回家，只好暂时寄顿在义庄里……

原来所谓的"兄弟怡怡"的真相竟是这样。当得知自己的弟弟得的仅是一般的小病，并无性命之忧后，张沛君却仍然难以摆脱那些梦：

他便在书桌旁坐下，……梦的断片，也同时闪闪烁烁地浮出：

——靖甫也正是这样地躺着，但却是一个死尸。他忙着收殓，独自背了一口棺材，从大门外一径背到堂屋里去。地方仿佛是在家里，看见许多熟识的人们在旁边交口赞颂……

——他命令康儿和两个弟妹进学校去了；却还有两个孩子哭嚷着要跟去。他已经被哭嚷的声音缠得发烦，但同时也觉得自己有了最高的威权和极大的力。他看见自己的手掌比平常大了三四倍，铁铸似的，向荷生的脸上一掌批过去……

他因为这些梦迹的袭击，怕得想站起来……也想将这些梦迹压下，忘却，但这些却像搅在水里的鹅毛一般，转了几个围，终于非浮上来不可：

——荷生满脸是血，哭着进来了。他跳在神堂上……那孩子后面还跟着一群相识和不相识的人。他知道他们是都来攻击他的……

——"我决不至于昧了良心。你们不要受孩子的诳话的骗……"他听得自己这样说。

——荷生就在他身边，他又举起了手掌……

这些梦正是张沛君最真实的心理的反映，原来他与《药》中的夏三爷、《长明灯》中的四爷并无本质区别，只不过他的弟弟还没死亡，他的原形尚未完全暴露而已。可以想象，如果他的弟弟死了，他对自己的侄子会怎么样呢？在小说最后同事对张沛君"鹡鸰在原"[1] 的称赞几乎是对虚伪的兄弟之情的绝妙反讽。兄弟手足之情的不复存在，再一次印证和说明了传统的家族制度的彻底崩溃。

第五节　童梦幻灭："家"中的儿童

前文已经说过，相信进化论的鲁迅，曾将希望和梦想寄托于孩子（包括青年）身上。鲁迅的梦想也绝非空想，因为无论从自然还是社会规律来看，幼者都是家庭、家族的希望与未来，是国家和社会的新生力量，通过教育和改造下一代实现国家和民族的彻底革命也不失为一种颇有远见的战略选择，所以鲁迅曾把幼者视作中国进步的希望并不是没有依据的。正是基于进化论的原理

---

[1]　语见《诗经·小雅·常棣》："脊令在原，兄弟急难。"鹡鸰，原作脊令，据《毛诗正义》，这是一种生活在水边的小鸟，当它困处高原时，就飞鸣寻求同类；诗中以此比喻兄弟在急难中，也要互相救助。(此注释来自《鲁迅全集》第二卷，人民文学出版社 1981 年版第 143 页注释)

他曾极力主张通过变长者本位为幼者本位来改良社会。

为了"完全解放了我们的孩子"①，鲁迅对孝道进行了激烈的批判（尽管他自己就是个孝道的身体力行者），因为这种孝道已经失去了它本初长幼互爱的含义，变成了残害幼者的吃人的伦理。鲁迅深刻地批判了孝道的虚伪性、愚昧性和吃人性。

孝本来应是人的一种自发的对亲人的情感和爱心，然而在传统社会里，孝道变得越来越功利化和形式化，如"孝廉"的存在使孝成为升官发财的工具，利之所在，心亦往之，造成虚伪的功利性孝道盛行，真孝反而被埋没。在《朝花夕拾·〈二十四孝图〉》中鲁迅反感"老莱娱亲"的模样，认为它"简直是装佯，侮辱了孩子"：

……招我反感的便是"诈跌"。无论忤逆，无论孝顺，小孩子多不愿意"诈"作，听故事也不喜欢是谎言，这是凡有稍稍留心儿童心理的都知道的。

然而在较古的书上一查，却还不至于如此虚伪。师觉授《孝子传》云，"老莱子……常衣斑斓之衣，为亲取饮，上堂脚跌，恐伤父母之心，僵仆为婴儿啼。"（《太平御览》四百十三引）较之今说，似稍近于人情。不知怎地，后之君子却一定要改得他"诈"起来，心里才能舒服。邓伯道弃子救侄，想来也不过"弃"而已矣，昏妄人也必须说他将儿子捆在树上，使他追不上来才肯歇手。正如将"肉麻当作有趣"一般，以不情为伦纪，诬蔑了古人，教坏了后人。老莱子即是一例，道学先生以为他白璧无瑕时，他却已在孩子的心中死掉了。

而对"郭巨埋儿"的故事，鲁迅更指出了它的残忍性和非人道性，它已将孝道变成了吃人的道德：

至于玩着"摇咕咚"的郭巨的儿子，却实在值得同情。他被抱在他母亲的臂膊上，高高兴兴地笑着；他的父亲却正在掘窟窿，要将他埋掉了。……

我最初实在替这孩子捏一把汗，待到掘出黄金一釜，这才觉得轻松。然而我已经不但自己不敢再想做孝子，并且怕我父亲去做孝子了。家境正在坏下去，常听到父母愁柴米；祖母又老了，倘使我的父亲竟学了郭巨，那么，该埋的不正是我么？如果一丝不走样，也掘出一釜黄金来，那自然是如天之福，但是，那时我虽然年纪小，似乎也明白天下未必有这样的巧事。

① 鲁迅.热风·随感录四十.鲁迅全集（第一卷）[M].北京：人民文学出版社，1981：323

……彼时我委实有点害怕：掘好深坑，不见黄金，连"摇咕咚"一同埋下去，盖上土，踏得实实的，又有什么法子可想呢。我想，事情虽然未必实现，但我从此总怕听到我的父母愁穷，怕看见我的白发的祖母，总觉得她是和我不两立，至少，也是一个和我的生命有些妨碍的人。

这样的孝道导致的只能是亲人互残，毫无人性，离孝的本意越去越远。而且还抬高了行孝的门槛，让儿童对孝道产生畏惧。

我请人讲完了二十四个故事之后，才知道"孝"有如此之难，对于先前痴心妄想，想做孝子的计划，完全绝望了。

"人之初，性本善"么？这并非现在要加研究的问题。但我还依稀记得，我幼小时候实未尝蓄意忤逆，对于父母，倒是极愿意孝顺的。不过年幼无知，只用了私见来解释"孝顺"的做法，以为无非是"听话"，"从命"，以及长大之后，给年老的父母好好地吃饭罢了。自从得了这一本孝子的教科书以后，才知道并不然，而且还要难到几十几百倍。其中自然也有可以勉力仿效的，如"子路负米"，"黄香扇枕"之类。"陆绩怀桔"也并不难，只要有阔人请我吃饭。"鲁迅先生作宾客而怀橘乎？"我便跪答云，"吾母性之所爱，欲归以遗母。"阔人大佩服，于是孝子就做稳了，也非常省事。"哭竹生笋"就可疑，怕我的精诚未必会这样感动天地。但是哭不出笋来，还不过抛脸而已，到"卧冰求鲤"，可就有性命之虞了。我乡的天气是温和的，严冬中，水面也只结一层薄冰，即使孩子的重量怎样小，躺上去，也一定哗喇一声，冰破落水，鲤鱼还不及游过来。

而且，人们口说孝道，心里想的却是一些阴暗的东西，在亵渎着孝道：

我幼小时候，在故乡曾经听到老年人这样讲：

"……死了的曹娥，和她父亲的尸体，最初是面对面抱着浮上来的。然而过往行人看见的都发笑了，说：哈哈！这么一个年青姑娘抱着这么一个老头子！于是那两个死尸又沉下去了；停了一刻又浮起来，这回是背对背的负着。"

好！在礼义之邦里，连一个年幼——呜呼，"娥年十四"而已——的死孝女要和死父亲一同浮出，也有这么艰难！

我检查《百孝图》和《二百册孝图》，画师都很聪明，所画的是曹娥还未跳入江中，只在江干啼哭。①

由此可见那些宣扬孝道的人心理其实是很不干净的，正如《肥皂》中道貌岸然的四铭口中称赞孝女的孝行，心中却想象着她用肥皂洗净的身体一样。这样虚伪的愚昧的孝道当然不会给社会带来什么好的影响，而实际上宣扬它的人们也只是拿来愚弄别人，自己是绝不会做的：

这些老玩意，本来谁也不实行。整饬伦纪的文电是常有的，却很少见绅士赤条条地躺在冰上面，将军跳下汽车去负米。②

《肥皂》中为祖母求乞的孝女是真心在行孝道，而张口闭口宣扬孝道的四铭不但一分钱也舍不得布施（周围还有流氓调戏孝女），反而受了流氓的提示出于不洁的心理拿钱买肥皂给妻子用。所以这种孝道，不管人们怎样宣扬，也无法真正落到实处，正如鲁迅所说："拼命的劝孝，也足见事实上孝子的缺少。而其原因，便全在一意提倡虚伪道德，蔑视了真的人情。"③

既然不能落到实处，为什么还要反复宣扬呢，因为它是食人的统治者或所谓的"聪明人"用它来吃人并使吃人行为合法化的工具，正所谓"'孝''烈'这类道德，也都是旁人毫不负责，一味收拾幼者和弱者的办法"④，对于儿童尤其是贻害匪浅。

封建孝道是一种以"长者为本位"的伦理，"以为幼者的全部，理该做长者的牺牲"⑤，彻底否定了子女独立人格的存在，将子女看作是父母的财产，可以随意支配、买卖乃至杀掉。封建孝道的巨大危害更表现在它牺牲了儿童的精神健康，从而也使整个国家"人的能力十分萎缩，社会的进步，也就跟着停顿"⑥。

所以，与提倡孝道相反，鲁迅认为子女是独立的人，他应该有自己的权利

---

① 鲁迅. 朝花夕拾·后记. 鲁迅全集（第二卷）［M］. 北京：人民文学出版社，1981：324

② 鲁迅. 朝花夕拾·《二十四孝图》. 鲁迅全集（第二卷）［M］. 北京：人民文学出版社，1981：256

③ 鲁迅. 坟·我们现在怎样做父亲. 鲁迅全集（第一卷）［M］. 北京：人民文学出版社，1981：138

④ 鲁迅. 坟·我们现在怎样做父亲. 鲁迅全集（第一卷）［M］. 北京：人民文学出版社，1981：137

⑤ 鲁迅. 坟·我们现在怎样做父亲. 鲁迅全集（第一卷）［M］. 北京：人民文学出版社，1981：132

⑥ 鲁迅. 坟·我们现在怎样做父亲. 鲁迅全集（第一卷）［M］. 北京：人民文学出版社，1981：132

和自由，应该有自己的人格尊严。为了国家和社会的进步和发展，作为现在的父母必须要改变自己的陈旧观念，解放自己的子女：

此后觉醒的人，应该先洗净了东方古传的谬误思想，对于子女，义务思想须加多，而权力思想却大可切实核减，以准备改作幼者本位的道德。况且幼者受了权力，也并非永久占有，将来还要对于他们的幼者，仍尽义务，只是前前后后，都做一切过付的经手人罢了。

……

所以觉醒的人，此后应将这天性的爱，更加扩张，更加醇化；用无我的爱，自己牺牲于后起新人。开宗第一，便是理解。往昔的欧人对于孩子的误解，是以为成人的预备；中国人的误解是以为缩小的成人。直到近来，经过许多学者的研究，才知道孩子的世界，与成人截然不同；倘不先行理解，一味蛮做，便大碍于孩子的发达。所以一切设施，都应该以孩子为本位，日本近来，觉悟的也很不少；对于儿童的设施，研究儿童的事业，都非常兴盛了。第二，便是指导。时势既有改变，生活也必须进化；所以后起的人物，一定尤异于前，决不能用同一模型，无理嵌定。长者须是指导者协商者，却不该是命令者。不但不该责幼者供奉自己；而且还须用全副精神，专为他们自己，养成他们有耐劳作的体力，纯洁高尚的道德，广博自由能容纳新潮流的精神，也就是能在世界新潮流中游泳，不被淹末的力量。第三，便是解放。子女是即我非我的人，但既已分立，也便是人类中的人，因为即我，所以更应该尽教育的义务，交给他们自立的能力；因为非我，所以也应同时解放，全部为他们自己所有，成一个独立的人。①

在这里，鲁迅充满激情地阐述了解放儿童、拯救儿童的重要性及途径，他曾说过，"解放了社会，也就解放了自己"②，解放了儿童，也就是解放了未来的社会，也就是解放了每个人自己。这是鲁迅的美好梦想，然而付诸实践又是何等的困难。在后来，鲁迅的这个梦想逐渐破灭，在其小说中出现的却是一幕幕儿童的悲惨世界。

---

① 鲁迅．坟·我们现在怎样做父亲．鲁迅全集（第一卷）[M]．北京：人民文学出版社，1981：135～136

② 鲁迅．南腔北调集·关于解放妇女．鲁迅全集（第四卷）[M]．北京：人民文学出版社，1981：598

一、得不到爱心的儿童

鲁迅作品中出现的许多儿童都是非常可怜的，他们得不到父母的爱心，如《风波》中的女童六斤，成了家庭的出气筒，祖母九斤老太拿她吃炒豆的事发泄不满，母亲七斤嫂蛮横无理的话被八一嫂揭穿了，也拿六斤作文章出气。

《野草·风筝》中的"我"的"多病，瘦得不堪"的弟弟本应得到更多的爱怜和呵护，出于童心他对风筝异常喜爱，然而"自己买不起，我又不许"，偷偷地做了一个，也被"我"发现并残忍地毁掉，从而陷入了绝望之中。弟弟可以说是生活在"严冬的肃杀"之中，得不到一丁点爱心。

《肥皂》中的小孩"招儿"在吃饭时因为弄翻了饭碗而招来父亲四铭凶恶的眼光。这里的四铭，虽然没有直接打骂孩子，对孩子的恐吓却更加凶狠。

《幸福的家庭》中的"主妇"为家务所烦扰，连三岁的女儿也打。要知道，这位"主妇"是《伤逝》中子君的另一个版本，应该是受了新思想的影响，曾经冲破旧家庭的束缚追求到了自由的恋爱和婚姻，然而对待儿童的态度说明了她仍然没能成为真正的新人。

鲁迅重视儿童的培养问题，强调对儿童"开宗第一，便是理解"①，在《花边文学·漫骂》中鲁迅谈到儿童问题时这样说：

有钱不能就有文才，比"儿女成行"并不一定明白儿童的性质更明白。"儿女成行"只能证明他两口子的善于生，还会养，却并无妄谈儿童的权利。要谈，只不过不识羞。这好像是漫骂，然而并不是。倘说是的，就得承认世界上的儿童心理学家，都是最会生孩子的父母。

鲁迅认为理解了儿童，明白了儿童的性质后，就要用"天性的爱"、"无我的爱"② 来呵护儿童，在《孤独者》中魏连殳早期对儿童的爱就是鲁迅的理想：

门外一阵喧嚷和脚步声，四个男女孩子闯进来了。大的八九岁，小的四五岁，手脸和衣服都很脏，而且丑得可以。但是连殳的眼里却即刻发出欢喜的光来了，连忙站起，向客厅间壁的房里走，一面说道：

---

① 鲁迅．坟·我们现在怎样做父亲．鲁迅全集（第一卷）[M]．北京：人民文学出版社，1981：135

② 鲁迅．坟·我们现在怎样做父亲．鲁迅全集（第一卷）[M]．北京：人民文学出版社，1981：137

"大良，二良，都来！你们昨天要的口琴，我已经买来了。"

孩子们便跟着一齐拥进去，立刻又各人吹着一个口琴一拥而出，一出客厅门，不知怎的便打将起来。有一个哭了。

"一人一个，都一样的。不要争呵！"他还跟在后面嘱咐。

……

那房主的孩子们，总是互相争吵，打翻碗碟，硬讨点心，乱得人头昏。但连殳一见他们，却再不像平时那样的冷冷的了，看得比自己的性命还宝贵。听说有一回，三良发了红斑痧，竟急得他脸上的黑气愈见其黑了；不料那病是轻的，于是后来便被孩子们的祖母传作笑柄。

魏连殳对儿童的爱已经超越了血缘关系的范围，真正做到了"幼吾幼以及人之幼"的博爱，代表了鲁迅的仁爱之心以及他拯救儿童，实现国民性改造，将"沙聚之邦"改造成"人国"① 的高远理想。

《在酒楼上》中的吕纬甫为了不让顺姑失望和伤心，忍受着"硬吃的苦痛"强吃下她做的一大碗荞麦粉：

我生平没有吃过荞麦粉，这回一尝，实在不可口，却是非常甜。我漫然的吃了几口，就想不吃了，然而无意中，忽然间看见阿顺远远的站在屋角里，就使我立刻消失了放下碗筷的勇气。我看她的神情，是害怕而且希望，大约怕自己调得不好，愿我们吃得有味，我知道如果剩下大半碗来，一定要使她很失望，而且很抱歉。我于是同时决心，放开喉咙灌下去了，几乎吃得和长富一样快。我由此才知道硬吃的苦痛，我只记得还做孩子时候的吃尽一碗拌着驱除蛔虫药粉的沙糖才有这样难。然而我毫不抱怨，因为她过来收拾空碗时候的忍着的得意的笑容，已尽够赔偿我的苦痛而有余了。所以我这一夜虽然饱胀得睡不稳，又做了一大串恶梦，也还是祝赞她一生幸福，愿世界为她变好。

而且为了满足顺姑得到一朵剪绒花的愿望，吕纬甫"先在太原城里搜求了一遍，都没有；一直到济南……"由此可见吕纬甫对儿童是如何的关爱和呵护，与早期的魏连殳如出一辙。还有《幸福的家庭》中的男主人（可以视为《伤逝》中的"涓生"）看到女儿受了委屈就千方百计予以呵护和关爱，抚慰她受伤的心灵。他们真正地理解儿童，爱护儿童，充满了至诚至善的仁爱之心。这些都体现了鲁迅的理想。

---

① 鲁迅.坟·文化偏至论.鲁迅全集（第一卷）[M].北京：人民文学出版社，1981：56

然而，在他的大部分作品中却很少看到这样的爱，鲁迅痛心地看到，大人们把儿童当成发泄不满的工具，而丝毫不顾忌儿童的感受，使他们得不到父母的爱心，心灵受到伤害，将来成人之后也必然会以同样的方式伤害别人。正所谓"昏乱的祖先，养出昏乱的子孙，正是遗传的定理"①。这是完全不符合鲁迅的"幼者本位"的理想的。

二、失去童年的儿童

鲁迅非常关心儿童，主张让儿童有一个美好的纯真的童年，受到健康的合理的教育，而不是《二十四孝图》那样的宣扬"吃人"的礼教的教育。所以在《〈二十四孝图〉》中，鲁迅以罕见的激烈甚而有点恶毒的语言诅咒着传统的吃人的儿童教育方法：

我总要上下四方寻求，得到一种最黑，最黑，最黑的咒文，先来诅咒一切反对白话，妨害白话者。即使人死了真有灵魂，因这最恶的心，应该堕入地狱，也将决不改悔，总要先来诅咒一切反对白话，妨害白话者。

自从所谓"文学革命"以来，供给孩子的书籍，和欧、美、日本的一比较，虽然很可怜，但总算有图有说，只要能读下去，就可以懂得的了。可是一班别有心肠的人们，便竭力来阻遏它，要使孩子的世界中，没有一丝乐趣。……蒸死小儿的麻叔谋……的吃小孩究竟也还有限，不过尽他的一生。妨害白话者的流毒却甚于洪水猛兽，非常广大，也非常长久，能使全中国化成一个麻胡，凡有孩子都死在他肚子里。

……

只要对于白话来加以谋害者，都应该灭亡！

……

每看见小学生欢天喜地地看着一本粗细的《儿童世界》之类，另想到别国的儿童用书的精美，自然要觉得中国儿童的可怜。但回忆起我和我的同窗小友的童年，却不能不以为他幸福，给我们的永逝的韶光一个悲哀的吊唁。我们那时有什么可看呢，只要略有图画的本子，就要被塾师，就是当时的"引导青年的前辈"禁止，呵斥，甚而至于打手心。我的小同学因为专读"人之初性本善"读得要枯燥而死了，只好偷偷地翻开第一页，看那题着"文星高照"

---

① 鲁迅．热风·随感录三十八．鲁迅全集（第一卷）［M］．北京：人民文学出版社，1981：313

四个字的恶鬼一般的魁星像，来满足他幼稚的爱美的天性。昨天看这个，今天也看这个，然而他们的眼睛里还闪出苏醒和欢喜的光辉来。

从鲁迅的这些激烈的言辞中可以看出他对儿童的爱心，他对拯救儿童的急切心情。他希望儿童都能有一个全新的健康的快乐的童年，正如他在《朝花夕拾》、《社戏》中回忆到的美好童年以及《故乡》中童年闰土的近乎诗意的童年一样。然而现实生活中的儿童并没有这样诗意的童年，正如鲁迅在家中出现变故后就失去了童年一样，在他的众多的作品中，儿童完全没有了美好的童年。

《风筝》中，本来"游戏是儿童最正当的行为，玩具是儿童的天使"，然而弟弟喜欢风筝的爱好被兄长当作"没出息孩子所做的玩艺"，遭到残酷的"精神的虐杀"，失去了快乐的童年。

《在酒楼上》中的顺姑"十多岁没了母亲，招呼两个小弟妹都靠她，又得服侍父亲，事事都周到；也经济……"。这么小的孩子就承担起了当家的责任，当然没了童年。而且"顺姑因为看见谁的头上戴着红的剪绒花，自己也想一朵，弄不到，哭了，哭了小半夜，就挨了她父亲的一顿打，后来眼眶还红肿了两三天"。作为一个儿童，想得到一朵剪绒花的要求也不能得到满足，反遭父亲一顿打，这与《风筝》中的弟弟的遭遇几乎是一样。

《故乡》中闰土的孩子们在恶劣的生存环境中再也没有月下瓜田的诗意童年了："第六个孩子也会帮忙了，却总是吃不够。"闰土的孩子们都必须帮大人干活，并且还饭都吃不饱。

与闰土的孩子相似的是《示众》中的"十一二岁的胖孩子"，也是过早地承担了大人们的工作，在大街上卖包子。而《风波》中的六斤也已经缠了脚，并且帮大人做事了，她的父母已经将成人的标准和义务强加于她了，同样地失去了童年。

《铸剑》中出现的眉间尺同样是一个儿童，从他抓鼠戏鼠的情节来看还是一个典型的贪玩的小孩，本应继续他的童年生活，然而却被迫担负起了复仇的重任，过早地告别了自己的童年。

那么是谁让儿童失去了童年呢，从直接原因上说是他们的家庭和社会状况（如贫穷等）造成的，从深层原因上说是传统的家族制度和家族文化造成的，然而如果究其根源，还在于人性上，还是因为作父母的以及其他的成人们

"吃人"的观念和本性并未改变，在于他们还不是"人"的父亲①，还不是"真的人"。他们用封建礼教的观念来管制儿童，视子女为可以随意支配的财产。更严重的是很多人对幼者怀有邪恶的念头，在《南腔北调集·上海的少女》中，鲁迅在现实社会中"常常看见诱拐女孩，甚而至于凌辱少女的新闻"，而回顾历史又发现"不但是《西游记》里的魔王，吃人的时候必须童男和童女而已，在人类中的富户豪家，也一向以童女为侍奉，纵欲，鸣高，寻仙"，由此造成"中国是连少女也进了险境了"：

这险境，更使她们早熟起来，精神已是成人，肢体却还是孩子。俄国的作家梭罗古勃曾经写过这一种类型的少女，说是还是小孩子，而眼睛却已经长大了。

这也是失去童年的表现，它是由成人男性的卑劣的人性造成的，这也是食人性的表现之一。

鲁迅曾经翻译过很多外国的童话，希望给中国的儿童以有益的全新的精神食粮，让他们拥有一个幸福的快乐的健康的童年。不过在他的作品中很少能看到拥有幸福童年的儿童（除了他回忆中的闰土的童年以及在周家发生变故以前的自己的童年），对儿童充满爱心的鲁迅不能不感到痛心疾首，不能不感到"家"的毁灭与无望。

三、早亡的和被吃掉的儿童

在鲁迅的小说中，还有大量的幼者死亡现象，在本文的第二章第一节中已有论述，这种死亡使"家"显得更加的悲哀和凄凉，斩断了相依为命的母亲的希望和梦想，导致了家庭的最终毁灭。《狂人日记》中可爱可怜的五岁的"妹子"被吃掉，吃掉她的是封建礼教（论文第二章第二节有详细的论述）。《祝福》中第二次失去丈夫的祥林嫂，与儿子阿毛相依为命，然而听话的可爱的儿子却在万木复苏、欣欣向荣的春天被狼吃掉，造成祥林嫂被驱赶并最终精神崩溃而死去。这一次吃掉孩子的是狼（当然比狼更凶狠的是吃掉祥林嫂的鲁镇上的庸众）。

《明天》中的单四嫂子，竭尽全力，求医问巫，可爱乖巧的宝儿还是病死，使单四嫂子在失去了丈夫后又失去了"明天"。《在酒楼上》中的吕纬甫

---

① 鲁迅. 热风·随感录二十五. 鲁迅全集（第一卷）[M]. 北京：人民文学出版社，1981：296

的小兄弟，"是一个很可爱的孩子"，然而三岁就死掉了。《铸剑》中的眉间尺，为报父仇主动砍下了自己的头。这一个又一个可爱的儿童的被吃与死亡令人感到窒息和绝望。

《兔和猫》看似写的是"白兔的家族"，与人无关，实际上却仍是暗喻人类社会家庭。故事中的大黑猫的掠食小兔固然凶残，但可爱的白兔家族之内，其实也充满了残酷的生存竞争，弱者被无情的饿死。"据说当初那两个被害之先，死掉的该还有，因为他们生一回，决不至于只两个，但为了哺乳不匀，不能争食的就先死了。这大概也不错的，现在七个之中，就有两个很瘦弱。所以三太太一有闲空，便捉住母兔，将小兔一个一个轮流的摆在肚子上来喝奶，不准有多少。"鲁迅在可爱的白兔身上也发现了"家"中的幼者的死亡，并由此又联想到了其他弱小的生命：

但自此之后，我总觉得凄凉。夜半在灯下坐着想，那两条小性命，竟是人不知鬼不觉的早在不知什么时候丧失了，生物史上不着一些痕迹，并S也不叫一声。我于是记起旧事来，先前我住在会馆里，清早起身，只见大槐树下一片散乱的鸽子毛，这明明是膏于鹰吻的了，上午长班来一打扫，便什么都不见，谁知道曾有一个生命断送在这里呢？我又曾路过西四牌楼，看见一匹小狗被马车轧得快死，待回来时，什么也不见了，搬掉了罢，过往行人憧憧的走着，谁知道曾有一个生命断送在这里呢？夏夜，窗外面，常听到苍蝇的悠长的吱吱的叫声，这一定是给蝇虎咬住了，然而我向来无所容心于其间，而别人并且不听到……

无可奈何之中，作者只能要责备天："假使造物也可以责备，那么，我以为他实在将生命造得太滥了，毁得太滥了。"这里，鲁迅实际上写的仍是幼者的死亡悲剧，表达了他对幼者死亡或被吃的痛心与愤怒，从中也可以看出鲁迅对幼者的关怀以及他的仁爱之心。许寿裳曾说："我爱读他的那篇小说《兔和猫》（《呐喊》），因为两条小生命（兔）失踪了，生物史上不着一点痕迹，推论开去，说到槐树下的鸽子毛呀，路上轧死的小狗呀，夏夜苍蝇的吱吱的叫声呀，于是归结到造物实在将生命造得太滥了，毁得太滥了。这里，我认为极可以看出他的思想的伟大。"这是鲁迅"以其仁爱为核心的人格的表现"①。

跟《兔和猫》颇为相似的是在《狗·猫·鼠》中，鲁迅喜爱的那只小隐

---

① 许寿裳. 我所认识的鲁迅 [C]. 北京：人民文学出版社，1952：60、76

鼠，先是被凶恶的蛇所伤害，"口角流血"，极为可怜，被救活后又再次失踪。作者先怀疑是被猫吃掉了，最后证明是被"长妈妈"一脚踏死了。一只可爱的小隐鼠竟遭遇这么残忍的伤害，的确令人揪心。

在《伤逝》中，涓生为了生存，残忍地将小鸡杀掉，又将阿随扔到荒郊野外。联系鲁迅对于小动物的喜爱，对于弱小的生命被猫和蛇之类凶残动物吞噬的痛心与愤恨，就可知道《伤逝》里小鸡的被吃与阿随的被抛弃，同样是残忍和不人道的，同样象征着幼者的死亡与被吃掉，同时也暗示着这个家庭仍潜伏着吃人的可能性，涓生仍不是"真的人"。

四、无法拯救的儿童

尽管鲁迅竭力提倡救救孩子，对儿童充满了希望，然而在鲁迅的作品中，出现的却是诸多无法拯救的孩子，他们已经与自己的父母一样，走上了四千年传统文化所铺就的"吃人"的轨道，重复着千百年来的轮回。

《风波》中的女童六斤咒骂祖母的言语与父母如出一辙，正是"得到了娘老子的'指教'"①：

九斤老太正在大怒，拿破芭蕉扇敲着凳脚说：

"我活到七十九岁了，活够了，不愿意眼见这些败家相，——还是死的好。立刻就要吃饭了，还吃炒豆子，吃穷了一家子！"

伊的曾孙女儿六斤捏着一把豆，正从对面跑来，见这情形，便直奔河边，藏在乌桕树后，伸出双丫角的小头，大声说，"这老不死的！"

六斤的言行表明她已经继承了传统社会里人性中恶毒的一面。在小说的最后，"六斤的双丫角，已经变成一支大辫子了；伊虽然新近裹脚，却还能帮同七斤嫂做事，捧着十八个铜钉的饭碗，在土场上一瘸一拐的往来"，等待她的正是先辈们所经历过的食人和被食的传统生活，沿着鲁迅的思路，我们完全可以想象长大后的六斤作为一个女性如何地成为财物被买卖，又有可能像祥林嫂的婆婆一样买卖比她更弱的女性，或像她的母亲七斤嫂一样欺凌他人，责骂她自己的孩子。罪恶的吃人历史不但没有中止，而且还在下一代人身上延续下去。鲁迅这短短的一段文字就形象而深刻地刻画出了令人惊心动魄的社会现实，表现出他的痛心与无奈。

---

① 鲁迅. 呐喊·狂人日记. 鲁迅全集（第一卷）[M]. 北京：人民文学出版社，1981：423

《孔乙己》中的孩子也将可怜的落魄者当作开心果，更可怕的是作为酒店伙计的"我"（从小说中来看"我"应该年龄不大，仍是一个少年）从十二岁当伙计起就被掌柜灌输怎样坑害顾客的招数，而从"我"对孔乙己的冷酷来看，"我"确实也成了一个与其他人没有区别的吃人者。

《铸剑》中准备去为父报仇的眉间尺遭遇到了一个无赖少年的纠缠：

> 干瘪脸的少年却还扭住了眉间尺的衣领，不肯放手，说被他压坏了贵重的丹田，必须保险，倘若不到八十岁便死掉了，就得抵命。闲人们又即刻围上来，呆看着，但谁也不开口；后来有人从旁笑骂了几句，却全是附和干瘪脸少年的。眉间尺遇到了这样的敌人，真是怒不得，笑不得，只觉得无聊，却又脱身不得。

这个"干瘪脸的少年"同样是一个已经堕落成吃人者的孩子。

《示众》中出现的卖包子的"胖小孩"、"小学生"也都成了鲁迅从仙台留学期间就在画片中看到的令他深恶痛绝的"看客"，鲁迅曾愤怒而偏激地说："群众，——尤其是中国的，——永远是戏剧的看客。"① 《示众》里的孩子们尽管小小年纪却已经受了大人的影响，开始鉴赏、玩味、咀嚼他人的痛苦，成为吃人者。更令人寒心和绝望的是里面的"老妈子"怀中的孩子，可能还不会走路，"老妈子"已经教他当"看客"了：

> 车夫一推，却正推在孩子上；孩子就扭转身去，向着圈外，嚷着要回去了。老妈子先也略略一跄踉，但便即站定，旋转孩子来使他正对白背心，一手指点着，说道：
>
> "阿，阿，看呀！多么好看哪！……"

从文中我们可以看到，孩子本来已经嚷着要回去了（不当看客了），然而大人却仍在引诱着他继续观看。这样的情景在社会生活中可谓随处可见，本来并没有什么新奇之处，然而鲁迅在这里却别有深意，他向人们指出，吃人的"娘老子"② 正在教幼者成为吃人者。这是一个令人震惊的发现，鲁迅从极为平常的一个场景中却发现了一个重大的问题，看到了吃人文化正在传播给下一代，从而得以延续，对此鲁迅不能不感到绝望。小说中还多次提到那个"胖孩子"，他"歪着头"，"拖长了声音"，"挤细了眼睛"，"瞌睡"……向我们

---

① 鲁迅. 坟·娜拉走后怎样. 鲁迅全集（第一卷）[M]. 北京：人民文学出版社，1981：163
② 鲁迅. 呐喊·狂人日记. 鲁迅全集（第一卷）[M]. 北京：人民文学出版社，1981：423

呈现出一幕未老先衰，毫无生气的场面：

十一二岁的胖孩子，细着眼睛，歪了嘴在路旁的店门前叫喊。声音已经嘶嗄了，还带些睡意，如给夏天的长日催眠。他旁边的破旧桌子上，就有二三十个馒头包子，毫无热气，冷冷地坐着。

这个孩子眼睛是细的，嘴歪了，声音嘶嗄，带着睡意，冷冷地坐着，连桌子也是破旧的，馒头包子也是毫无热气，在这个儿童身上看不到任何新生者的朝气，看不到未来的希望。鲁迅曾说过：“幼稚是会生长，会成熟的，只不要衰老，腐败，就好。”① 然而，这里的孩子已经衰老了，象征着儿童们依然在“铁屋子”中沉睡着。

《长明灯》中围观“疯子”的人中“两个是闲看的，三个是孩子”，这里的儿童，同样也是以“看客”的形象出现的，他们多次围观象征食人文化反抗者的“疯子”，从中得到快乐。不仅如此，他们还戏弄“疯子”，将两片稻草叶偷偷从背后粘到他的头发上。小说中还曾两次出现“赤膊”的孩子“玩弄着苇子，对他（疯子②）瞄准着，将樱桃似的小口一张，道：吧”的场面，这是一个杀戮的动作，暗示着这些儿童正在成为新一代的血腥、残忍的的屠杀者（正如《药》中屠杀夏瑜的康大叔一样）。

《在酒楼上》中心地美好的顺姑死掉了，而她的妹妹和弟弟则完全不同于她，完全象先辈一样成为凶恶的食人者：

阿昭长得全不像她姊姊，简直像一个鬼，但是看见我走向她家，便飞奔的逃进屋里去。我就问那小子，知道长富不在家。“你的大姊呢？”他立刻瞪起眼睛，连声问我寻她什么事，而且恶狠狠的似乎就要扑过来，咬我。我支吾着退走了……

在《孤独者》中，当魏连殳落魄之时，他疼爱的这些孩子们见他就像见鬼一样，而且他在“街上看见一个很小的小孩，拿了一片芦叶指着我道：杀！他还不很能走路……”。他还看到自己他堂兄的小儿子“正如老子一般”，已经变成了新一代的食人者。现实终于令他明白了拯救孩子的梦想是不现实的，鲁迅的梦想竟然变成了恶梦（在《野草》中，鲁迅多次提到自己的梦，里面即使美好的梦也是被残酷现实压抑的梦，更多的是“恶”梦，残酷的梦）。于是魏连殳开始走向另一个极端，在孩子们身上施加他的报复：

① 鲁迅. 三闲集·无声的中国. 鲁迅全集（第四卷）［M］. 北京：人民文学出版社，1981：15
② 本文作者注

"他先前怕孩子们比孩子们见老子还怕，总是低声下气的。近来可也两样了，能说能闹，我们的大良们也很喜欢和他玩，一有空，便都到他的屋里去。他也用种种方法逗着玩；要他买东西，他就要孩子装一声狗叫，或者磕一个响头。哈哈，真是过得热闹。前两月二良要他买鞋，还磕了三个响头哩，哪，现在还穿着，没有破呢。"

《孤独者》中关于一个"还不很能走路"的"很小的小孩"，"拿了一片芦叶指着我道：杀！"的情节在《野草·颓败线的颤动》中再次出现：

最小的一个正玩着一片干芦叶，这时便向空中一挥，仿佛一柄钢刀，大声说道："杀！"

前面已经提到过，《长明灯》中"赤膊"的孩子也有"玩弄着苇子，对他瞄准着，将樱桃似的小口一张，道：吧"的相似动作。鲁迅的作品中一次次出现的这种场面包含着他对拯救儿童的深入骨髓地绝望。读过很多佛经的鲁迅甚至从佛理的角度来解释这种现象：

如果孩子中没有坏根苗，大起来怎么会有坏花果？譬如一粒种子，正因为内中本含有枝叶花果的胚，长大时才能够发出这些东西来。何尝是无端……

儿童何以无法拯救呢，因为作为儿童的父母的成人一直无法变成"真的人"，正所谓"昏乱的祖先，养出昏乱的子孙，正是遗传的定理"[1]。没有"真的人"的种子，自然无法养育出"真的人"的后代。

穷人的孩子蓬头垢面的在街上转，阔人的孩子妖形妖势娇声娇气的在家里转。转得大了，都昏天黑地的在社会上转，同他们的父亲一样，或者还不如。

所以看十来岁的孩子，便可以逆料二十年后中国的情形；看二十多岁的青年，——他们大抵有了孩子，尊为爹爹了，——便可以推测他儿子孙子，晓得五十年后七十年后中国的情形。

中国的孩子，只要生，不管他好不好，只要多，不管他才不才。生他的人，不负教他的责任。虽然"人口众多"这一句话，很可以闭了眼睛自负，然而这许多人口，便只在尘土中辗转，小的时候，不把他当人，大了以后，也做不了人。[2]

这样，儿童根本就无法拯救。鲁迅关于儿童的梦想破灭了，留给他的是难

---

① 鲁迅. 热风·随感录三十八. 鲁迅全集（第一卷）[M]. 北京：人民文学出版社，1981：313
② 鲁迅. 热风·随感录二十五. 鲁迅全集（第一卷）[M]. 北京：人民文学出版社，1981：295

以言说的痛苦，鲁迅不再相信将来有"黄金世界"，未来也被否定，"真的人"在过去、现在、未来三重时间里都不存在。

由此鲁迅的作品向人们展示了作为社会之根基的家庭内部的荒凉、残忍、冷酷、惨烈、凄楚与绝望，从中看到的是一幕幕悲惨世界，"听得一切苦闷和绝望的挣扎的声音"①，听到的是"呻吟，叹息，哭泣，哀求"②，这是一个"无爱的人间"③，让人联想到荒漠、人间地狱这样的意象，温馨、温暖、爱情、亲情、希望在这里的家庭中并不存在，"中国的人，……在如此空气里萎缩腐败，以至老死"④。鲁迅揭示出来的真相是令人痛苦，令人沮丧的，然而正如他所说的："将先前一切自欺欺人的希望之谈全都扫除，将无论是谁的自欺欺人的假面全都撕掉，将无论是谁的自欺欺人的手段全都排斥……这才可望有新的希望的萌芽。⑤ 对于家族制度和家族文化造成的家庭悲剧以及对于人的摧残，只有直面而不是逃避和粉饰，才能去改变它，这正是鲁迅作品创作的目的所在，当然，这一切也来自鲁迅自身的经历和亲身感受，其作品中的"家"的悲剧也正是鲁迅心路历程的折射和投影。

---

① 鲁迅. 彷徨·伤逝. 鲁迅全集（第二卷）[M]. 北京：人民文学出版社，1981：128
② 鲁迅. 华盖集·杂感. 鲁迅全集（第三卷）[M]. 北京：人民文学出版社，1981：50
③ 鲁迅. 彷徨·伤逝. 鲁迅全集（第二卷）[M]. 北京：人民文学出版社，1981：128
④ 鲁迅. 热风·随感录四十一. 鲁迅全集（第一卷）[M]. 北京：人民文学出版社，1981：325
⑤ 鲁迅. 华盖集·忽然想到（十至十一）. 鲁迅全集（第三卷）[M]. 北京：人民文学出版社，1981：96

第四章

心与梦的投影：鲁迅的心路历程与作品中的"家"

> 我的魂灵上是有这么多的，人我所加的伤，我已经憎恶了我自己！
>
> ——鲁迅《故事新编·铸剑》

> 我将深味这非人间的浓黑的悲凉，以我的最大哀痛显示于非人间……
>
> ——鲁迅《华盖集续编·记念刘和珍君》

　　汪晖曾说过，鲁迅的小说"不仅是中国近现代社会这一外部世界情境的认识论的映象，而且也是鲁迅这一具体个体心理过程的总和或全部精神史的表现"①。鲁迅作品中那种"家"的毁灭和无家可归意识的形成与他的人生经历与心路历程有着密切的关系。鲁迅在 1927 年写的一篇短文最好地诠释了这种关系：

　　我沉静下去了。寂静浓到如酒，令人微醺。望窗外骨立的乱山中许多白点，是丛冢；一粒深黄色火，是南普陀寺的琉璃灯。前面则海天微茫，黑絮一般的夜色简直似乎要看到心坎里。我靠了石栏远眺，听到自己的心音，四远还仿佛有无量悲哀，苦恼，零落，死灭，都杂入这寂静中，使它变成药酒，加色，加味，加香。这时，我曾经想要写，但是不能写，无从写。②

　　"感时花溅泪，恨别鸟惊心"③，一个人从外面景物中看到的往往是经过自己的心灵过滤和感染过的东西，在夜深人静之时，外面那些"乱山"、"丛

---

　　① 汪晖. 历史的"中间物"与鲁迅小说的精神特征［J］. 文学评论，1986，（5）
　　② 鲁迅. 三闲集·怎么写（夜记之一）. 鲁迅全集（第四卷）［M］. 北京：人民文学出版社，1981：18
　　③ 杜甫. 春望

冢"、"寺院"、"灯火"、"黑夜"，这些死亡、幻灭与黑暗的景象直看到鲁迅的"心坎里"，触动着他的心音，唤起了他的"无量悲哀，苦恼，零落，死灭"的思绪，这些思绪构成了其作品的基调和内容。鲁迅的一生经历过太多的"无量悲哀，苦恼，零落，死灭"的东西，对此他曾激愤地说：

我们都不大有记性。这也无怪，人生苦痛的事太多了，尤其是在中国。记性好的，大概都被厚重的苦痛压死了……①

鲁迅在《伤逝》中也曾说："我要将真实深深地藏在心的创伤中，默默地前行，用遗忘和说谎做我的前导……"②，然而过去的一切又如何能够忘记？如李长之所说："其实鲁迅是不大会忘记的，他的记忆，反而是太多了，而且极清楚。"③ 作家在塑造他的人物形象，在撰写他小说的故事情节时，不可能没有自己的影子投射在内，他的主观情感世界也总会悄然地甚至无意识地进入其作品中。鲁迅对于过去的记忆都在深刻地影响着他的文学创作，化入其作品之中。每一位作家的笔下总有一个属于他自己的世界，这世界往往是基于本人的人生经历和心路历程，经过艺术加工而形成的。鲁迅作品中的世界也同样如此。

第一节　来自大家族的创伤

在历史属于我们之前，我们早已属于历史，这是任何人都无可逃遁的宿命。从这个意义上说，世上的确有命运这样的东西存在。以命运观之，可以说鲁迅是极幸运的，也是极不幸运的。他来自一个大家族，这个大家族给了他生命，给了他良好的教育，给了他生存和发展的基础。然而也正是这个大家族，给了他沉重的一击。拉伯雷在《巨人传》中说："人与人之间，最可痛心的事莫过于在你认为理应获得善意和友谊的地方，却遭受了烦扰和损害。"④ 鲁迅在"家"中所遭遇的一切给他留下了终生难以磨灭的心灵创伤，"家"的阴影一直萦绕于他心头，挥之不去，从而影响到了他的"家"观念和"家"意识。当他从事文艺创作时，这个大家族内发生的一系列事情，这个大家族内的形形

① 鲁迅. 华盖集·导师. 鲁迅全集（第三卷）[M]. 北京：人民文学出版社，1981：55
② 鲁迅. 彷徨·伤逝. 鲁迅全集（第二卷）[M]. 北京：人民文学出版社，1981：130
③ 李长之. 鲁迅批判 [M]. 北京：北京出版社，2003：50
④ [法] 拉伯雷. 巨人传 [Z]. 鲍文蔚译. 北京：人民文学出版社，2004：98

色色的人物也成了他作品中"家"的构成部分。

一、家庭变故:从天堂到地狱

童年时期,对于一个人来说是很重要的,它直接影响着此人对于这个世界的感知,正如孙犁所说:"幼年的感受,故乡的印象,对于一个作家是非常重要的东西,正像母亲的语言对于婴儿的影响。这种影响和作家一同成熟着,可以影响他毕生的作品。它的营养,像母亲的乳汁一样,要长久地在作家的血液里周流,抹也抹不掉。"① 因此,要了解鲁迅,要理解他作品中的"家"观念的形成原因,就不能不了解他所在的家庭和家族,不能不考察他那先是充满温馨,继而为苦难所笼盖的童年。

鲁迅出生于绍兴城内一座周氏大家族内,据周建人所说,这个家族从明朝定居绍兴,到鲁迅出世的清末时已有四百多年的历史②,鲁迅的祖父周福清曾在《恒训》中叙述家史说:"予族明万历时,家已小康累世耕读。至乾隆年分老七房小七房,合有田万余亩,当铺十余所,称大族焉。逮嘉道时,族中多效奢侈,遂失其产。"③ 所以在绍兴,周家是一门望族,到鲁迅出世的时候,周家虽然已走向衰落,但依然算得上是大户。鲁迅的祖父周福清是周氏家族中第一个考中进士又点了翰林的人,做过江西的知县,后来又到北京当上内阁中书,周家门上的"钦点翰林"的横匾,就最直接地标志着周家的特殊地位。鲁迅有幸生在这样一个大家族里,获得了一般人所无法享受的优越条件。周家不仅经济富裕,更重要的是还有着重视读书的传统,不仅鲁迅自己家中有不少藏书,而且其亲戚家也有不少书籍,使年少的鲁迅得以饱读诗书。更加难能可贵的是,鲁迅的长辈都是比较开明的,没有一般家庭长辈的粗暴专横。祖父周福清在鲁迅读书的问题上就与众不同,选小孩子比较感兴趣的书让他们去读;祖母更是特别疼爱鲁迅;父亲周伯宜"平常对于功课监督得并不紧"④,很宽容,甚至允许儿子们看一些闲书;至于母亲鲁瑞,更是一位比较开明的母亲,对鲁迅的挚爱就更不在话下了。所以,鲁迅的童年一开始还是相当温馨的,虽然偶尔也有《五猖会》中所述的心灵上的伤痕,但从总体上来看,鲁迅经常

---

① 孙犁. 孙犁文论集·鲁迅的小说 [C]. 北京:人民文学出版社,1983:414
② 周建人. 鲁迅故家的败落 [M]. 长沙:湖南人民出版社,1984:2
③ 周建人. 鲁迅故家的败落 [M]. 长沙:湖南人民出版社,1984:2
④ 周作人. 鲁迅小说里的人物——周作人自编文集 [C]. 石家庄:河北教育出版社,2002:252

都是沐浴在温和宽厚的长辈之爱中。至于周围的人，用鲁迅的话来说："我小时候，因为家境好，人们看我都像小王子。"①

生活在这种环境中的鲁迅对于家的感觉自然应该是温馨的，对于未来也充满了梦想，他后来回忆童年时说，"我从前也很想做皇帝"②。然而这幸运没能持久，在鲁迅 11 岁（鲁迅自传中说是 13 岁，那是虚岁）时，一切都变了，祖父周福清因科场案发而入狱，为了营救他，家里必须每年卖田、卖地，筹集大批的钱；鲁迅的父亲也身患重病，为了请医生治病，只得经常变卖衣物，因而常出入于药铺和当铺。几年后，当父亲终于医治无效而病逝时，鲁迅家中的经济已彻底陷入困境，他的人生一下子从温馨转为苦难了，"有谁从小康人家而堕入困顿的么，我以为这途路中，大概可以看见世人的真面目"③。年幼的鲁迅以长房长孙的身份在苦难中过早地担负起家庭的重担乃至家长的责任，医治父亲、进当铺、参与家族事务等等本该由父亲来做的事情都压在了他的肩上，他被命运一下子从一个儿童的天真烂漫的世界推进到另一个成人的苦难的世界中。这一场变故成为鲁迅人生的重大转折点，最可怕的不是经济上的困境，而是世态炎凉对于少年鲁迅心灵上的伤害，因为自此变故后周围人的脸全变了，把他"看得连叫花子都不如"，连他避难时，亲戚家的人都称他为乞食者④。对此我们不能不感叹命运是如此残酷，它先是给鲁迅一个童话般诗意的童年，突然又夺去他的一切，把家族乃至社会的冷酷的真实面目直接呈现在他面前，使他从天堂直接坠入地狱，这样的巨大反差对于一个十几岁的少年来说实在是太过残忍。所以家庭和家族自此在鲁迅的心灵上投下了沉重的阴影，从而形成了鲁迅那种极度悲观的"家"观念和"家"意识，正如鲁迅所言："我的祖父是做官的，到父亲才穷下来，所以我其实是'破落户子弟'，不过我很感谢我父亲的穷下来（他不会赚钱），使我因此明白了许多事情。"⑤ 李长之

---

① 林楚君. 鲁迅热切关怀文艺青年——记鲁迅与"南中国文学会"青年的一次会见［A］. 薛绥之. 鲁迅生平史料汇编（第四辑）［C］. 天津：天津人民出版社，1983：359

② 鲁迅. 集外集拾遗补编·关于知识阶级. 鲁迅全集（第八卷）［M］. 北京：人民文学出版社，1981：190

③ 鲁迅.《呐喊》自序. 鲁迅全集（第一卷）［M］. 北京：人民文学出版社，1981：415

④ 鲁迅. 集外集拾遗补编·鲁迅自传. 鲁迅全集（第八卷）［M］. 北京：人民文学出版社，1981：304

⑤ 鲁迅. 书信·350824·致萧军. 鲁迅全集（第十三卷）［M］. 北京：人民文学出版社，1981：196

就看出："从小康之家而堕入困顿，当然要受不少的奚落和讽嘲，这也是使鲁迅所受的印象特别深的。在他的作品里，几乎常常是这样的字：奚落，嘲讽，或者是一片哄笑。"①

鲁迅从小就感受到了"家"毁灭的痛苦，自此对"家"就有了一种与众不同的深刻的感受，所以，从《狂人日记》开始，在鲁迅的作品中出现的"家"大多是残缺的悲哀的，被浓重的死亡阴影所笼罩。尤其是在其小说中频频出现的父亲的缺席以及由此造成的家庭的悲哀，正是他少年丧父的人生经历的投影与折射。除了父亲的病逝影响到鲁迅的创作外，家中弟妹的死亡也直接或间接地构成了其作品中的人物和事件。鲁迅的妹妹端姑大概不到一周岁便病逝，是年他才八岁，却已经感觉到失妹的痛苦，躲在屋角里哭泣，大人问他为什么，他说："为妹妹啦！"而他喜爱的弟弟椿寿也没活过六周岁，同样令他伤心。鲁迅小说中频频出现的儿童的死亡无疑正是他弟弟妹妹的死亡的投影：《狂人日记》中被吃掉的"妹子"，《明天》中可爱的"宝儿"，《祝福》中被狼吃掉的"阿毛"，《在酒楼上》中吕纬甫早亡的小弟，无一不同时包含着鲁迅的亡弟亡妹之痛，前文已经提到过，这种幼者的频频死亡造成了一种对于"家"的未来的绝望。

二、家族中的倾轧对鲁迅家族观念的影响

家族在鲁迅的小说中出现的次数很多，虽然着墨并不多，每次都是看似漫不经心的一笔带过，但实际上却已尽现家族的丑恶与堕落。鲁迅何以如此执着地要在文中时不时地揭露一下家族的腐朽和罪恶呢，这正来自鲁迅自己对于家族的强烈的厌恶与痛恨。

在鲁迅的祖父因科场案发遭通缉后，因怕受到牵连，鲁迅全家逃往母亲的娘家避难。鲁迅曾在这里度过美好的童年时光，正如《社戏》中所写的那样曾经给年幼鲁迅留下过诗意的回忆，然而这一次却物是人非，在皇甫庄，大舅父家的人竟称他们是"乞食者"②。古代的《四字经》中有云："凡是亲戚，一样人情。人有贵贱，不必区分。切莫琐碎，怠慢六亲。"然而这样的"人情"在现实中根本不存在，即便是同住在新台门一座院宅里的本家亲戚，现

---

① 李长之. 鲁迅批判［M］. 北京：北京出版社，2003：4
② 鲁迅. 集外集拾遗补编·鲁迅自传. 鲁迅全集（第八卷）［M］. 北京：人民文学出版社，1981：304

在也一改以往的热情而冷眼相看。在鲁迅的父亲病逝，祖父尚在狱中时，有一回家族聚议，重新分配房产，周氏家族的人竟欲落井下石，趁机欺侮这一房的孤儿寡母，要将又小又不好的房屋分给鲁迅家。鲁迅作为所在家族分支的长子长孙，当场提出这件事自己不能作主，要请示爷爷，坚决不肯签字，引起一位本家长辈的严厉斥责，声色俱厉地强迫他，当然在倔强的鲁迅面前没能得逞。更令人寒心的是，这位长辈竟是鲁迅的开蒙老师周玉田（师道尊严在鲁迅的心目中也开始坍塌，在后来的女师大风潮中鲁迅对校长、对所谓的"正人君子"们的厌恶和反感是如此强烈，而鲁迅自己也坚决要拿掉加给自己的"导师"的称号，似乎除了对藤野先生这位老师有过含蓄的赞扬外鲁迅基本上没积极评价过作教师的人，相反地在《高老夫子》和《端午节》中让作教师的高尔础和方玄绰丑态百出。鲁迅曾说："古之师道，实在也太尊，我对此颇有反感。我以为师如此荒谬，不妨叛之……"①）。家庭从天堂到地狱的巨变和家人的死亡给年幼的鲁迅以晴天霹雳般的沉重打击，而家族的倾轧更是在鲁迅的伤口上再重重地砍了一刀。多年以后，在广州，青年学生问鲁迅为什么憎恶旧社会，他回答说："我小的时候，因为家境好，人们看我像王子一样，但是，一旦我家庭发生变故后，人们就把我看成叫花子都不如了，我感到这不是一个人住的社会，从那时起，我就恨这个社会。"② 有一次鲁迅在与许广平的通信中就说：（经历了一些变化）"更可以知道所谓亲戚本家是怎么一回事。知道世事可以更加真切了。倘永是在同一境遇，不忽而穷忽而又有点收入，看世事就不能有这么多变化。"③ 李长之就敏锐地看出："特别不能忘怀于别人的轻蔑，这是鲁迅！"④

正是由于对家族的丑恶面目的切肤之感，所以在《药》中才会有"夏三爷"对没有父亲的侄子夏瑜的出卖；才有《长明灯》中"四爷"对侄子的阴谋的出台；所以在《孤独者》中同样失去父亲的魏连殳会被同族的人阴谋夺取房子，而魏连殳如此仇恨他的族人，宁肯毁掉也不肯给族人留下任何遗产；

---

① 鲁迅. 书信·330618·致曹聚仁. 鲁迅全集（第十二卷）［M］. 北京：人民文学出版社，1981：185

② 林楚君. 鲁迅热切关怀文艺青年——记鲁迅与"南中国文学会"青年的一次会见［A］. 载于薛绥之. 鲁迅生平史料汇编（第四辑）［C］. 天津：天津人民出版社，1983：359

③ 鲁迅、许广平. 鲁迅景宋通信集——《两地书》的原信［Z］. 长沙：湖南人民出版社，1984：187

④ 李长之. 鲁迅批判［M］. 北京：北京出版社，2003：84

所以在《祝福》中当贺老六死后，他的兄长会把孤苦无依的祥林嫂赶走并霸占房产；所以在《兄弟》中秦益堂的几个儿子们会为家中的财产问题天天打得不可开交。作为宋儒开创者的"二程"曾教导世人说："族人每有吉凶嫁娶之类，更须为礼，使骨肉之意常相通。骨肉日疏者，只为不相见，情不相接尔。"① 而鲁迅小说中的族人竟是如此"为礼"的，"骨肉日疏者"，不是因为"不相见"，恰恰相反，正是因为住在一起，有着共同的财产关系，总"相见"的缘故。所以"魏连殳"才要远远地躲避他的族人，唯恐总相见。"二程"的教导本意是要维护家族制度的和谐运转，可惜现实并不总是按照圣贤们的理想去发展，鲁迅小说中出现的家族一个个都可谓是罪恶滔天，似乎一提到家族鲁迅就有一种恨得咬牙切齿的感觉，即使谈到别的问题时也不忘了抨击一下家族内倾轧的恶行，如在《花边文学·漫骂》中鲁迅谈到儿童问题时这样说：

说儿童为了一点食物就会打起来，是冤枉儿童的，其实是漫骂。儿童的行为，出于天性，也因环境而改变，所以孔融会让梨。打起来的，是家庭的影响，便是成人，不也有争家私，夺遗产的吗？孩子学了样了。

"争家私，夺遗产"这种幼年时家族内争夺房产的经历似乎令鲁迅终生都耿耿于怀，他"纠缠如毒蛇，执着如怨鬼"② 般地不断抨击着家族的罪恶。鲁迅即将离开这个伤害他极深的世界前所说的"我也一个都不宽恕"③，是不是也包括当年家族内的那些人呢？

三、家族中形形色色的人物与鲁迅的作品

周建人在《鲁迅故家的败落》中曾这样描述周氏家族的败落：

……古老家族的败落，正如鲁迅所说："颓运方至，变故渐多。"在我的青少年时代，就目睹了愁云惨雾遍被整个家族。姑嫂勃谿，妯娌争吵，婆媳不和，夫妻反目；今天这个上吊，明天那个投河，你吞金子，他吃毒药。加以鸦片进口，大户人家的老爷少爷，本来无所事事，也就以吸鸦片为乐，弄得壮志消磨，形毁骨立，到时还是寻死的一个简便办法——吞鸦片烟膏。据对寻死有研究的人说，吃砒霜要肚子痛，要泻血，是很痛苦的；吞金子也不轻松，肚肠里一个东西住下坠，又痛又胀，而且死得很慢；上吊要有勇气，投河要往门外

---

① 程颢、程颐. 二程集·遗书
② 鲁迅. 华盖集·杂感. 鲁迅全集（第三卷）［M］. 北京：人民文学出版社，1981：49
③ 鲁迅. 且介亭杂文附集·死. 鲁迅全集（第六卷）［M］. 北京：人民文学出版社，1981：612

走，弄不好还可能被解救或拉回来。只有吞烟膏最舒服，一过量就失去知觉了。末代子孙吃不上饭的很不少，有的背一身债务，到死也还不清。无怪乎在明道女校教书的族叔仲翔对我说："我们周家的气数尽了，你看，台门里出来的人，一个个像败篷时的钩头黄瓜！"①

周氏家族的败落，给鲁迅留下了深刻的印象，当他在进行创作时，他耳闻目睹的周氏家族内的人物便一个个出现在他面前，成为他作品中的典型人物，用他们的言行表现着家族堕落的或丑恶或悲惨的情形，除了上文提到过的家族内部的倾轧外，鲁迅作品中也深刻地表现了堕落家族中许多悲惨的人物，鲁迅对他们是哀其不幸，怒其不争。周作人在其《鲁迅小说里的人物》一书中曾详细的交代了鲁迅小说中人物的原型，可以看出，鲁迅小说中的诸多人物都可以从周氏家族的人物中找到联系。前文说过鲁迅小说中的人物如魏连殳、陈士成的身世背景多留有空白，其实通过联系鲁迅家族中的人物都可填补这些空白。

例如对于《白光》中落魄的陈士成，小说暗示他的祖上曾经也阔过，陈士成相信"陈氏的祖宗是巨富的，这屋子便是祖基，祖宗埋着无数的银子……"的传说，欲挖掘祖宗的财产不成反送了性命。这个人物据周作人回忆"本名周子京，是鲁迅的本家叔祖辈"②，穷困潦倒之际妄想挖掘祖上宝藏并看见白光的也正是发生在周子京身上的真实故事。周建人也有大致相同的说法③，并称"和我们住得最近的是子京公公，他是立房，房份也最近"④。所以可以说《白光》的故事中正隐含着一个如鲁迅的家族一样败落，不肖子弟落得个悲惨命运的故事。其他的如《狂人日记》中的狂人的原型是鲁迅自己的一位表弟阮久荪，《孤独者》中魏连殳祖母的经历也与鲁迅自己祖母的经历颇为类似等等，鲁迅家族中的人物已成为其作品中的常客。

这些鲁迅家族中的人物不仅进入鲁迅的小说中成为其中的人物，而且这些人物的堕落和不幸也深深地影响了鲁迅的家族观念和家族意识，使鲁迅认识到封建大家族的衰败绝不是偶然的，而是必然的和不可避免的，鲁迅在与人谈话

---

① 周建人. 鲁迅故家的败落［M］. 长沙：湖南人民出版社，1984：14

② 周作人. 鲁迅小说里的人物——周作人自编文集［C］. 石家庄：河北教育出版社，2002：159

③ 周建人. 鲁迅故家的败落［M］. 长沙：湖南人民出版社，1984：22～23

④ 周建人. 鲁迅故家的败落［M］. 长沙：湖南人民出版社，1984：16

时曾概括说，世家子弟有三变，一变而为蠹鱼，再变则为蛀木虫，三变则为大虫①，此话可谓一语中的，在传统的家族制度下，无论祖辈们创下如何巨大的家业，无论先辈们如何处心积虑要使家族的基业千秋万代地传衍下去，这一切都必将是徒劳。

四、兄弟失和对鲁迅的沉重打击

鲁迅虽然激烈地反传统，而他本人在现实生活中却往往正是传统的忠实的实践者，对于传统社会里异常看重的兄弟之情，鲁迅可谓是有过之而无不及，早年对于失去弟弟椿寿的痛苦已足以佐证他对于弟弟们的感情。而 1901 年他写的两首《别诸弟三首》的诗中就更是表达了自己离家之后对弟弟们的思念之情和兄弟不能相见的孤独与痛苦：

> 谋生无奈日奔驰，有弟偏教各别离。
> 最是令人凄绝处，孤檠长夜雨来时。
> 还家未久又离家，日暮新愁分外加。
> 夹道万株杨柳树，望中都化断肠花。
> 从来一别又经年，万里长风送客船。
> 我有一言应记取，文章得失不由天。
>
> 梦魂常向故乡驰，始信人间苦别离。
> 夜半倚床忆诸弟，残灯如豆月明时。
> 日暮舟停老圃家，棘篱绕屋树交加。
> 怅然回忆家乡乐，抱瓮何时更养花？
> 春风容易送韶年，一棹烟波夜驶船。
> 何事脊令偏傲我，时随帆顶过长天。

仲弟次予去春留别元韵三章，即以送别，并索和。予每把笔，辄黯然而止。越十余日，客窗偶暇，潦草成句，即邮寄之。嗟乎！登楼陨涕，英雄未必忘家；执手消魂，兄弟竟居异地！深秋明月，照游子而更明；寒夜怨笳，遇羁

---

① "第一变为蠹鱼，即是出卖先人所收藏的字画以及图书，借以维持生活。第二变为蛀木虫，则是图书字画等卖光了，只得出卖家中的木器或甚至房屋。第三变而为大虫，则是'吃人'，卖去他的奴婢"。（徐梵澄．星花旧影—对鲁迅先生的一些回忆 [A]．载于北京鲁迅博物馆鲁迅研究室．鲁迅研究资料（第 11 辑）[C]．天津：天津人民出版社，1983：156）

人而增怨。此情此景，盖未有不悄然以悲者矣！①

我们从鲁迅早期的这些文字中可以看出鲁迅对自己的兄弟是如何的魂牵梦萦，他思念故乡也主要是对兄弟的想念，再加上前文已经叙述过的鲁迅对早亡的弟妹的悲痛之情，可见他怀有多么深厚的兄弟之爱。正是因为鲁迅怀有这种深厚的兄弟之爱（同时也许是为了孝敬母亲，让老人能在晚年享受天伦之乐），才导致早已看破家族的真面目，被家庭变故严重伤害的鲁迅却在北京买下房产，接来母亲，与周作人、周建人兄弟三人一起生活，试图重建温馨的家族生活。也许是鲁迅过于相信兄弟的感情，也许是他认为自己及弟弟们已不是传统家族生活中的那种食人者，他并没有预料到自己会重蹈父辈们的覆辙，他仍然希望通过与兄弟们的团聚来弥补自己无爱的婚姻所造成的家的空虚与孤独。所以当与周作人的分裂降临时，鲁迅遭受到了致命的打击。这次打击彻底毁灭了他寻求温馨的家庭家族生活的梦想。

从此之后，家庭和家族对于鲁迅来说就是一场恶梦。对家庭和亲情的梦想的幻灭，使鲁迅陷入了严重的悲观与绝望之中，成为鲁迅的毕生都无法释怀的梦魇，令他无法释怀，在他的文学创作中，这种梦魇便处处隐含于其中，造成深远的影响，鲁迅自己就曾说过："为预防谣言家的毒舌起见，我的作品中的坏角色，是没有一个不是老大，或老四，老五的。"② 更有表现兄弟亲情之虚伪的小说《弟兄》，在小说的最后，同事对张沛君的兄弟之情发出了"鹡鸰在原"③ 的赞叹，形成了对他的绝妙反讽。这里我们不要忘了鲁迅在 1901 年的《别诸弟三首》中有"何事脊令偏傲我，时随帆顶过长天"的诗句，同样是引用的《诗经》中的典故。那时的鲁迅引用这个典故时对弟弟们是何等的深情，二十四年后，在小说《弟兄》中鲁迅再引用这个典故时对兄弟之情又是何等的绝望！所谓造化弄人，命运对于鲁迅来说实在是太残酷了，连这一点可怜的家的温情也要从他那儿夺走。

---

① 鲁迅. 集外集拾遗补编·别诸弟三首. 鲁迅全集（第八卷）[M]. 北京：人民文学出版社，1981：469

② 鲁迅. 且介亭杂文·答《戏》周刊编者信. 鲁迅全集（第六卷）[M]. 北京：人民文学出版社，1981：145

③ 语见《诗经·小雅·常棣》："脊令在原，兄弟急难。"

第二节　无爱与无奈：鲁迅在婚姻与母爱中的痛苦挣扎

人是生而自由的，但却无往不在枷锁之中。① 鲁迅想要自由，却身陷婚姻与母爱的枷锁中而难出离。

婚姻是一个人的终身大事，对一个人的影响很大，作家王蒙曾言："并不需要有缺陷的政治体制，只须多一些有缺陷的老婆，就足以把精英们的头脑扼杀殆尽。"② 王蒙的这句话当然很片面，完全站在男权主义的角度，反过来从女性的角度也可以说"只须多一些有缺陷的丈夫，就足以毁掉一个女性的一生"。不过这段话却也足以道出婚姻状况的好与坏是如何决定着一个伟大人物的命运的。众所周知，鲁迅的婚姻是极其不幸的，而他的婚姻的不幸又与他的母亲有很大关系。鲁迅在《野草》中的《求乞》和《过客》中对求乞和布施表现出强烈的厌恶和彻底的拒绝，尤其是在《过客》中，小女孩要送给"过客"一块布片（象征关爱与温暖），让他"裹上你的伤去"，而"过客"先是接受随后又竭力拒绝说："这太多的好意，我没法感激。"当老翁说"你不要当真就是"，"过客"的回答就有点骇人听闻了：

是的。但是我不能。我怕我会这样：倘使我得到了谁的布施，我就要像兀鹰看见死尸一样，在四近徘徊，祝愿她的灭亡，给我亲自看见；或者咒诅她以外的一切全都灭亡，连我自己，因为我就应该得到咒诅。但是我还没有这样的力量；即使有这力量，我也不愿意她有这样的境遇，因为她们大概总不愿意有这样的境遇。我想，这最稳当。

得到了别人的布施，却要诅咒，甚至咒人灭亡，听起来确实有点人不近情理和不可理喻，而且这并不是鲁迅偶尔的观念或想法，他在写下此文后不久给许广平的信中就曾说："同我有关的活着，我倒不放心，死了，我就安心，这意思也在《过客》中说过。"③ 鲁迅为什么这样对待布施他的人呢，鲁迅的解释是："反抗，每容易磋跌在'爱'——感激也在内——里，所以那过客得了小女孩的一片破布的布施也几乎不能前进了"，"凡有富于感激的人，即容易

---

① ［法］卢梭. 卢梭文集［C］. 李常山、何兆武译. 北京：红旗出版社，1997：11
② 转引自王夏榆. 王蒙：作家怎么了［N］. 南方周末，2004年1月15日
③ 鲁迅. 两地书［Z］. 北京：人民文学出版社，1973：68

受别人的牵连，不能超然独往。"①

鲁迅的这些论述很大一部分是针对自己的母亲而言的。在父亲生病及去世后的艰难岁月里，鲁迅的母亲为儿子们付出了很多，同样吃尽苦头的鲁迅是非常理解母亲的艰辛的，作为孝子他对母亲竭尽孝道，对于母亲给他安排的婚姻，鲁迅心里强烈反对却又不得不顺从。命运再一次残酷地折磨着鲁迅，他是一个反传统的人，但却最传统地孝敬着母亲；他渴望自由婚姻，追求新思想新生活，却不得不守着和朱安结成的旧式的婚姻。这种身心分裂式的生活对鲁迅的摧残可想而知。这一切虽然是母亲一手造成的，然而，她却是出于对鲁迅的爱才这么做的，在传统中国人的观念中，为儿女安排婚姻这样的"终身大事"正是对儿女的至爱，要不然张爱玲的《金锁记》中的曹七巧怎么会用破坏儿女的终身大事来发泄自己变态的怨恨呢？周建人也辩护说："母亲极爱我大哥，也了解我大哥，为什么不给他找一个好媳妇呢，为什么要使他终身不幸呢？——那只有一种解释，那就是，她认为朱安一定胜过她所有的侄女、甥女。"②

所以鲁迅一方面对母亲极为孝敬，另一方面在无意识深处却压抑着对母亲的怨愤，在他的作品中也有一些母亲是以负面形象出现的。鲁迅对母爱既感激又抱怨，正如他私下里所言：

感激，那不待言，无论从那一方面说起来，大概总算是美德罢。但我总觉得是束缚人的，譬如，我有时很想冒险，破坏，几乎忍不住，而我有一个母亲，还有些爱我，愿我平安，我因为感激他的爱，只能不照自己所愿意做的做，而在北京寻一点糊口的小生计，度灰色的生涯。因为感激别人，就不能不慰安别人，也往往牺牲了自己，——至少是一部分。③

他甚至告诫别人：

你的善于感激，是于自己有害的，使自己不能高飞远走。我的百无所成，就是受了这癖气的害。……我希望你向前进取，不要记着这些小事情。④

---

① 鲁迅.书信·250411·致赵其文.鲁迅全集（第十一卷）[M].北京：人民文学出版社，1981：442

② 周建人.鲁迅故家的败落[M].长沙：湖南人民出版社，1984：241~243

③ 鲁迅.书信·250411·致赵其文.鲁迅全集（第十一卷）[M].北京：人民文学出版社，1981：442

④ 鲁迅.书信·250408·致赵其文.鲁迅全集（第十一卷）[M].北京：人民文学出版社，1981：440

鲁迅在这里已经明确地表示母爱已经束缚了他，鲁迅曾回忆他年轻时，"留学的事，官僚也许可了，派定五名到日本去。其中的一个因为祖母哭得死去活来，不去了，只剩了四个"①。鲁迅为什么对这件事印象如此深刻呢，因为这引起了他的共鸣，这件事证明了母爱也是一种负担，使他不能像一个战士一样前行，只能如吕纬甫和魏连殳一样躬行自己所憎恶、所反对的某些生活方式，"在北京寻一点糊口的小生计，度灰色的生涯"②。为了报答这种亲人的爱，战士终于免不了要过自己厌恶痛恨的俗世的生活，免不了为生活所拖累。当然，更重要的是无法反抗母亲强加的婚姻，这才是对鲁迅最大的束缚。

为人间至爱者所伤，这是鲁迅所经受的极痛苦而又无法言说无法反抗的体验，母亲为他选择的这个婚姻可以说害了鲁迅一生。当鲁迅"寓在"S 会馆里钞古碑，生命一点一点"暗暗的消去了"③ 时，其孤寂与痛苦又是何等的深入骨髓，这其中又何尝不包含着无爱婚姻造成的一部分结果。本来，"五四"时期抛弃无爱的婚姻另择所爱的事例很多，也为当时的许多人所理解和接受，鲁迅照理说也完全可以效仿，轻而易举地解决掉母亲给他制造的这个包袱。然而，鲁迅是一个至诚至真而又极富爱心的极善良之人，他的至诚至真使他绝对无法和他不爱的朱安像其他人那样勉强在一起生儿育女凑和着过日子；而其善良又使他无法做到只为自己考虑，因为他清楚地知道抛弃朱安会使她遭遇怎样悲惨的结果（如祥林嫂那样）。鲁迅选择了牺牲自己，即使后来他与许广平生活在一起，也同样可以说没有抛弃朱安，因为朱安仍是他名义上的妻子，而且鲁迅还一直负责她的生活费用。鲁迅虽然和许广平生活在一起了，却不断地感受到名不正言不顺的舆论压力，仍在为与朱安的婚姻而牺牲着。有很多人认为《伤逝》中的子君和涓生就是以朱安和鲁迅自己为原型的，这种说法很难成立，因为子君和涓生是有感情基础的，他们的结合是互相选择的结果，而且子君是有知识有思想的新女性，与朱安绝不一样。他们的婚姻悲剧可以说是男权主义的悲剧，是人性自私的结果，经济原因不是根本原因，如本文前面分析的那样其根本原因在于涓生的自私。鲁迅为什么不爱朱安又不抛弃朱安，因为他不自私，他不忍心让朱安一个人去承受那个恶果，而涓生却这么做了。《伤

---

① 鲁迅. 朝花夕拾·琐记. 鲁迅全集（第二卷）［M］. 北京：人民文学出版社，1981：297

② 鲁迅. 书信·250411·致赵其文. 鲁迅全集（第十一卷）［M］. 北京：人民文学出版社，1981：442

③ 鲁迅.《呐喊》自序. 鲁迅全集（第一卷）［M］. 北京：人民文学出版社，1981：418

逝》中涓生最终的良心发现和自我谴责正代表了鲁迅的个人态度。正是如此，在《离婚》中，尽管爱姑的婚姻也是旧式的无爱的婚姻，基于没有爱情的婚姻是不道德的婚姻这样的新观点，爱姑的丈夫要离婚也是正当的，然而鲁迅在小说中却给予爱姑诸多的同情，对于强迫爱姑离婚的权贵也予以丑化，这也是因为考虑到离婚对于爱姑会造成怎样的不幸结局。对照一下张爱玲的《倾城之恋》中白流苏离婚后的经历，就可以知道爱姑回到娘家后的日子会是怎样的艰难了（当然，爱姑既不具备白流苏的相貌和气质，也不具备她的心计，结果只能更悲惨）。

鲁迅个人婚姻的不幸，加上他幼年亲眼看到的祖母蒋氏与祖父的婚姻的不幸与痛苦，使他对不人道的传统婚姻制度和婚姻现象有了深刻的认识，并予以强烈的批判，在其作品中出现的婚姻都是充满了不幸和痛苦的，没有爱情，没有幸福，不但是祥林嫂、爱姑们，即便是像子君和涓生这样的新青年也无法得到幸福的婚姻。

第三节　得乐园、失乐园：鲁迅寻"家"的精神苦旅

自祖父科场案发后，鲁迅就失去了曾经的以百草园为象征的乐园，踏上了持续其一生的寻找精神家园的漂泊之旅，他"走异路，逃异地，去寻求别样的人们"①，他学洋务、学医到最后又决定从事文学，他接受进化论、尼采的"超人"学说到最后又开始接触马克思主义，他从绍兴到南京到日本到北京到厦门到广州最后到上海不断地转移着阵地，他与学衡派论战，与章士钊论战，与现代评论派论战，与梁实秋论战，与林语堂论战，与高长虹论战，与"第三种人"论战，与创造社和太阳社论战，直到最后与左翼内部的"四条汉子"论战，颇有一种"虽千万人，吾往矣"②的气势。鲁迅的一生，是不断寻路的一生，是不停战斗的一生，也是不断受到伤害的一生，是不断希望与失望的一生，是痛苦的一生，是不停漂泊的一生。鲁迅的人生经历是炼狱式的，他感到他所处的社会是一个地狱，是一个充满"冷骂和毒笑"③，"没一处没有驱逐

①　鲁迅.《呐喊》自序. 鲁迅全集（第一卷）［M］. 北京：人民文学出版社，1981：415

②　《孟子·公孙丑上》

③　鲁迅. 野草·颓败线的颤动. 鲁迅全集（第二卷）［M］. 北京：人民文学出版社，1981：205

和牢笼，没一处没有皮面的笑容，没一处没有眶外的眼泪"① 的人吃人的"家"，一种强烈的无家可归无法逃避的孤独飘零之感紧紧地攫住了他，深入到了他的无意识深层，深入他的灵魂里生成了他"极憎恶他，想除去，而不能"的"毒气和鬼气"②，并处处表现于他的作品里，使他的作品里也处处弥漫着这种观念和意识。

一、险恶人心

鲁迅在很小时就感受到了人心的险恶，看破了"世人的真面目"③，除了前文已提到的家族内部对他们孤儿寡母的落井下石外，鲁迅家族内的衍太太的险恶给他留下了深刻的印象，这个心地不善良的妇人竟然鼓励年幼的鲁迅他们在冬天吃冰：

冬天，水缸里结了薄冰的时候，我们大清早起一看见，便吃冰。……衍太太看见我们吃冰，一定和蔼地笑着说，"好，再吃一块。我记着，看谁吃的多。"④

更坏的是她用淫秽书籍来侮辱年幼的鲁迅：

一回是很早的时候了，我还很小，偶然走进她家去，她正在和她的男人看书。我走近去，她便将书塞在我的眼前道，"你看，你知道这是什么？"我看那书上画着房屋，有两个人光着身子仿佛在打架，但又不很象。正迟疑间，他们便大笑起来了。这使我很不高兴，似乎受了一个极大的侮辱……⑤

最恶毒的还是衍太太对鲁迅的陷害和散播流言：

父亲故去之后，我也还常到她家里去，……和衍太太或她的男人谈闲天。我其时觉得很有许多东西要买，看的和吃的，只是没有钱。有一天谈到这里，她便说道，"母亲的钱，你拿来用就是了，还不就是你的么？"我说母亲没有钱，她就说可以拿首饰去变卖；我说没有首饰，她却道，"也许你没有留心。到大厨的抽屉里，角角落落去寻去，总可以寻出一点珠子这类东西……"

---

① 鲁迅.野草·过客.鲁迅全集（第二卷）［M］.北京：人民文学出版社，1981：191

② 鲁迅.书信·240924·致李秉中.鲁迅全集（第十一卷）［M］.北京：人民文学出版社，1981：431

③ 鲁迅.《呐喊》自序.鲁迅全集（第一卷）［M］.北京：人民文学出版社，1981：415

④ 鲁迅.朝花夕拾·琐记.鲁迅全集（第二卷）［M］.北京：人民文学出版社，1981：291

⑤ 鲁迅.朝花夕拾·琐记.鲁迅全集（第二卷）［M］.北京：人民文学出版社，1981：291

这些话我听去似乎很异样，便又不到她那里去了，但有时又真想去打开大厨，细细地寻一寻。大约此后不到一月，就听到一种流言，说我已经偷了家里的东西去变卖了，这实在使我觉得有如掉在冷水里。流言的来源，我是明白的，倘是现在，只要有地方发表，我总要骂出流言家的狐狸尾巴来，但那时太年青，一遇流言，便连自己也仿佛觉得真是犯了罪，怕遇见人们的眼睛，怕受到母亲的爱抚。①

衍太太的险恶对年幼的鲁迅的伤害是致命的，这是导致他离开家乡的一个重要原因，鲁迅对自己的家乡，对自己的家族厌恶之极，甚至到了无论是畜牲或魔鬼，只要是他们所讨厌的，就是鲁迅要去寻找要去接近的地步：

好。那么，走罢！

但是，那里去呢？S城人的脸早经看熟，如此而已，连心肝也似乎有些了然。总得寻别一类人们去，去寻为S城人所诟病的人们，无论其为畜生或魔鬼。②

鲁迅宁可亲近"畜生或魔鬼"也坚决要离开家族和故乡的人，这样的决绝，这样的义无反顾，③可见鲁迅所受伤害之深，尤其是衍太太对他散播的流言，使他的一生对流言都极其敏感、极其容易出离愤怒，也形成了他多疑的性格。鲁迅曾说："我一生中，给我大的损害的并非书贾，并非兵匪，更不是旗帜鲜明的小人：乃是所谓'流言'。"④在他的人生中各方面的流言不断地严重地伤害着他的身心，流言的阴影，可以说几乎笼罩了鲁迅的一生。对于流言的敏感和愤怒使鲁迅在女师大风潮中对打着公理旗号的陈源等现代评论派人物深恶痛绝，以至于在论战中他曾说出"这些'流言'和'听说'，当然都只配当作狗屁"⑤这样非常激烈的话语。鲁迅为什么对陈源等这样其实并不算坏的

---

① 鲁迅. 朝花夕拾·琐记. 鲁迅全集（第二卷）[M]. 北京：人民文学出版社，1981：292

② 鲁迅. 朝花夕拾·琐记. 鲁迅全集（第二卷）[M]. 北京：人民文学出版社，1981：293

③ 然而从鲁迅出走后所写的《戛剑生杂记》和《别诸弟》等诗文中，又表现出强烈的身在异乡的孤独与凄凉，对故乡的深深依恋，以及与家人尤其是弟弟们团聚的渴望。但鲁迅终于没有回头，从中可以看出鲁迅为出走所付出的惨重的精神代价，也更说明了他在故乡和家族中受到的伤害之深。

④ 鲁迅. 华盖集·并非闲话（三）. 鲁迅全集（第三卷）[M]. 北京：人民文学出版社，1981：151

⑤ 鲁迅. 华盖集·并非闲话. 鲁迅全集（第三卷）[M]. 北京：人民文学出版社，1981：76

人如此深恶痛绝呢，在论战中竟暗示他们"卑鄙龌龊"、"远不如畜类"① 呢？其中重要的一个原因就是认为他们打着公理、"公平话"的旗号散播"闲话"、"谣诼"来陷害青年学生。此时鲁迅很容易想到自己年幼时是如何被险恶的世人所陷害的，从而形成了共鸣，"哄笑和奚落，咀嚼着弱者的骨髓，这永远是鲁迅小说里要表现的，……这是鲁迅自己的创痛故"②。在刘和珍等人遇害后，鲁迅最大的愤怒不是针对那些开枪的人（因为他们是公开行凶，并无遮掩和打着公理的旗号），而是那些还要散播流言侮辱烈士的人，在他写下的纪念刘和珍的文章中频频抨击着流言：

可是我实在无话可说。我只觉得所住的并非人间。四十多个青年的血，洋溢在我的周围，使我艰于呼吸视听，那里还能有什么言语？……而此后几个所谓学者文人的阴险的论调，尤使我觉得悲哀。我已经出离愤怒了。我将深味这非人间的浓黑的悲凉；以我的最大哀痛显示于非人间，……

……

惨象，已使我目不忍视了；流言，尤使我耳不忍闻。……

……

流言家竟至如此之下劣……③

在《华盖集续编·可惨与可笑》中鲁迅再次抨击了"流言"陷害人甚至杀人的罪恶与无耻，对于流言已经到了出离愤怒的地步。直到1933年，他在《南腔北调集·谣言世家》一文中仍愤愤地说："谣言世家的子弟，是以谣言杀人，也以谣言被杀的。"

鲁迅对险恶人心的感受是如此之深，他曾说，"我向来是不惮以最坏的恶意来推测中国人的"④，然而周围人心的险恶却又往往出于他的意料，这不能不使鲁迅觉得"所住的并非人间"，所以在《狂人日记》中狂人总怀疑别人要合谋吃掉他，对周围的一切都充满了怀疑，这既是疯人疯言，又绝不是疯人疯言。人心险恶的意识在鲁迅的作品中持续不断地出现着，《故乡》中豆腐西施

---

① 鲁迅．华盖集·并非闲话（二）．鲁迅全集（第三卷）［M］．北京：人民文学出版社，1981：124

② 李长之．鲁迅批判［M］．北京：北京出版社，2003：58

③ 鲁迅．华盖集续编·记念刘和珍君．鲁迅全集（第三卷）［M］．北京：人民文学出版社，1981：273～277

④ 鲁迅．华盖集续编·记念刘和珍君．鲁迅全集（第三卷）［M］．北京：人民文学出版社，1981：277

对闰土的诬陷、《孤独者》中魏连殳族人对他的纠缠和报纸在他落魄时对他的攻击、《奔月》中逢蒙对羿的暗算、《理水》中庸众们关于禹的荒谬的言论、《采薇》中阿金姐造成伯夷和叔齐的死亡还散播流言……。这确实是一个人吃人的世界，是人无法生存的"家"。鲁迅愤怒着，却又无奈、悲哀着。

鲁迅是爱世人的，他的愤怒他的痛苦主要不是为了自己，而是心系国家和民族的命运使然，然而，他又在作品中处处表现出对所谓的"人"（因为不是"真的人"，是食人者，所以其实可称之为兽）的厌恶，在《朝花夕拾·琐记》中他宁愿去接近"畜生或魔鬼"而决不呆在故乡，《野草·失掉的好地狱》中甚至说"这是人类的成功，是鬼魂的不幸"，宁要魔鬼统治的地狱也不要人统治下的地狱，并说"你是人！我且去寻野兽和恶鬼……"，这同样是兽和鬼胜过人的意思。令人惊讶的是，在这篇散文中，他还这样描写魔鬼的形象：

有一伟大的男子站在我面前，美丽，慈悲，遍身有大光辉……

略微读过些佛经的人都知道，这是佛经中经常出现的对佛形象的描述，鲁迅为什么要用在与佛相对立的魔鬼身上呢，这正是鲁迅对世人极度失望的结果，是对世人之虚伪和险恶的强烈抨击（同时也与他早期所推崇的"摩罗"诗人的思想相通，摩罗通作魔罗，梵文 Mára 音译，是佛教传说中的魔鬼）。在《朝花夕拾·无常》里鲁迅同样表达了对鬼的喜爱，并说"公正的裁判是在阴间"，还有《且介亭杂文附集·女吊》中对"女吊"的迷醉，也同样是指向人间的黑暗和打着公理的旗号吃人的罪恶。

二、城头变幻大王旗

鲁迅在"在年青时候也曾经做过许多梦"[①]，当鲁迅绝望于自己的家族，绝望于自己的家乡后，他选择了"走"，走出家族，走出家乡，去寻找新的家园，新的梦想。从此，他的"理想和现实之间，有着不绝的不调和，不断的冲击和纠葛"[②]。鲁迅首先选择的是到南京学洋务，1898 年入江南水师学堂，第二年又转入陆师学堂附设的矿务铁路学堂。在这里鲁迅初步接触到了西方的科学和文艺，在康梁的《时务报》上了解了变法维新的思想，并阅读了严复翻译的赫胥黎的《天演论》，接触了进化论。然而，这些洋务派办的学

---

① 鲁迅．《呐喊》自序．鲁迅全集（第一卷）［M］．北京：人民文学出版社，1981：415
② 鲁迅．苦闷的象征．鲁迅全集（第十三卷）［M］．北京：人民文学出版社，1973：30

堂仍是保守的、专制的、旧式的学堂，鲁迅总体上是感到极为失望的，于是他考取日本官费留学生，于 1902 年远赴日本去寻找新的出路。在日本期间鲁迅写有"风雨如磐黯故园……我以我血荐轩辕"① 的诗句，表明了他对日本之行怀有深远的抱负和极高的期望。然而，首先是在日本的同胞令鲁迅极为失望，使他远离中国留学生云集的地方，独自前往仙台学医，"我的梦很美满，预备卒业回来，救治象我父亲似的被误的病人的疾苦，战争时便去当军医，一面又促进了国人对于维新的信仰"②。在仙台医专，尽管他也有幸遇见了滕野先生这样的良师，受到了他的关怀和教诲，但日本学生对鲁迅的歧视和侮辱，从课堂上的时事画片中看到的日军砍杀中国人的头，以及中国的看客之麻木，又使鲁迅学医救国的梦想再次破灭。他转而弃医从文，开始探索"国民性"问题，把社会革命寄托于精神改造，寄托于"立人"："我便觉得医学并非一件紧要的事，凡是愚弱的国民，即使体格如何健全，如何茁壮，也只能做毫无意义的示众的材料和看客，病死多少是不必以为不幸的。所以我们的第一要著，是在改变他们的精神，而善于改变精神的是，我那时以为当然要推文艺，于是想提倡文艺运动了。"③ 也就是说鲁迅有了新的梦想，即以文艺来救国救民。然而《新生》的流产使他自此以后"感到未尝经验的无聊"，使他认识到自己"决不是一个振臂一呼应者云集的英雄"，再也"不能……纵谈将来的好梦了"④。

不过辛亥革命的胜利再次燃起了他的希望，1911 年辛亥革命后他曾任山会师范学堂校长，后来去教育部任职，曾期望自己有一番大的作为，鲁迅回忆当时的乐观情景说："说起民元的事来，那时确是光明得多，当时我也在南京教育部，觉得中国将来很有希望"，然而现实再次令他失望，社会局势是"渐渐的坏下去，坏而又坏"⑤，革命并未带来他所期望的那种根本性的变化，只不过是一个奴隶主代替了另一个奴隶主而已，鲁迅看到的只是一个统治者代替另一个统治者的可怕的历史循环。1912 年鲁迅的诗"狐狸方去穴，桃偶已登

---

① 鲁迅. 集外集拾遗·自题小像. 鲁迅全集（第八卷）［M］. 北京：人民文学出版社，1981：423

② 鲁迅.《呐喊》自序. 鲁迅全集（第一卷）［M］. 北京：人民文学出版社，1981：416

③ 鲁迅.《呐喊》自序. 鲁迅全集（第一卷）［M］. 北京：人民文学出版社，1981：417

④ 鲁迅.《呐喊》自序. 鲁迅全集（第一卷）［M］. 北京：人民文学出版社，1981：417

⑤ 鲁迅. 两地书［Z］. 北京：人民文学出版社，1973：26

场。故里寒云恶，炎天凛夜长"① 就反映了他的这种极度的失望。在后来他曾用"城头变幻大王旗"② 来形容中国发生的一系列动荡和变化，鲁迅"见过辛亥革命，见过二次革命，见过袁世凯称帝，张勋复辟，看来看去，就看得怀疑起来，于是失望，颓唐得很了"③。鲁迅看到："一切单独的新花样，都不过一块招牌，实际上和先前并无两样"④。他开始明白：

其实这也不是新添的坏，乃是涂饰的新漆剥落已尽，于是旧相又显了出来。使奴才主持家政，那里会有好样子。⑤

从此，鲁迅就陷入了沉默之中，他说："我自己的寂寞是不可不驱除的，因为这于我太痛苦。我于是用了种种法，来麻醉自己的灵魂，使我沉入于国民中，使我回到古代去，后来也亲历或旁观过几样更寂寞更悲哀的事，都为我所不愿追怀，甘心使他们和我的脑一同消灭在泥土里的，但我的麻醉法却也似乎已经奏了功，再没有青年时候的慷慨激昂的意思了。"⑥ 鲁迅一个人孤零零地呆在会馆的公寓里钞古碑，任由自己的生命"暗暗的消去了"⑦。

新文化运动开始后，鲁迅在钱玄同的劝说下，写出了一系列小说，开始了他辉煌的创作生涯，然而他仍然是带着怀疑和悲观来"呐喊"的，其"呐喊"主要是"听将令"，"聊以慰藉那在寂寞里奔驰的猛士，使他不惮于前驱。至于我的喊声是勇猛或是悲哀，是可憎或是可笑，那倒是不暇顾及的"，甚至于"在《药》的瑜儿的坟上平空添上一个花环"，也是因为"那时的主将是不主张消极的。至于自己，却也并不愿将自以为苦的寂寞，再来传染给也如我那年青时候似的正做着好梦的青年"⑧。鲁迅称自己的文学创作"也可以说是'遵

① 鲁迅．集外集拾遗·哀范君三章．鲁迅全集（第七卷）［M］．北京：人民文学出版社，1981：425

② 鲁迅．南腔北调集·为了忘却的记念．鲁迅全集（第四卷）［M］．北京：人民文学出版社，1981：487

③ 鲁迅．南腔北调集·《自选集》序．鲁迅全集（第四卷）［M］．北京：人民文学出版社，1981：455

④ 鲁迅．南腔北调集·关于妇女解放．鲁迅全集（第四卷）［M］．北京：人民文学出版社，1981：598

⑤ 鲁迅．两地书［Z］．北京：人民文学出版社，1973：26

⑥ 鲁迅．《呐喊》自序．鲁迅全集（第一卷）［M］．北京：人民文学出版社，1981：418

⑦ 鲁迅．《呐喊》自序．鲁迅全集（第一卷）［M］．北京：人民文学出版社，1981：418

⑧ 鲁迅．《呐喊》自序．鲁迅全集（第一卷）［M］．北京：人民文学出版社，1981：419～420

命文学',不过我所遵奉的,是那时革命的前驱者的命令"①。到了"五四"运动落潮,新文化阵营分化时期,鲁迅重新陷入了孤独和苦闷中:"《新青年》团体散掉了,有的高升,有的退隐,有的前进,我又经验了一回统一战阵中的伙伴还是会这么变化,并且落得一个'作家'的头衔,依然在沙漠中走来走去。"② 到鲁迅创作《彷徨》系列小说时,他的作品中就更加明显地充满了悲观和绝望了。但如李长之所说的那样"他还有新的梦想,要治两年的学,于是到了厦门",然而在厦门他"痛恨于'天下何其浅薄者之多'",随后又失望地离开。他又被广州的情形所吸引而到了那里,"然而又仍然是鲁迅之故,他不妥协,他反抗,……他能不遭到迫害吗,无怪乎他又得出走"③。到广州后他在中山大学任国文系的主任,同时还担任教务长,全身心地投入教务工作中,充满了热情和希望,然而不久他就又亲眼看到了血腥的大屠杀,尤其是"目睹了同是青年,而分成两大阵营,或则投书告密,或则助官捕人的事实,我的思路因此轰毁"④,因此仍然是失望地离开。鲁迅从中感受到的仍然是"城头变幻大王旗"的历史循环。

鲁迅在1931年曾总结说:

至今为止的统治阶级的革命,不过是争夺一把旧椅子。去推的时候,好像这椅子很可恨,一夺到手,就又觉得是宝贝了,而同时也自觉了自己正和这"旧的"一气。……奴才做了主人,是决不肯废去"老爷"的称呼的,他的摆架子,恐怕比他的主人还十足,还可笑。⑤

这是鲁迅对中国社会"城头变幻大王旗"的深切感受,"称为神的和称为魔的战斗了,并非争夺天国,而在要得地狱的统治权。所以无论谁胜,地狱至今也还是照样的地狱"⑥。无论社会如何剧烈变化,鲁迅仍然看不到"真的人"的出现,看到的仍然是"想做奴隶而不得的时代"和"暂时做稳了奴隶

---

① 鲁迅.南腔北调集·《自选集》序.鲁迅全集(第四卷)[M].北京:人民文学出版社,1981:456

② 鲁迅.南腔北调集·《自选集》序.鲁迅全集(第四卷)[M].北京:人民文学出版社,1981:456

③ 李长之.鲁迅批判[M].北京:北京出版社,2003:47

④ 鲁迅.三闲集·序言.鲁迅全集(第四卷)[M].北京:人民文学出版社,1981:5

⑤ 鲁迅.二心集·上海文艺之一瞥.鲁迅全集(第四卷)[M].北京:人民文学出版社,1981:301~302

⑥ 鲁迅.集外集·杂语.鲁迅全集(第七卷)[M].北京:人民文学出版社,1981:75

的时代"① 的循环，"中国大约太老了，社会上事无大小，都恶劣不堪，象一只黑色的染缸，无论加进什么新东西去，都变成漆黑"②。虽然社会在不断地变动着，鲁迅仍找不到自己盼望的那个精神家园，"家"还是那个"家"，那个使人无法生存的"家"，那个人吃人的"家"，这确实是令人沮丧令人绝望的。

所以在鲁迅的作品中也处处表现出这种沮丧与绝望，《风波》中的七斤虽然已经生活在辛亥革命成功后的时期，然而社会唯一的变化就是头发，进城后头发会被强行剪掉，而张勋的复辟又在威胁着这唯一的变化，小女孩六斤仍然被裹了脚，一如她的前辈的女性们。《阿Q正传》中的革命只不过使尼姑庵损失了一个宣德炉，地方士绅的财产被偷，使盗贼们趁机捡了个便宜而已，官员依然是那些官员，阿Q甚至连奴隶也做不稳，糊里糊涂地被当作替罪羊送了命。《离婚》中生活在中华民国时代的爱姑却被"七大人"们用封建社会的观念和制度强迫着离了婚，而爱姑也是满脑袋的封建社会的婚姻、家庭观念，看不出这个辛亥革命后的社会有什么新气象。

三、在狂与狷之间：希望和绝望的互搏

在狄更斯的一部小说中，富有的、脾气古怪的老马丁·查述尔维特对俾克史涅夫说："背信弃义，欺骗，阴谋……互相仇视的兄弟，互相倾轧的父子，互相践踏的朋友，这些就是我在人生路途上的旅伴。"③ 这也可以说是对鲁迅人生旅途的最好概括。少年鲁迅所经历的家庭家族生活直接造成了他对家庭家族的厌恶，对婚姻爱情和亲情的绝望，对世态炎凉及险恶人心的痛恨，从而也开始导致了他对传统文化的否定。

鲁迅要解放儿童，解放青年，认为古书承载着吃人的文化，会妨碍他们成为"真的人"，因此对被奉若神明的四书五经颇不以为然，尤其对于儒家经典就更是予以激烈的批判。他曾说，"孔孟的书我读得最早，最熟，然而倒似乎和我不相干"，自称"绝望于孔夫子和他的之徒"④，并指出了孔子其实是非

---

① 鲁迅. 坟·灯下漫笔. 鲁迅全集（第一卷）[M]. 北京：人民文学出版社，1981：213

② 鲁迅. 两地书 [Z]. 北京：人民文学出版社，1973：19

③ 狄更斯. 马丁·查述尔维特（*Martin Chuzzlewit*），转引自 [苏联] 伊瓦肖娃. 狄更斯评传 [Z]. 蔡文显、廖世健、李筱菊译. 广州：广东人民出版社，1983：171

④ 鲁迅. 且介亭杂文二集·在现代中国的孔夫子. 鲁迅全集（第六卷）[M]. 北京：人民文学出版社，1981：315

常可怜的①。然而自幼饱读经书，精通中国传统文化的鲁迅不可能不受到孔子思想的影响，从儒家的伦理标准来看，鲁迅最忠诚地遵守了"克己"、"复礼"的要求，他对弟弟周作人的忍让，对那段漫长的无爱婚姻以及对母亲的孝道都是一个忠实于传统家族伦理的中国人的行为。本文这里只论及鲁迅的"狂"与"狷"的精神特征，可以发现，他的"以悲观作不悲观，以无可为作可为，向前的走去"②的人生抉择就颇有孔子"知其不可而为之"③的思想的影子。孔子说："不得中行而与之，必也狂狷乎，狂者进取，狷者有所不为也。"④孔子对"进取"、"有所不为"的品格是并重的，朱熹解释说："狂者，志极高而行不掩；狷者，知不及而守有余。"⑤儒家虽追求的是"中庸之道"，但是做到太难了，所以孟子又曰："不得中道而与之，必也狂狷乎！狂者进取，狷者有所不为也。孔子岂不欲中道哉？不可必得，故思其次也。"⑥中国历史上有不少这样的狂者与狷者，以魏晋时期为多，如嵇康、阮籍、刘伶、孔融和陶潜等等，而魏晋时期的文化又对鲁迅影响很大，他的《魏晋风度及文章与药及酒之关系》就是他研究魏晋思想的心得。鲁迅对嵇康、阮籍等的喜爱表明了他的"于我心有戚戚焉"⑦的精神共鸣。

而鲁迅可以说是兼有"狂"与"狷"二者的特征的，在寻找理想"家园"的过程中，他时常徘徊于二者之间，时"狂"，时"狷"，"狂"与"狷"

---

① 鲁迅在《且介亭杂文二集·在现代中国的孔夫子》（鲁迅全集（第六卷）[M]．北京：人民文学出版社，1981：315～317）中说："孔夫子的做定了'摩登圣人'是死了以后的事，活着的时候却是颇吃苦头的。跑来跑去，……为权臣所轻蔑，为野人所嘲弄，甚至于为暴民所包围，……弟子虽然收了三千名，然而真可以相信的又只有一个人。……然而连这一位由，后来也因为和敌人战斗，……一面系着冠缨，一面被人砍成肉酱了。连唯一可信的弟子也已经失掉，……孔夫子到死了以后，我以为可以说是运气比较的好一点。因为他不会噜苏了，种种的权势者便用种种的白粉给他来化妆，一直抬到吓人的高度。……然而这不过是权势者的留声机。……总而言之，孔夫子之在中国，是权势者们捧起来的，是那些权势者或想做权势者们的圣人，和一般的民众并无什么关系。然而对于圣庙，那些权势者也不过一时的热心。因为尊孔的时候已经怀着别样的目的，所以目的一达，这器具就无用，如果不达呢，那可更加无用了。……孔子这人，其实是自从死了以后，也总是当着'敲门砖'的差使的。"不过，极具有讽刺性的是，这篇文章不幸却成了鲁迅自己命运的预言，鲁迅生前、死后的遭遇与孔子太相似了。

② 鲁迅．两地书 [Z]．北京：人民文学出版社，1973：17

③ 《论语·宪问第十四》

④ 《论语·子路第十三》

⑤ 朱熹．四书章句集注 [M]．徐德明 校点．上海：上海古籍出版社，2001：173

⑥ 《孟子·尽心下》

⑦ 《孟子·梁惠王上》

相互渗透，同时并存，难以彻底分别，体现出他内心世界中希望与绝望互相矛盾相互斗争但又并存并行的错综复杂的特征。

首先来看鲁迅"狂"的进取的一面，在他离家到南京求学后的 1898 年，鲁迅给自己起的第一个笔名即"戛剑生"①，意谓舞剑、击剑之人，体现出鲁迅高昂的斗志和战斗的激情。在日本留学期间的诗句"我以我血荐轩辕"② 更体现出他的"天将降大任于斯人也"③ 的"摩罗战士"、"超人"般欲以匹夫之勇挽狂澜于既倒、救国救民于水深火热之中的"狂"的精神志向。自《狂人日记》开始鲁迅小说中出现的一系列"狂人"形象更是体现了他的"狂"的一面。鲁迅的言语很狂："大胆地说话，勇敢地进行，忘掉了一切利害，推开了古人，将自己的真心的话发表出来"④；鲁迅的精神很狂："掊物质而张灵明，任个人而排众数"，"以反动破坏充其精神，以获新生为其希望，专向旧有之文明，而加之掊击扫荡焉"⑤；鲁迅的行为是狂的：自新文化运动后，鲁迅又开始了持续不断的论战，一次次激烈的论战充分体现了他的"狂"。即使鲁迅在一次次的希望破灭，一次次陷入绝望中时，他仍然要反抗绝望，"虽然明知前路是坟而偏要走，就是反抗绝望，因为我以为绝望而反抗者，比因希望而战斗者更勇猛，更悲壮"⑥，"却偏要向这些作绝望的抗战，所以很多着偏激的声音"⑦。鲁迅在与许广平的书信中最好地表明了反抗绝望的战斗思想：

走"人生"的长途，最易遇到的有两大难关。其一是"歧路"，倘是墨翟先生，相传是恸哭而返的。但我不哭也不返，先在歧路头坐下，歇一会，或者睡一觉，于是选一条似乎可走的路再走，倘遇见老实人，也许夺他食物来充饥，但是不问路，因为我料定他并不知道的。如果遇见老虎，我就爬上树去，等它饿得走去了再下来，倘它竟不走，我就自己饿死在树上，而且先用带子缚

① 鲁迅．集外集拾遗补编·戛剑生杂记．鲁迅全集（第八卷）［M］．北京：人民文学出版社，1981：467

② 鲁迅．集外集拾遗·自题小像．鲁迅全集（第七卷）［M］．北京：人民文学出版社，1981：423

③ 《孟子·告子下》

④ 鲁迅．三闲集·无声的中国．鲁迅全集（第四卷）［M］．北京：人民文学出版社，1981：15

⑤ 鲁迅．坟·文化偏至论．鲁迅全集（第一卷）［M］．北京：人民文学出版社，1981：49

⑥ 鲁迅．书信·250411·致赵其文．鲁迅全集（第十一卷）［M］．北京：人民文学出版社，1981：442

⑦ 鲁迅．两地书［Z］．北京：人民文学出版社，1973：17

住，连死尸也决不给它吃。但倘若没有树呢？那么，没有法子，只好请它吃了，但也不妨也咬它一口。其二便是"穷途"了，听说阮籍先生也大哭而回，我却也象在歧路上的办法一样，还是跨进去，在刺丛里姑且走走。但我也并未遇到全是荆棘毫无可走的地方过，不知道是否世上本无所谓穷途，还是我幸而没有遇着。①

事实上鲁迅也是这么做的，他曾说过，"在真的解放之前，是战斗"②，"不克厥敌，战则不止"③。李长之就认为"大体上看，鲁迅时时刻刻在前进着"④，他对新"家园"和追寻至死也没有停息过，可谓"春蚕到死丝方尽，蜡炬成灰泪始干"⑤，鞠躬尽瘁，死而后已。到晚年仍写有"敢有歌吟动地哀，心事浩茫连广宇"⑥ 的诗句，表明他的摩罗战士的雄心依旧。他一方面"俯首甘为孺子牛"，另一方面又"横眉冷对千夫指"⑦，"世不彼爱，而彼亦不爱世，人不容彼，而彼亦不容人"⑧，到死前还说"让他们怨恨去，我也一个都不宽恕"⑨，这是何等的"狂"！

鲁迅的"狷"的一面表现在他曾一次一次地陷入苦闷和绝望中，选择了独善其身的孤独和沉默。第一次应该是在日本办《新生》失败和不得不接受母亲强加的无爱婚姻后，"感到未尝经验的无聊"，"如置身毫无边际的荒原，无可措手的了"⑩。他选择了沉默，回到故乡在杭州的浙江两级师范学堂担任生理和化学教员，要知道这些知识是鲁迅已经感到失望和认为是不重要的，他已经认为用文艺来"立人"才是重要的。第二次是在辛亥革命失败后，他独居在北京的绍兴会馆里，感到极度的孤独和寂寞，然而却没有像他喜爱的阮籍、嵇康们那样用酒麻醉自己，也没有像那些玩世不恭的世人般吃喝嫖赌泛

① 鲁迅. 两地书［Z］. 北京：人民文学出版社，1973：11～12
② 鲁迅. 南腔北调集·关于妇女解放. 鲁迅全集（第四卷）［M］. 北京：人民文学出版社，1981：598
③ 鲁迅. 坟·摩罗诗力说. 鲁迅全集（第一卷）［M］. 北京：人民文学出版社，1981：82
④ 李长之. 鲁迅批判［M］. 北京：北京出版社，2003：44
⑤ 李商隐. 无题
⑥ 鲁迅. 集外集拾遗·无题（万家墨面没蒿莱）. 鲁迅全集（第七卷）［M］. 北京：人民文学出版社，1981：448
⑦ 鲁迅. 集外集·自嘲. 鲁迅全集（第七卷）［M］. 北京：人民文学出版社，1981：147
⑧ 鲁迅. 坟·摩罗诗力说. 鲁迅全集（第一卷）［M］. 北京：人民文学出版社，1981：83
⑨ 鲁迅. 且介亭杂文附集·死. 鲁迅全集（第六卷）［M］. 北京：人民文学出版社，1981：612
⑩ 鲁迅.《呐喊》自序. 鲁迅全集（第一卷）［M］. 北京：人民文学出版社，1981：417

游欲海中享乐人生，或者去蝇营狗苟、投机钻营随波逐流。他选择的是洁身自好的"狷"者的生活，白天上班工作，夜晚钞古碑，看佛经，读古籍，一夜一夜地在昏黄的灯光下如老僧般枯坐，任时间流逝，直到钱玄同们在1918 年将他拉入了"五四"运动的潮流中。第三次的"狷"者时期可以说是在"五四"运动退潮，阵营分化后，鲁迅虽然仍在从事着他一发不可收的文学创作，但却是《彷徨》系列的充满了悲观和绝望的作品，加上流言的攻击，青年们的背叛及弟弟周作人的绝情使鲁迅重新进入了一个苦闷期。其后他南入厦门，再转至广州，直到最后定居上海，可以说是既有"狂"的战斗，又有"狷"的苦闷和孤独的二者混合的时期。从整体上来看，又可以说鲁迅的杂文作品基本是"狂"的，而他的《野草》散文集又主要体现出"狷"来。

狂者有着鲜明的叛逆和异端思想，为追求理想不计代价，勇往直前；狷者绝望于当世的污浊，不肯同流合污而逃向自己的内心，孤独沉默地守望着自己的理想而不求闻达于世。无论狂者与狷者，他们都有着出淤泥而不染的高尚品行和一颗超凡脱俗的至诚至善的赤子之心。鲁迅的一生一直是在"狂"与"狷"之间徘徊的，很多时候他的"狂"与"狷"是同时并存的，在显意识的"狂"下却隐含着潜意识的"狷"，如《狂人日记》中他虽让狂人喊出了惊天霹雳的呐喊，却又在小说的文言小序中悄悄地消解、颠覆了这种呐喊。同样鲁迅在显意识的"狷"下也往往隐含着潜意识的"狂"，如《孤独者》中的魏连殳虽然做了师长的顾问，却仍然不忘自己当初的理想与追求，绝不认同于同流合污的生活，而以狂放与毁灭完成了自己的复仇与自赎。魏连殳的决绝与狂傲使格调低沉的小说中仍充盈着"狂"气。鲁迅并不想"狂"，他提醒别人："不要变成狂人，也不要发脾气了。人一发狂自己或者没有什么……但从别人看来，却似乎一切都已完结。所以我倘能力所及，决不肯使自己发狂，……性急就容易发脾气，最好要酌减'急'的角度，否则要防自己吃亏，因为现在的中国，总是阴柔人物得胜。"① 他也不是很赞同"狷"者，对庄周的思想就颇不以为然，他也曾敏锐而深刻地指出："陶潜总不能超于尘世，而

① 鲁迅. 两地书［Z］. 北京：人民文学出版社，1973：76

且，于朝政还是留心，也不能忘掉'死'，这是他诗文中时时提起的。"① 在《采薇》和《出关》中更是一针见血地道出了"狷"者的致命软肋。然而，在他自己仍是免不了身陷其中。

鲁迅的这种复杂的"狂"与"狷"的精神结构正体现了他在希望与绝望、乐观与悲观、理想与现实之间的痛苦挣扎，也体现了中国传统的儒、释、道文化对他的深刻的综合影响。鲁迅自己也承认"因为从旧垒中来，积习太深，一时不能摆脱"②，在《约翰·克利斯朵夫》中，罗曼·罗兰曾不无偏激地说：

一个人生在一个太老的民族中间是需要付出很大的代价的。他负担极重：有悠久的历史，有各种考验，有令人厌倦的经验，有智慧方面与感情方面的失意，总之是有几百年的生活，——沉淀在这生活底下的是一些烦闷的渣滓。③

这也正是鲁迅的困境，鲁迅的文章中也有这样的话：

"我们一举一动，虽似自主，其实多受死鬼的牵制。将我们一代的人，和先前几百代的鬼比较起来，数目上就万不能敌了。"我们几百代的祖先里面，昏乱的人，定然不少……④

也就是说，我们的一举一动，不可能不受到那些昏乱的祖先的影响。"历史的决裂，必然是一个漫长的艰难的过程"⑤，尽管鲁迅一再表现出与传统的强烈的决绝态度，甚至主张不要读古书，然而作为一个精通传统文化的中国人，当他自以为可以不受他自幼就深受熏染的传统的影响，自以为可以摆脱它超越它时，他实际上已经深陷其中，难以脱身，狂人看到了"很好的月光"，然而他毕竟已经"有了四千年吃人履历"，无法使自己完全脱离"黑漆漆的，不知是日是夜"的历史与传统，他发现自己"也在其中混了多年"⑥，"我自

---

① 鲁迅. 而已集·魏晋风度及文章与药及酒之关系. 鲁迅全集（第三卷）［M］. 北京：人民文学出版社，1981：516

② 鲁迅. 准风月谈·"感旧"以后（下）. 鲁迅全集（第五卷）［M］. 北京：人民文学出版社，1981：334

③ ［法］罗曼·罗兰. 约翰·克利斯朵夫3［Z］. 傅雷译. 北京：人民文学出版社，1985：183

④ 鲁迅. 热风·随感录三十八. 鲁迅全集（第一卷）［M］. 北京：人民文学出版社，1981：313

⑤ 钱理群. 心灵的探寻［M］. 北京：北京大学出版社，1999：145

⑥ 鲁迅. 呐喊·狂人日记. 鲁迅全集（第一卷）［M］. 北京：人民文学出版社，1981：432

己也帮着排筵宴"①，从而"难见真的人"②。当他站在传统文化的"地球"上试图拽着自己的头发脱离"地球"飞向全新的新文化的太空时，他注定是要遭遇严重挫折的。尽管鲁迅"别求新声于异邦"③，窃了别国的火来煮自己的肉④，然而他的整个人生追求的理想和目标，他的文艺创作的出发点，他的思想的整体都有着传统的士大夫的影子，例如"我以我血荐轩辕"⑤的志向，要立人和改造国民性的理想等等都是如此。他重视文学的工具功能，认为"文艺必须是为'人生'，而且要改良这人生"⑥，要用文艺来启蒙民众，唤醒铁屋子中熟睡的庸众（文以载道），他对鸳鸯蝴蝶派的批评和压制，他对游戏的消闲的趣味主义的文学，对小品文的反感，对林语堂的"幽默"的抵制等等都正与传统社会对文艺的要求相符⑦，曹丕在《典论·论文》称"盖文章，经国之大业，不朽之盛事"，就是这种思路，尽管那时的所谓"文章"是不包含类似小说这样的文学种类的（鲁迅后期弃小说而专注于杂文无形中也有这个因素在起作用，因为杂文更能直接影响社会，效果迅速）。传统给了他动力和使命感，他却试图用来彻底颠覆传统，这在一定意义上来说是注定要失败的。要完全改变某种业已形成的传统，绝非一代人就能一蹴而就的（何况传统也是动态的变化的，今天的反传统明天也会成为传统的一个构成部分）。最终他依然只能踏着"地球"（传统文化）上的土地一步一步地前进，而没能飞跃出"地球"，达不到他曾期望很快就能实现的目标。

尽管鲁迅声称孔孟与自己不相干，然而他又不得不承认孔孟等实际与他很相干：

---

① 鲁迅．而已集·答有恒先生．鲁迅全集（第三卷）[M]．北京：人民文学出版社，1981：454

② 鲁迅．呐喊·狂人日记．鲁迅全集（第一卷）[M]．北京：人民文学出版社，1981：432

③ 鲁迅．坟·摩罗诗力说．鲁迅全集（第一卷）[M]．北京：人民文学出版社，1981：65

④ 鲁迅．二心集·"硬译"与"文学的阶级性"．鲁迅全集（第四卷）[M]．北京：人民文学出版社，1981：209 原话是"我从别国里窃得火来，本意却在煮自己的肉的"。

⑤ 鲁迅．集外集拾遗·自题小像．鲁迅全集（第七卷）[M]．北京：人民文学出版社，1981：423

⑥ 鲁迅．南腔北调集·我怎么做起小说来．鲁迅全集（第四卷）[M]．北京：人民文学出版社，1981：512

⑦ 逄增玉教授在其《现代性与中国现代文学》的第六章中指出：不惟鲁迅，当时的文学研究会的作家包括曾在上海"卖文谋生"的沈从文等（还有早期的梁启超）都持有类似的文学观念，这是"与儒家正统理念有内在关联的的启蒙文学观"，"实际上是一种新的文学载道观和启蒙观"。逄增玉．现代性与中国现代文学[M]．长春：东北师范大学出版社，2001：231～245、237、242

自己新近看见一种上海出版的期刊，也说起要做好白话须读好古文，而举例为证的人名中，其一却是我。这实在使我打了一个寒噤。别人我不论，若是自己，则曾经看过许多旧书，是的确的，为了教书，至今也还在看。因此耳濡目染，影响到所做的白话上，常不免流露出它的字句，体格来。但自己却正苦于背了这些古老的鬼魂，摆脱不开，时常感到一种使人气闷的沉重。①

儒家思想对他的影响自不必说，道家思想对鲁迅的影响他自己也承认②，至于佛教对鲁迅的影响虽然他自己没有明确提到过，但是他的作品中频频出现的佛经中的术语，他在绍兴会馆时期大量地购买和阅读佛经的行为不可能不会对鲁迅产生影响③，而且这种影响更为深入和隐蔽。世人多认为佛教是消极的悲观的，一个人只有到了无路可走，活不下去了，或者受到极大的精神打击之后才会想到出家，皈依佛教，或者是把佛认作普通的神，只要你烧了香向寺庙布施了就能收到一本万利的好处，是一桩好生意，是回报丰厚的投资行为。事实上佛教最重要的内容还是其积极进取、勇往无前的一面，它要求信徒勇猛精进，并养成敢于以身伺虎的奉献牺牲精神，把自己的一切奉献给大众而决无私心。它要求信徒善良慈悲，它还要求信徒忘却世俗的烦恼，修成佛身，达到涅槃的境界。从总体上说，佛教是讲究奉献的，讲究进取的，它虽指出人生是痛苦的，却并不是要使人们陷入悲观消极中，而是引导世人居高临下地看破人生的烦恼，从而更勇猛地向上进取。当然它对人生的一些看法往往会引起人们悲观、消极的解读和联想。鲁迅的痛苦、孤独、悲观与苦闷在一定程度上也是受到了佛教的暗示，但他更多的是接受了佛教勇猛进取、无私奉献、善良慈悲的一面，他曾多次肯定小乘佛教，而否定了那些投机取巧于佛教的行为："我对于佛教先有一种偏见，以为坚苦的小乘教倒是佛教，待到饮酒食肉的阔人富翁，只要吃一餐素，便可以称为居士，算作信徒，虽然美其名曰大乘，……因而变为浮滑，或者竟等于零了"④，"释迦牟尼出世以后，割肉喂鹰，投身饲虎

---

① 鲁迅.坟·写在《坟》后面.鲁迅全集（第一卷）［M］.北京：人民文学出版社，1981：285

② 鲁迅在《坟·写在〈坟〉后面》（鲁迅全集（第一卷）［M］.北京：人民文学出版社，1981：285）一文中说自己"就是思想上，也何尝不中些庄周韩非的毒，时而很随便，时而很峻急。"

③ 关于鲁迅与佛教的关系可以参见哈迎飞的《"五四"作家与佛教文化》（上海三联出版社2002年6月出版）的第一章内容

④ 鲁迅集外集拾遗补编·庆祝沪宁克复的那一边.鲁迅全集（第八卷）［M］.北京：人民文学出版社，1981：163

的是小乘，渺渺茫茫地说教的倒算大乘"①。这表明鲁迅基本上是认可了佛教的奉献进取精神的，而他自己何尝不正如小乘教的信徒那样在奉献着自己，不断进取着。然而，佛教中的潜在的悲观的一面还是对他有一定程度的影响，他的幻灭感和虚无感的出现也都有这方面的原因。

来自传统文化的影响和鲁迅自己的抉择，使鲁迅对人生和社会持有一种既悲观又激进的立场。一方面他认为中国的传统文化和现实已经糟透了，"满本都写着两个字是'吃人'"②，"事无大小，都恶劣不堪，象一只黑色的染缸"，③"大同的世界，怕一时未必到来。即使到来，象中国现在似的民族，也一定在大同的门外"④。也就是说长此以往，中国将被世界淘汰，这是一种极其悲观绝望的看法（体现出他对现实的人生和社会所持的极度悲观立场）。本来，极度的悲观一般会导致消极的后果，悲观的人往往会选择沉沦，混日子打发时间，也可以选择遁世做隐士或出家做和尚甚至自杀；当然悲观还有另一种结果就是寄希望于大革命，希望彻底改变现状，从而奋起，勇猛直前，这正是鲁迅的选择。所以另一方面，鲁迅又认为中国"无论如何，单要改革才好"⑤，"最要紧的是改革国民性，否则，无论是专制，是共和，是什么什么，招牌虽换，货色照旧，全不行的"⑥，从而持一种激进的决不妥协的立场。鲁迅要求的已不单单是物质的改革如洋务派那样，也不单单是政治文化制度的改良如维新派那样，甚至也不单单是政治的军事的暴力革命如孙中山领导的革命斗争那样，而是最彻底的"人"的革命，要"立人"，要改变国民性，要现在的一代人为幼者做一世的牺牲，"自己背着因袭的重担，肩住了黑暗的闸门，放他们到宽阔光明的地方去"⑦，从而完成人种的进化，让未来的青年都变成"真的人"，这样"才能脱出这沉滞猥劣和腐烂的运命"⑧。这种立场是极其激进的，

① 鲁迅. 三闲集·叶永蓁作《小小十年》小引. 鲁迅全集（第四卷）[M]. 北京：人民文学出版社，1981：146～147

② 鲁迅. 呐喊·狂人日记. 鲁迅全集（第一卷）[M]. 北京：人民文学出版社，1981：425

③ 鲁迅. 两地书 [Z]. 北京：人民文学出版社，1973：17

④ 鲁迅. 两地书 [Z]. 北京：人民文学出版社，1973：34

⑤ 鲁迅. 两地书 [Z]. 北京：人民文学出版社，1973：34

⑥ 鲁迅. 两地书 [Z]. 北京：人民文学出版社，1973：26

⑦ 鲁迅. 坟·我们现在怎样做父亲. 鲁迅全集（第一卷）[M]. 北京：人民文学出版社，1981：130

⑧ 鲁迅. 二心集·"民族主义文学"的任务和运命. 鲁迅全集（第四卷）[M]. 北京：人民文学出版社，1981：320

在一定意义上可以说甚至比暴力革命的主张还要激进，因为鲁迅要革命的不只是社会和物质基础，而是要彻底革命"人"本身。

鲁迅的悲观中蕴含着极高远的甚至有点乌托邦式的理想①，其激进中暗含着极度的焦虑和迫切。因为激进中暗含着焦虑和迫切，所以很容易因为现实社会发展变革的缓慢（事实上中国的变革往往需要一代人甚至数代人的时间）甚至只是历史的循环和停滞不前而陷入愤怒与绝望之中；也正因为悲观中蕴含着高远的理想，所以并不会轻易放弃，而是不断地去寻求和尝试新的思想、新的主义、新的方法和新的出路，反抗着绝望，不断前行。鲁迅不断地希望着，又不断地怀疑着，不断地绝望着，然后再希望，再怀疑，再绝望，再希望……当他充满着希望寻找探求着新的道路时，怀疑和绝望也并未远离，而仍在潜意识中蛰伏着，"未能忘怀于当日自己的寂寞的悲哀"②。正如他时常感受到的那样："我又明明白白地知道：世界决不和我同死，希望是在于将来的。但灯下独坐，春夜又倍觉凄清"③。当他在怀疑、绝望时，也仍未完全否定希望，因为他"终于不能证实：惟黑暗与虚无乃是实有"④，"因为希望是在于将来，决不能以我之必无的证明，来折服了他之所谓可有"⑤。由此，希望与绝望在鲁迅的精神世界中是非常错综复杂地纠葛在一起的，你中有我，我中有你，斩不断，理还乱，李欧梵称之为"一个不可能逻辑地解决的悖论的漩涡"⑥。正如本文第二章第三节第五部分所分析的那样，鲁迅的"死火"意象就代表了他的这种复杂的精神世界。这使得他的作品中也充满了挣扎和矛盾，显露出他内心深处自我互搏的痕迹。《野草·秋夜》中的"小粉花的梦，秋后要有春"，这是希望与乐观；而"落叶的梦，春后还是秋"，这是绝望与悲观，鲁迅的精神世界中就同时并存着"小粉花的梦"和"落叶的梦"。所以，我们从鲁迅的作品中可以看到他不断地寻找"家园"的漫长的心路历程和精神苦旅，感受到他那颗布满伤痕的赤子之心和反抗绝望的不屈的战斗精神。

---

① 即鲁迅在《坟·文化偏至论》（鲁迅全集（第一卷）[M]．北京：人民文学出版社，1981：56）中所设想的"国人之自觉至，个性张，沙聚之邦，由是转为人国。人国既建，乃始雄厉无前，屹然独见于天下"。

② 鲁迅．《呐喊》自序．鲁迅全集（第一卷）[M]．北京：人民文学出版社，1981：419

③ 鲁迅．三闲集·鲁迅译著书目．鲁迅全集（第四卷）[M]．北京：人民文学出版社，1981：185

④ 鲁迅．两地书 [Z]．北京：人民文学出版社，1973：17

⑤ 鲁迅．《呐喊》自序．鲁迅全集（第一卷）[M]．北京：人民文学出版社，1981：419

⑥ 李欧梵．中国现代文学与现代性十讲 [Z]．上海：复旦大学出版社，2005：181

结 语

  当家中突然降临的灾难将鲁迅从童年的温馨梦乡中惊醒后，他逐渐痛苦地发现自己以及周边的人乃至整个国家的人都生活在一个人吃人的充满恐怖和罪恶的"家"中，鲁迅经历了太多的"家"的磨难与痛苦，从微观层面的家庭，到中观层面的家族，直到宏观层面的由历史、传统文化以及现实社会构成的大"家"，一切都令他感到绝望。他看到这个"家"实际上是"一间铁屋子，是绝无窗户而万难破毁的，里面有许多熟睡的人们，不久都要闷死了"①，根本不是人可以诗意地生存的精神家园，从而深深地陷入了孤独的无家可归的痛苦中。鲁迅毅然决然地走出自己的家，踏上了"别求新声于异邦"②，寻求真理，唤醒熟睡的人们，建立新"家园"的漫漫长路和精神苦旅。他的身体在不断漂泊着，从家乡到南京到日本到杭州到北京到厦门到广州最后到上海，他的精神更是在漂泊着，不断地希望着，绝望着，再希望着。然而，"铁屋子"是如此坚固，人们的沉睡是如此昏迷，鲁迅的呐喊显得孤独而凄凉。他为寻找"家园"的行动付出了惨痛的代价，经历了炼狱式的煎熬，然而不管承受了多少的苦难和痛苦，鲁迅却从没有完全放弃他的理想，他又不断反抗这绝望，如"过客"般"虽然明知前路是坟而偏要走"③，锲而不舍地韧性地战斗着，如李长之所评价的那样："鲁迅总是反抗的，所以可敬。"④

  鲁迅说："我的言论有时是枭鸣，报告着大不吉利事，我的言中，是大家

---

  ① 鲁迅.《呐喊》自序.鲁迅全集（第一卷）［M］.北京：人民文学出版社，1981：419

  ② 鲁迅.坟·摩罗诗力说.鲁迅全集（第卷）［M］.北京：人民文学出版社，1981：65

  ③ 鲁迅.书信·250411·致赵其文.鲁迅全集（第十一卷）［M］.北京：人民文学出版社，1981：442

  ④ 李长之.鲁迅批判［M］.北京：北京出版社，2003：44

会有不幸的。"① 这是一种敢于直面现实,敢于作异端的大无畏的精神,只有
"出于人间"的"叛逆的猛士"② 才可具备。文学的目的之一,就是要撕开遮
蔽,让人们看清楚我们的社会、我们的人生和我们的处境。鲁迅感到在传统的
和现实的社会中,遮蔽是如此之严重,"中国人向来因为不敢正视人生,只好
瞒和骗","用瞒和骗,造出奇妙的逃路来,而自以为正路。在这路上,就证
明著国民性的怯弱,懒惰,而又巧滑。一天一天的满足着,即一天一天的堕落
着,但却又觉得日见其光荣"。"由此也生出瞒和骗的文艺来,由这文艺,更
令中国人更深地陷入瞒和骗的大泽中,甚而至于已经自己不觉得。……中国的
文人,对于人生,——至少是对于社会现象,向来就多没有正视的勇气。"③
"社会习于伪,……其为文章,亦摹故旧而事涂饰,不能闻真之心声"④,由此
造成国人"由旧梦而入于新梦"⑤,而忘记了自己已经无家可归的困境,不再
追问"日暮乡关何处是"⑥,忘记了寻找可以诗意地生存的"家"这个根本问
题。鲁迅痛苦地感受到:"家国荒矣,而赋最末哀歌,以诉天下贻后人之耶利
米,且未之有也。"⑦鲁迅痛苦地问:"只要一叫而人们大抵震悚的怪鸮的真的
恶声在那里!?"⑧

　　对于如此严重的遮蔽不用利器就无法揭开它,需要有大智慧方可做到,鲁
迅不仅是叛逆的猛士,更能"洞见一切已改和现有的废墟和荒坟,记得一切
深广和久远的苦痛,正视一切重叠淤积的凝血,深知一切已死,方生,将生和
未生。他看透了造化的把戏;他将要起来使人类苏生"⑨。鲁迅以他的文艺作
品为利器,要撕开遮蔽,"不取媚于群,以随顺旧俗;发为雄声,以起其国人
之新生"⑩,他终于在这铁屋子中呐喊,发出黑暗中的"猫头鹰的不祥之

　　① 鲁迅.且介亭杂文二集·序言.鲁迅全集(第六卷)[M].北京:人民文学出版社,1981:
217
　　② 鲁迅.野草·淡淡的血痕中.鲁迅全集(第二卷)[M].北京:人民文学出版社,1981:221
　　③ 鲁迅.坟·论睁了眼看.鲁迅全集(第一卷)[M].北京:人民文学出版社,1981:240
　　④ 鲁迅.坟·摩罗诗力说.鲁迅全集(第一卷)[M].北京:人民文学出版社,1981:99
　　⑤ 鲁迅.坟·文化偏至论.鲁迅全集(第一卷)[M].北京:人民文学出版社,1981:50
　　⑥ 崔颢.黄鹤楼
　　⑦ 鲁迅.坟·摩罗诗力说.鲁迅全集(第一卷)[M].北京:人民文学出版社,1981:100
　　⑧ 鲁迅.集外集·"音乐"?.鲁迅全集(第七卷)[M].北京:人民文学出版社,1981:54
　　⑨ 鲁迅.野草·淡淡的血痕中.鲁迅全集(第二卷)[M].北京:人民文学出版社,1981:222
　　⑩ 鲁迅.坟·摩罗诗力说.鲁迅全集(第一卷)[M].北京:人民文学出版社,1981:99

言"①，他以令人厌恶的声音试图唤醒沉睡中的人们，搅醒了人们的好梦。在鲁迅的笔下，处处可以看到沉睡的人们如孔乙己、阿Q等等，他们忘记了自己艰难的生存处境，他们麻木不仁，对自己已经无家可居的苦楚凄凉、孤单无援、不由自主的状况毫无知觉，因而忘记人生是为什么活着，从不过问自己是谁，从何处来，又向何处去。更悲惨的是，他们甚至用阿Q般的精神胜利法来获得解脱，往往用一大堆自欺欺人的观念和想法编织成美丽的花环来掩饰自己的悲哀和不幸，即使如临深渊，如履薄冰，苟延残喘，孤苦飘零却心安理得，自鸣得意。还有的人不仅甘于做奴隶，做弱者被人吃，他们还去吃更弱的人，而且一旦翻身成了奴隶主，他们会比当年欺凌自己的奴隶主更加凶残地吃人，从而形成了一个惨苦的人间地狱的循环运转。正如茅盾所看到的那样，鲁迅的小说"大都是描写'老中国的儿女'的思想和生活"，这些"'老中国的儿女'，我们在今日依然随时随处可以遇见，并且以后一定还会常常遇见"，"我们只觉得这是中国的，这正是中国现在百分之九十九的人们的思想和生活，这正是围绕在我们的'小世界'外的大中国的人生"②。鲁迅敢于直面残酷的现实，面对风雨如磐的暗淡神州，面对"无声的中国"，要发出"真的声音"，他相信"只有真的声音，才能感动中国的人和世界的人；必须有了真的声音，才能和世界的人同在世界上生活"③。不仅在他年轻时如此，即使到了晚年，从他"万家墨面没蒿莱，敢有歌吟动地哀。心事浩茫连广宇，于无声处听惊雷"④的诗句中，仍能感受到他做"赋最末哀歌，以诉天下赗后人之耶利米"的坚强信念。

"真，自然是不容易的"⑤，很多时候承载"真实重担"是需要很大的勇气的⑥，"中国抱残守阙之辈，耳新声而疾走"⑦，耶利米不受欢迎，猫头鹰的不祥之言同样令世人厌恶，鲁迅撕开了"家"的遮蔽，同样遭遇了世人的误解和冷遇，令他感到无边的寂寞和孤独，然而却并不放弃，李长之就发现：

---

① 鲁迅.野草·希望.鲁迅全集（第二卷）[M].北京：人民文学出版社，1981：177
② 转引自刘中树.《呐喊》《彷徨》艺术论[M].长春：吉林大学出版社，1998：6~7
③ 鲁迅.三闲集·无声的中国.鲁迅全集（第四卷）[M].北京：人民文学出版社，1981：15
④ 鲁迅.集外集拾遗·无题（万家墨面没蒿莱）.鲁迅全集（第七卷）[M].北京：人民文学出版社，1981：448
⑤ 鲁迅.三闲集·无声的中国.鲁迅全集（第四卷）[M].北京：人民文学出版社，1981：15
⑥ 鲁迅.彷徨·伤逝.鲁迅全集（第二卷）[M].北京：人民文学出版社，1981：127
⑦ 鲁迅.坟·人之历史.鲁迅全集（第一卷）[M].北京：人民文学出版社，1981：8

他的心太切了，他又很锐敏地看到和事实相去之远。他能不感到寂寞吗？在寂寞里一种不忘求生的呼求和叹息，这就是他的文艺制作。①

这就是希望与绝望共存又互搏，既狂又狷的鲁迅的心理。痛苦的心路历程曾给他带来巨大的心灵震撼和黑暗记忆，使他感到"四围是广大的空虚，还有死的寂静"②，"更分明地看见了周围的无涯际的黑暗"③，然而，无论如何，都难改鲁迅的赤子之心。

1927 年 5 月 30 日，鲁迅坐于广州东堤白云楼的西窗下，一边写着其译作《小约翰》的《引言》，神往着"荷兰海边的沙冈风景"，一边望楼外：

满天炎热的阳光，时而如绳的暴雨；前面的小港中是十几只蜑户的船，一船一家，一家一世界，谈笑哭骂，具有大都市中的悲欢。也仿佛觉得不知那里有青春的生命沦亡，或者正被杀戮，或者正在呻吟，或者正在"经营腐烂事业"和作这事业的材料。然而我却渐渐知道这虽然沈默的都市中，还有我的生命存在，纵已节节败退，我实未尝沦亡。④

鲁迅看到了一个个"谈笑哭骂"，悲欢交织的"家"（这也正是本篇论文研究的中心内容），想到了无数的"家"中的死亡（"青春的生命沦亡"，可理解为"家"中发生的无数生命的死亡和被吃掉）、痛苦（"呻吟"，如祥林嫂们的凄绝的哀痛，无爱的悲哀）、食人的阴谋和罪恶、险恶的人心（"经营腐烂的事业"，如《药》中的夏三爷、《长明灯》中的四爷们的出卖与阴谋）等等。这就是鲁迅，总是"于浩歌狂热之际中寒；于天上看见深渊。于一切眼中看见无所有……"⑤，总是不能不关注"家"的地狱般的状况，不能忘怀于"家"的毁灭和破败，不能消除萦绕于心的"家"的焦虑，不能不思考如何重建理想的家园，纵使耗尽了青春，纵使时时会绝望，也决不退却，也要抗争到底，而从来"未尝沦亡"。

美国有一部电影《秋日传奇》（*the legend of the fall*）中说：

有些人清晰地听到了他们内心的声音，他们依此声音而活着，这样的人或

---

① 李长之. 鲁迅批判·后记 [M]. 北京：北京出版社，2003：176
② 鲁迅. 彷徨·伤逝. 鲁迅全集（第二卷）[M]. 北京：人民文学出版社，1981：128
③ 鲁迅. 且介亭杂文二集. 《中国新文学大系》小说二集序. 鲁迅全集（第六卷）[M]. 北京：人民文学出版社，1981：243
④ 鲁迅. 译文跋序集·《小约翰》引言. 鲁迅全集（第十卷）[M]. 北京：人民文学出版社，1981：256～257
⑤ 鲁迅. 野草·墓碣文. 鲁迅全集（第二卷）[M]. 北京：人民文学出版社，1981：202

者变得疯狂，或者成了传奇（Some people hear their own inner voices with great clearness，and they live by what they hear. such people become crazy or they become legends.)①。

《过客》中的"过客"说："我只得走了。况且还有声音常在前面催促我，叫唤我，使我息不下。""过客"可以说就是鲁迅，他听到这个其实就来自他自己内心深处的声音的召唤，他依着这个声音前进着，斗争着，直到病魔夺去他的生命。他的作品和思想对中国现代文学史和现代思想史都产生了深远的影响，成为中华民族宝贵的精神财富。鲁迅并没有变得疯狂（尽管他的作品中出现了一个又一个狂人)②，而最终成了现代中国的"传奇"（legends），而无愧于"民族魂"的称号。

本文通过深入鲁迅作品的深处，探析鲁迅的"家"观念和"家"意识，通过解读他的作品，并联系他的心路历程，可以看到，"黑漆漆的，不知是日是夜"③，这是鲁迅所感受到的"家"如地狱般惨苦的状况。鲁迅通过他的作品向人们揭示了这一状况，呼唤着"真的人"的出现，等待着一代一代的后来者去改变它。鲁迅对于"家"的看法虽然也不无偏激之处，但却也道出了传统和现实社会确实存在的严重弊端，在某种程度上它不仅适用于中国，也适用于所有的民族和国家，它不仅适用于过去，也同样适用于现在和未来。"不满是向上的车轮，能够载着不自满的人类，向人道前进。"④ 作为知识分子，他的使命就在于不断指出传统和现实的不足，不断地进行批判，引起社会的注意，指引和启示人们认识人性和社会的不足，从而推动社会的不断改良或革命。"世界不直进，常曲折如螺旋"⑤，"立人"，让所有的人都变成"真的人"，"幸福的度日，合理的做人"⑥ 作为一种美好的理想和目标，在鲁迅的

① 美国哥伦比亚三星（Columbia / TriStar）电影公司制作发行，上映时间：1994，导演：Edward Zwick，主演：Anthony Hopkins，Brad Pitt，Aidan Quinn，Julia Ormond，Henry Thomas
② 李长之在其《鲁迅批判》一书中说："我记得，有位姓郭的朋友，因为读了鲁迅的文章，而感到社会的不满太多了，……终至于在一个期间作了精神病患者"。这足以证明发现了传统和社会吃人的真相后，真有人会因难以承受这痛苦与绝望而变得疯狂，参见李长之. 鲁迅批判 [M]. 北京：北京出版社，2003：163
③ 鲁迅. 呐喊·狂人日记. 鲁迅全集（第一卷）[M]. 北京：人民文学出版社，1981：4
④ 鲁迅. 热风·随感录六十一. 鲁迅全集（第一卷）[M]. 北京：人民文学出版社，1981：359
⑤ 鲁迅. 坟·科学史教篇. 鲁迅全集（第一卷）[M]. 北京：人民文学出版社，1981：28
⑥ 鲁迅. 坟·我们现在怎样做父亲. 鲁迅全集（第一卷）[M]. 北京：人民文学出版社，1981：130

时代无法实现，在以后的时代里也不能完全实现，也许永远都无法完全实现，但却不必绝望，也不必太悲观，人类社会的车轮在不断滚滚前行，并无停息，人类的上下探索，追求革新与改进的步伐也在持续，虽然无法绝对达到，但人类却可以无限地趋近这一理想和目标。在这种无限地趋近的过程中，鲁迅先生所期望的目标就达到了，这也符合他的"过客"的精神。正如鲁迅所说："多有不自满的人的种族，永远前进，永远有希望。"①

---

① 鲁迅. 热风·随感录六十一. 鲁迅全集（第一卷）[M]. 北京：人民文学出版社，1981：359

参考文献

期刊文献

1. 刘中树. 史识：中国现代文学史研究的灵魂 [J]. 文学评论, 2006, (2)

2. 刘中树. 鲁迅的"反抗绝望"与《一件小事》的创作 [J]. 天津师范大学学报（社会科学版）, 2004, (5)

3. 刘中树. 新时期的文化思潮与中国现代文学研究 [J]. 吉林大学社会科学学报, 2005, (1)

4. 刘中树. 鲁迅"为人生"的文学观 [J]. 吉林大学社会科学学报, 1985, (1)

5. 刘中树. 论鲁迅辩证思维的逻辑系统 [J]. 社会科学战线, 1992, (3)

6. 刘中树. 人的主题的转换与超越——关于二十世纪中国小说史的思考 [J]. 长白论丛, 1992, (2)

7. 张福贵. 鲁迅研究的思想意义与学术理性 [J]. 东北师范大学学报（哲学社会科学版）, 2006, (2)

8. 王学谦、张福贵. 反传统：自由意志的高峰体验——论鲁迅反传统的生命意识 [J]. 吉林大学社会科学学报, 2004, (4)

9. 张福贵. 深度现代化：鲁迅文化选择的人类性和时代性尺度 [J]. 鲁迅研究月刊, 1999, (12)

10. 李新宇. 传统家庭秩序的崩溃与重构——新时期文学的伦理观念考察 [J]. 齐鲁学刊, 1996, (5)

11. 逄增玉. 鲁迅启蒙文本中的现代性言说与叙事 [J]. 文艺研究, 2004, (6)

12. 汪晖. 历史的"中间物"与鲁迅小说的精神特征 [J]. 文学评论, 1986, (5)

13. 王富仁. 中国鲁迅研究的历史与现状（连载三）[J]. 鲁迅研究月刊, 1994, (3)

14. 许纪霖. 近代中国的公共领域：形态、功能与自我理解——以上海为例 [J]. 史林, 2003, (2)

15. 曹书文. 论中国现代作家的家族文化情结 [J]. 文学评论, 2005, (1)

16. 冒键. 站在时代巅峰的精神巨子: 怪杰·疯子·狂人—叔本华、尼采、鲁迅精神风貌比较谈 [J]. 江苏广播电视大学学报, 1994, (1)

17. 杨经建. "乱伦"母题与中外叙事文学 [J]. 外国文学评论, 2000, (4)

18. 伍茂国.《狂人日记》的另一种读法 [J]. 绍兴文理学院学报, 2003, (3)

19. 宾恩海. 鲁迅的《狂人日记》与中国家族制度刍议 [J]. 柳州师专学报, 2001, (6)

20. 札克雷亚. 与李光耀一席谈 [J]. 译文载现代外国哲学社会科学文摘, 1994, (12)

21. 梁景和. 论清末的"家庭革命"[J]. 史学月刊, 1994, (1)

22. 郑民. 生存与困境之歌——鲁迅"归乡"系列小说与苏童的米比较阅读 [J]. 莱阳农学院学报（社会科学版）, 2005, (4)

23. 钱加清. 鲁迅小说文本的母亲意象解说 [J]. 语文学刊, 1996, (4)

24. 石天强. 现代性视野下的"断头"形象—鲁迅小说中的"断头"形象解读 [J]. 中国社会科学院研究生院学报, 2000, (3)

25. 周海波、苗欣雨. "鲁镇"的生存哲学—重读《孔乙己》[J]. 山东社会科学, 2003, (1)

26. 马元泉. 至孝的鲁迅 [N]. 绍兴县报, 2006 年 10 月 15 日

27. 李世涛. 文学是人学——钱谷融先生访谈录 [J]. 新文学史料, 2006, (3)

28. 旷新年.《狂人日记》、《药》及鲁迅小说的潜结构 [J]. 社会科学辑刊, 1996, (1)

29. 韩传喜.《故乡》: 漂泊者的精神之歌 [J]. 皖西学院学报, 2003, (6)

30. 张伟忠. 中国 20 世纪家族小说流变轨迹与兴盛原因初探 [J]. 山东电大学报, 1998, (4)

31. 陈恒恕. 也探《孔雀东南飞》悲剧之因 [J]. 杭州师范学院学报, 1994, (4)

32. 周筱赟. 古代女性的终极命运 [J]. 书屋, 2004, (4)

33. 尹美英. 辛亥革命前后"家庭革命"论的提出 [J]. 济宁师专学报. 1997, (1)

34. 张艳梅. "家"与宗教的生死隐喻——现代作家的理性之思 [J]. 广西社会科学, 2003, (6)

35. 曹书文. 论鲁迅小说创作的家族意蕴 [J]. 河南师范大学学报（哲学社会科学版）, 2001, (1)

36. 周兰桂. "人文主题"与"语言生存"的深层困境——《狂人日记》"叙事策略"释读 [J]. 娄底师专学报, 2001, (1)

37. 金彦河. 论《狂人日记》: 寻找"父亲"[J]. 鲁迅研究月刊, 2001, (7)

38. 宋汉仁.《狂人日记》: 鲁迅小说的总纲 [J]. 南通师范学院学报（哲学社会科学

版），1999，（3）

39. 肖群忠．孝是中国古代政治的伦理精神基础［J］．西北师大学报（社会科学版），1997，（6）

40. 梁鸿．论中国20世纪小说家族主题的流变［J］．郑州大学学报（哲学社会科学版），2002，（6）

41. 林木．略论鲁迅小说中的家庭景观［J］．宁德师专学报（哲学社会科学版），1996，（2）

42. 黎保荣．细读"阿顺的病与死"——鲁迅《在酒楼上》侧议［J］．名作欣赏，2005，（6）

43. 石天强．现代性视野下的"断头"形象—鲁迅小说中的"断头"形象解读［J］．中国社会科学院研究生院学报，2000，（3）

44. 余华林．近20年来中国近代家庭史研究评析［J］．中州学刊，2005，（2）

45. 赵德利．血亲伦理悲剧的世纪建构——二十世纪家族小说论之一［J］．青海社会科学，2000，（5）

46. 李伯杰．《海因利希·封·奥夫特丁根》中的还乡主题［J］．外国文学评论，1997，（3）

47. 卢政、袁俊峰．鲁迅恋乡情结形成原因之剖析［J］．济宁师专学报，2002，（2）

48. 施军．解不开的思乡恋土情结——从《社戏》析鲁迅［J］．宁夏社会科学，2000，（1）

49. 黄发有．徜徉于梦与醒之间—陈娟论［J］．香港文学研究，1997，（3）

50. 贺信民．反认他乡是故乡——论曹雪芹的文化反思与终极关怀［J］．唐都学刊，2004，（6）

51. 杜耀明．新闻自由：可变的公共空间［J］．明报月刊，1997，（5）

52. 郭剑鸣．关于中国近世文学公共领域的思考［J］．学术研究，2004，（12）

53. 毕绪龙．鲁镇：鲁迅小说的叙述时空［J］．鲁迅研究月刊，2005，（9）

54. 贺明华．公共领域中的艰难对话重读鲁迅小说《孔乙己》［J］．淮南师范学院学报，2004，（1）

55. 邓齐平．熟悉而又陌生的"吃人"话语—鲁迅《狂人日记》新解［J］．怀化师专学报，1997，（4）

56. 肖同庆．狂人谱系：在疯狂和理性的边缘—鲁迅与中国士人传统研究之一［J］．鲁迅研究月刊，1995，（8）

57. 朱丽丽．爱情主题：世纪文学变迁中的演进［J］．福建论坛（文史哲版），1998，（4）

58. 杨庆东．20世纪中国婚恋文学在道德理性视野中的流变［J］．山东大学学报（哲

学社会科学版)，2004，（1）

59. 张伟忠．现代家族小说逆子形象论［J］．东方论坛，1999，（1）

60. 袁庆丰．父亲形象的缺失及其替代—郁达夫个性心理研究之一［J］．上饶师专学报，1995，（2）

61. 王爱松、贺仲明．中国现代文学中"父亲"形象的嬗变及其文化意味［J］．首都师范大学学报（社会科学版），1999，（4）

62. 周甲辰．何处是家园—鲁迅小说《故乡》的文化解读［J］．合肥学院学报（社会科学版），2004，（2）

63. 李晓宁．母亲与家园在中国文学中的原型意象［J］．潭州师院学报，1999，（1）

64. 解德枫．《狂人日记》多重意蕴阐释［J］．南阳师范学院学报，2002，（3）

65. 王昌忠．孤愤心灵的最后停泊——论鲁迅作品中的"母亲"形象［J］．山东理工大学学报（社会科学版），2005，（2）

66. 李建东．论鲁迅小说中的母亲意象［J］．华侨大学学报（哲学社会科学版），2003，（1）

67. 张建生．鲁迅情感心理中的父亲情结［J］．西北师大学报（社会科学版），2003，（5）

68. 何显明．论鲁迅的死亡意识［J］．江淮论坛，1990，（4）

69.《新青年》1918 年 4 月 15 日第 4 卷第 4 号，1917 年 12 月 1 日第 2 卷第 6 期

图书文献
中文著作

1. 鲁迅．鲁迅全集（1~16 卷）［C］．北京：人民文学出版社，1981.

2. 鲁迅．鲁迅全集（第 13 卷）［C］．北京：人民文学出版社，1973.

3. 鲁迅．两地书［C］．北京：人民文学出版社，1973.

4. 鲁迅、许广平．鲁迅景宋通信集——《两地书》的原信［Z］．长沙：湖南人民出版社，1984.

5. 周建人．鲁迅故家的败落［M］．长沙：湖南人民出版社，1984.

6. 周作人．鲁迅小说里的人物——周作人自编文集［C］．石家庄：河北教育出版社，2002.

7. 周作人．书房一角——周作人自编文集［C］．石家庄：河北教育出版社，2002.

8. 许广平．许广平文集［C］．南京：江苏文艺出版社，1998.

9. 刘中树．呐喊、彷徨综论［M］．长春：吉林大学出版社，1998.

10. 刘中树．鲁迅的文学观［M］．长春：吉林大学出版社，1986.

11. 刘中树．五四文学革命运动史论［M］．长春：吉林大学出版社，1990.

12. 刘中树. 鲁迅与中外文化 [M]. 长春：吉林大学出版社，1995.

13. 张福贵. 惯性的终结——鲁迅文化选择的历史价值 [M]. 长春：吉林大学出版社，1999.

14. 逄增玉. 现代性与中国现代文学 [M]. 长春：东北师范大学出版社，1999.

15. 李新宇. 鲁迅的选择 [M]. 郑州：河南人民出版社，2003.

16. 李新宇. 愧对鲁迅 [M]. 上海：上海三联书店，2004.

17. 钱理群. 心灵的探寻 [M]. 北京：北京大学出版社，1999.

18. 钱理群、温如敏、吴福辉. 中国现代文学三十年（修订本）[M]. 北京：北京大学出版社，2006.

19. 温儒敏. 中国现代文学批评史 [M]. 北京：北京大学出版社，1993.

20. 李长之. 鲁迅批判 [M]. 北京：北京出版社，2003.

21. 严家炎. 论鲁迅的复调小说 [M]. 上海：上海教育出版社，2002.

22. 李欧梵. 铁屋中的呐喊 [C]. 长沙：岳麓书社，1999.

23. 徐杨杰. 中国家族制度史 [M]. 北京：人民出版社，1991.

24. 王晓明. 无法直面的人生：鲁迅传 [M]. 上海：上海文艺出版社，2001.

25. 林志浩. 鲁迅传 [M]. 北京：北京十月文艺出版社，1991.

26. 钱理群. 与鲁迅相遇——北大演讲录之二 [M]. 北京：生活·读书·新知三联书店，2003.

27. 李长之等. 吃人与礼教——论鲁迅（一）[M]. 石家庄：河北教育出版社，2001.

28. 王乾坤. 鲁迅的生命哲学 [M]. 北京：人民文学出版，1999.

29. 王瑶. 中国现代文学史论集 [M]. 北京：北京大学出版社，1998.

30. 饶芃子. 中西小说比较 [M]. 合肥：安徽教育出版社，1994.

31. 倪墨炎、陈九英. 鲁迅与许广平 [M]. 上海：上海书店出版社，2001.

32. 杨义. 中国现代小说史（三卷）[M]. 北京：人民文学出版社，1986.

33. 林非. 中国现代小说史上的鲁迅 [M]. 西安：陕西人民教育出版社，1996.

34. 王晖. 反抗绝望——鲁迅及其文学世界 [M]. 石家庄：河北教育出版社. 2001.

35. 夏志清. 中国现代小说史 [M]. 上海：复旦大学出版社，2005.

36. 彭博. 鲁迅小说绝望与希望的对比结构 [M]. 上海：学林出版社，2001.

37. 蓝棣之. 现代文学经典：症候式分析 [M]. 北京：清华大学出版社，1998.

38. 哈迎飞. "五四"作家与佛教文化 [M]. 上海：上海三联书店，2002.

39. 赵志军. 文学文本理论 [M]. 北京：中国社会科学出版社，2001.

40. 王向远、元华家. 甜蜜的家——家庭生活小说 [Z]. 北京：北京师范大学出版社，1993.

41. 李允经. 鲁迅的婚姻与家庭 [M]. 北京：北京十月文艺出版社，1990.

42. 钱理群. 父父子子 [M]. 北京：人民文学出版社，1990.

43. 林非. 鲁迅和中国文化 [M]. 北京：学苑出版社，1990.

44. 杨义. 鲁迅作品综论 [M]. 北京：人民出版社，1998.

45. 李军. "家"的寓言：当代文艺的身份与性别 [M]. 北京：作家出版社，1996.

36. 顾素尔. 家族制度史 [M]. 上海：上海文艺出版社，1989.

37. 马蹄疾. 鲁迅的情恋世界 [M]. 成都：四川文艺出版社，1995.

38. 王富仁. 中国文化的守夜人——鲁迅 [M]. 北京：人民文学出版社，2000.

39. 王富仁. 中国鲁迅研究的历史与现状 [M]. 杭州：浙江人民出版社，1999.

40. 王富仁. 中国反封建思想革命的一面镜子——呐喊彷徨综论 [M]. 北京：北京师范大学出版社，1986.

41. 江苏省鲁迅研究学会. 鲁迅与中外文化 [M]. 南京：江苏教育出版社，1988.

42. 朱寿桐. 中国现代文学范畴论 [M]. 北京：华文出版社，2001.

43. 邱存平. 现代人的呐喊：鲁迅的人生探求 [M]. 北京：解放军出版社，2000.

44. 俞元桂、黎舟等. 鲁迅与中外文学遗产论稿 [M]. 福州：海峡文艺出版社，1985.

45. 王景山. 铁屋子里的叫声——《呐喊》心读 [M]. 北京：首都师范大学出版社，2002.

46. 胡尹强. 毁坏铁屋子的希望——《呐喊》、《彷徨》新论 [M]. 北京：人民文学出版社．2001.

47. 孙郁. 20世纪中国最忧患的灵魂 [M]. 北京：群言出版社，1993.

48. 姚洛、谢云. 鲁迅论人生和社会 [M]. 兰州：甘肃人民出版社，1987.

49. 许怀中. 鲁迅与中国古典小说 [M]. 西安：陕西人民出版社，1982.

50. 乐黛云. 国外鲁迅研究论集 [C]. 北京：北京大学出版社，1981.

51. 陈独秀. 陈独秀文章选编 [M]. 上海：三联书店，1984.

52. 黄仕忠. 婚变、道德与文学：负心婚变母题研究 [M]. 北京：人民文学出版社，2000.

53. 王乾坤. 鲁迅的生命哲学 [M]. 北京：人民文学出版社，1999.

54. 王友琴. 鲁迅与中国现代文化震动 [M]. 长沙：湖南教育出版社，1983.

55. 李佳梅. 冲突与融合：中国传统家庭伦理的现代转向及现代价值 [M]. 长沙：中南大学出版社，2002.

56. 袁良骏. 当代鲁迅研究史 [M]. 西安：陕西人民教育出版社，1992.

57. 孙伏园. 鲁迅先生二三事 [M]. 北京：人民文学出版社，1981.

58. 梁漱溟. 梁漱溟学术论著自选集 [C]. 北京：北京师范学院出版社，1992.

59. 李欧梵. 中国现代文学与现代性十讲 [M]. 上海：复旦大学出版社，2005.

60. 李大钊. 李大钊文集 [C]. 北京：人民出版社，1984.

61. 张梦阳. 中国鲁迅学通史（上、下卷）[M]. 广州：广东教育出版社，2001.

62. 许寿裳. 我所认识的鲁迅 [C]. 北京：人民文学出版社，1952.

63. 李欧梵. 现代性的追求：李欧梵文化评论精选集 [C]. 北京：生活·读书·新知三联书店，2000.

64. 钱穆. 中国文化史导论（修订本）[M]. 北京：商务印书馆，1994.

65. 林语堂. 吾国与吾民 [M]. 北京：宝文堂书店，1988.

66. 薛绥之. 鲁迅生平史料汇编（第四辑）[M]. 天津：天津人民出版社，1983.

67. 孙伏园. 鲁迅先生二三事 [M]. 长沙：湖南人民出版社，1980.

68. 张鲁高. 先驱者的痛苦——鲁迅精神论析 [M]. 合肥：安徽教育出版社，2003.

69. 陈崧编. 五四前后东西文化问题论战文选（增订第2版）[C]. 北京：中国社会科学出版社，1989.

70. 一土. 21世纪：鲁迅和我们 [C]. 北京：人民文学出版社，2001.

71. 何梦觉. 鲁迅档案：人与神 [C]. 北京：中国工人出版社，2002.

72. 谭桂林. 20世纪中国文学与佛学 [M]. 合肥：安徽教育出版社，1999.

73. 曹书文. 家族文化与中国现代文学 [M]. 北京：中国社会科学出版社. 2002.

74. 吴士余. 中国文化与小说思维 [M]. 上海：上海三联书店，2000.

75. 黄仕忠. 落絮望天负心婚变与古典文学 [M]. 西安：陕西人民出版社，1991.

76. 孙犁. 孙犁文论集 [C]. 北京：人民文学出版社，1983.

77. 北京鲁迅博物馆鲁迅研究室. 鲁迅研究资料（第11辑）[C]. 天津：天津人民出版社，1983.

78. 李明. 鲁迅自我小说研究 [M]. 长沙：中南大学出版社，2002.

79. 曹健民. 中国全史：简读本（32家庭史婚姻史姓氏史）[M]. 北京：经济日报出版社，1999.

80. 金元浦. 大美无言 [M]. 深圳：海天出版社，1999.

81. 李洁. 尼采论 [M]. 杭州：浙江教育出版社，2003.

82. 钮岱峰. 鲁迅传 [M]. 北京：中国文联出版社，1999.

83. 郑欣淼. 鲁迅与宗教文化 [M]. 北京：中国社会科学出版社，2004.

84. 王云五主编，班固撰. 白虎通义 [Z]. 北京：商务印书馆，1937.

85. 邓伟志、张岱玉. 中国家庭的演变 [M]. 上海：上海人民出版社，1987.

86. 刘登阁. 全球文化风暴 [M]. 北京：中国社会科学出版社，2000.

87. 王汉元辑录. 鲁迅谈自己的作品 [C]. 阜阳：安徽师大阜阳分校图书馆，1976.

88. 张琢. 鲁迅思想研究 [M]. 武汉：湖北人民出版社，1981

89. 蒋风编. 鲁迅论儿童教育和儿童文学 [C]. 上海：少年儿童出版社，1961.

90. 董操、陶继新、蔡世连编. 鲁迅论儿童教育 ［M］. 济南：山东教育出版社，1986.

91. 朱熹. 四书章句集注 ［M］. 徐德明校点. 上海：上海古籍出版社，2001.

中文译著

1. ［法］萨特. 词语 ［M］. 潘培庆译. 北京：生活·读书·新知三联书店，1988.

2. ［德］威廉·赫舍尔. 人是谁 ［M］. 隗仁莲译. 贵阳：贵州人民出版社，1988.

3. ［保］基·瓦西列夫. 情爱论 ［M］. 上海：上海三联书店．1984.

4. ［德］哈贝马斯. 公共领域的结构转型 ［M］. 曹卫东等译. 上海：学林出版社，1999.

5. ［德］黑格尔. 美学（第一卷）［M］. 朱光潜译. 北京：人民文学出版社，1958.

6. ［苏联］伊瓦肖娃. 狄更斯评传 ［Z］. 蔡文显、廖世健、李筱菊译. 广州：广东人民出版社，1983.

7. ［法］普鲁斯特（Proust. M.）. 追忆逝水年华 ［Z］. 李恒基、徐继曾等译. 南京：译林出版社，2001

8. ［德］海德格尔. 人，诗意地安居：海德格尔语要 ［C］. 郜元宝译. 桂林：广西师范大学出版社，2000.

9. ［奥］弗洛伊德. 弗洛伊德文集·文明与缺憾 ［C］. 傅雅芳等译. 合肥：安徽文艺出版社，1996.

10. ［法］安德烈·莫罗阿. 人生五大问题 ［M］. 傅雷译. 北京：生活·读书·新知三联书店，1986.

11. ［日］丸尾常喜. "人"与"鬼"的纠葛——鲁迅小说论析 ［M］. 秦弓译. 北京：人民文学出版社，1995.